印象·中大草木

李庆双 吴丹◎主编

·广州·

图书在版编目（CIP）数据

印象·中大草木／李庆双，吴丹主编.—广州：中山大学出版社，2019.7

ISBN 978-7-306-06643-5

Ⅰ.①印… Ⅱ.①李… ②吴… Ⅲ.①中国文学—当代文学—作品综合集 Ⅳ.①I217.1

中国版本图书馆CIP数据核字（2019）第117199号

出 版 人：王天琪
策划编辑：赵 婷
责任编辑：赵 婷
责任校对：裴大泉
封面绘图：黄不了
封面设计：林绵华
装帧设计：林绵华
责任技编：何雅涛
出版发行：中山大学出版社
电 话：编辑部 020-84110779，84111996，84113349，84111997
发行部 020-84111998，84111981，84111160
地 址：广州市新港西路135号
邮 编：510275 传 真：020-84036565
网 址：http://www.zsup.com.cn E-mail:zdcbs@mail.sysu.edu.cn
印 刷 者：广州家联印刷有限公司
规 格：787mm×1092mm 1/16 17印张 262千字
版次印次：2019年7月第1版 2019年7月第1次印刷
定 价：48.00元

◉ 小礼堂的大王椰　黄不了　绘

草木无心人有情

——写在前面的话

“花作为植物，有草本和木本之分，但中山大学的花多为木本的，花开在树上，所以花与树是一体的。从北方初来中山大学时，我十分惊诧于满树的花开，因为北方的树少有花开，开花的多为草本植物，可见，‘一方水养一方人’的道理也适用于植物。同样，使我困惑的是，徜徉于校园里，总有不知名的花香在四处弥漫，在令你陶醉的同时，也易使你迷情和忘我……”

这是我写的《康乐园的花与树》中的一段话，也是我初来中山大学读研时对校园环境的真切感受。大学生活是美好的，美好在哪里呢？首先是环境的美好。如果说环境育人的话，相信每一个在康乐园学习、生活和工作过的人，甚至来过中山大学的游客，都会沉浸和陶醉在这种美好体验中，这红墙绿瓦、芳草连天、古木浓荫的景象都令人难以忘怀。于是，人们以文记之，以歌咏之，大概校友之歌中的那句唱词“千百个梦里，总把校园当家园”最能体现中大人的家校情怀。如何将这些美好诗文更好地呈现呢？当然是广而收之，结集出版，再广而告之。这也体现了大学美好的另一本意，即大学不仅是教育场所，更是文化重镇，具有“以文育人”功能。只有文化，才能润物细无声，才能产生更好的育人功效并流传于世。

2018 年出版的《印象·中大红楼》受到师生和校友追捧，成了校园畅销书，中山大学出版社王天祺社长希望我能出版系列校园印象书籍。受此鼓舞，我将本书命名为《印象·中大草木》。书中收录了学校领导、师生和校友写的关于中山大学花草树木的诗文，不同于“理科版”的《康乐芳草》的科普介绍，这些诗文更多地体现了作者对校园草木的人文关照和内心情怀，你会从中感受到中山大学的历史、文化和精神脉络。

不能免俗，感谢的话还是要说的。

首先要感谢传播与设计学院党委副书记吴丹对我的充分信任，由我全权负责她名下的经费使用和本书的编辑工作。两院联合党委学生工作部、校团委和校友总会一起开展了“兴文化，育新人”主题征文活动，书中也收录了部分征文作品。

感谢我的博导李萍教授所提供的精美照片。书中收录了她和黄达人、陈春声、张荣芳等离任或在职校领导的文章，这些文章增加了书的厚重感和分量，在此深表敬意和感谢。也感谢中山大学党委组织部古小红部长对本书的指导和支持。感谢中山大学统战部的王敏丽老师，她主编的《一路花开》为我提供了部分灵感和素材。感谢中山大学档案馆的崔秦睿老师，从他那里，我总是能得到及时帮助，这次他又向我推荐了黄不了、练金河、肖小梅、曾琦等老师。这几位老师分别提供了他们的画作或摄影作品。特别是黄不了老师，应我之邀，专门画了几幅校园作品（图1）和我个人的肖像，黄达人校长的肖像也出自他手。感谢所有提供绘画和摄影作品的人士，包括程焕文、瞿俊雄、林帝浣、康红姣、黎俊瑛等老师。

感谢中山大学宣传部郝俊老师，我托他从《中山大学报》中选用了部分作品。还要特别感谢的是：感谢专门提供稿件的知名作家文珍，著名诗人冯娜，以及洪艳、李少真、汤子珺、林冰倪等老师和同学；感谢张海鸥、杨海文教授，本书收录了他们多篇文章；感谢我指导的岭南人杂志社编写小组的同学。对中山大学出版社的赵婷、林绵华两位编辑的辛勤付出，我是一直心怀感激之情的，因为我主编的书都是她俩经手的，赵婷老师还为本书提供了她拍摄的作品。

最后还要感谢自己。因为对文化和校园环境的热爱，让我一直致力于校园文化活动的开展，打造了“三行情书”和“红色诗文诵读”两个校园文化品牌，主编出版了《爱的诉说——三行情书集》《中国梦 中大情——三行情书集》《印象·中大红楼》《印象·中大草木》等校园文化书籍。对我而言，校园是我的情感栖息地和精神家园，也许我写的这首诗更能表达我对校园的眷恋之情：

不知道为什么与你相遇

不知道为什么与你相遇，
只知道凝望的瞬间，
灿烂的春花溢满芬芳。

◉ 图 1　中山大学中山楼　黄不了　绘

不知道是否和你相知，
只知道欢聚的时刻，
夏日的风总是热情地激荡。

不知道是否和你相依，
只知道和你独处的时日，
多情的秋月铺满山岗。

不知道是否和你相别。
只知道冬日的火炉旁。
我会守着过去的不老时光。

李庆双
2019 年 6 月 12 日于中山大学东校园

第一章 十年树木，百年树人

第二章 桃李不言，下自成蹊

第三章 绿叶成荫，杂树生花

第四章 碧草芳影，湖光花色

第五章　开枝散叶，清香溢远

第六章　桃之夭夭，灼灼其华

第七章　枝繁叶茂，根深蒂固

第一章

十年树木，百年树人

◉ 阳光下的怀士堂 练金河 摄

我也爱马岗顶的树

黄达人

最近网上对因南校园图书馆扩建而砍了马岗顶上的树一事进行了热烈的讨论，本人（图1）也关注到了各位师生在网上的意见，并对意见中所表达出来的善意和对学校的关心表示感谢。同时，我也想借此机会在这里表达一下我个人的想法。

我也爱马岗顶的树。就对马岗顶上的树的感情而言，我与各位老师和同学是一样的，而且可能还要更强一些，因为我就住在马岗顶，这些参天的老树已经成为我生活的一部分。我同样也知道，中山大学之所以可爱，与中区的林荫大道，与马岗顶上的这些树是分不开的，在它们身上，折射着中大的传统，它们是中大文化不可分割的一部分。

我可以十分负责地告诉大家，学校在进行基本建设时，对于校内绿化尤其是大树的保护是十分重视的。在建筑设计时，保护大树一直是一个重要的考虑因素。此次图书馆的扩建，主要涉及的是一片荔枝林和苗圃地，对荔枝林，已尽量进行了移植，该地段附近的大树，则经过设计修改而保留了下来。同样，在管理学院MBA大楼以及中区邵逸夫文化艺术中心建设时，建筑设计都尽量地考虑了保护大树这一因素。如果大家可以亲临文化艺术中心大楼，就会发现楼内庭院中还保留了三棵大树，为了这三棵树，现在落成的大楼，南北是不对称的。

毕竟，学校是要不断向前发展的，在发展的过程中，要完全地将原有的校园保留下来是不现实也是不可能的。新中国成立前岭南大学的建筑，只有现在大家看到的几十幢有绿色琉璃瓦顶的老楼，当时的校园，确实是茂林修竹、百草丰茂。但是，随着学校规模的不断扩大，学

◉ 图1　黄达人校长画像　黄不了　绘

生和教师人数都在不断地增加，如果仅仅依靠这些老楼，是不可能满足学校现有规模的（这也是为什么学校在1999年的时候一定要建立珠海校区的原因，如果没有珠海校区，就是2000年扩招的学生，康乐园也已无法容纳了）。当年建设西区教工住宅，也迫不得已砍了很多树，尤其是原“飞机屋”那片地上，大树是成林的，但是权衡再三，当时的校领导班子仍然觉得要建住宅，这是在当时的历史条件下不得已而为之的事情。现在回过头来看，这个决策还是得到了老师们的拥护的。此次图书馆的扩建，是一年多以前决定的，选择现在的地点建，学校也经过了再三权衡，不得已而为之。长期以来，学生们都不断地反映找不到自修的地方，尤其是临近考试时，这种呼声就更加强烈。之所以产生这种情况，图书馆的规模相对较小、自修条件不好是一个很大的因素，图书馆的扩建就是应同学们的要求而决定的。目前，这一紧张情况并未得到缓解，而且还有加剧的趋势。到今年9月新学年开学，单单南校园的研究生总数就将接近1万人，有一个现代化的、拥有良好设施的、具有较大规模的图书馆，相信一定是广大同学所希望的，也一定是老师们所希望的。

学校领导班子同样也看到，建太多的楼对康乐园的环境而言绝对不是好事。随着目前广州校区东校园（大学城）建设的铺开，学校今后基本建设的重心将集中在新的校区。而实际上学校已开始这么做了，东校园规划开始后，学校已决定将原来建在南校园的信息大楼和MPA大楼改建到东校园。

总而言之，我也是老师出身，而且将来还会以一个老师的身份重新走进课堂，所以请大家相信，对于中山大学，对于马岗顶上的大树，对于康乐园中的一草一木，我都有着与大家一样的感情。也请大家相信，学校的机关管理干部也决不会视大树为寇仇，非欲砍之而后快的，因为毕竟大家都是有知识的人，大家都在这个校园中工作和生活，他们对于中山大学，对于马岗顶上的大树，对于康乐园中的一草一木，也同样有着与大家一样的感情。

黄达人，教授，中山大学原校长

本文选自《校影》，中山大学出版社2004年版

玉在山而草木润

陈春声

生命科学大学院数十位本科同学，历时近两年，奔波往返广州、珠海两地，拍摄了校园227种代表性植物的照片，附上专业的说明文字，引录了诸多前辈先哲的名篇佳作，编成《康乐芳草——中山大学校园植物图谱》一书，作为校庆90周年献给学校的礼物，邀我作序。适逢国庆长假，仔细翻阅这本图文并茂、兼具学术理性与人文情怀的册子，看着校园里熟悉的草木花果的图谱，感触良深，自然而然地联想到《荀子·劝学篇》"玉在山而草木润"(图1)的说法，觉得以这一名句作为序言的标题，是很合适的。

许多年以前，有关部门评选"花园式单位"，中山大学校园也毫无悬念地入选。当时我还是一名"青年教师"，出入康乐园南校门，每次看到高挂在门柱上"花园式单位"的牌子，总觉得有点不太对劲，隐隐约约感到，将中山大学校园类比为"花园"，不太像是褒奖，反而似乎是有点贬抑。中山大学每个校区都是茂林修竹、草木葱茏，康乐园更被誉为国内最优美雅致的大学校园之一。但与一般的花园不同，我们的校园是诸多为近现代中国学术作出奠基性贡献的前辈学者居停过化之区，是许许多多以其思想成就增长了人类知识、改变了人类生活的大家名士授业解惑之所，更是无数聪慧好学的年轻人问道求学之地，这里的草木伴着知识的播种而萌芽，随着学术的进步而结果，这里的自然万物寄托过一代代学者哲人的思想与情愫，与成千上万莘莘学子共同成长。所以说，大学的校园非同一般意义上的花园。

《康乐芳草——中山大学校园植物图谱》的编者们是深谙其中道理

◉ 图1　玉在山而草木润　董晨　制

的，同学们不但为每一种植物拍摄很专业的图片，配上严谨科学的说明文字，而且选辑了自《诗经》以降，历代文人咏唱自然造化的数十段诗文名篇，包括许多师长、学长对校园风物的吟诵与感怀。颇感意外的是，业师汤明檖教授的《竹枝词杂咏》也被同学们注意到了："古木参天曲径幽，红楼碧瓦马岗头。云山珠水绕康乐，花发虬枝岁月遒。"我是1982年春天开始跟随汤老师学习明清社会经济史的，30余年之后，在假日幽静的马岗顶丛林再次诵读老师的诗作，真的是思绪万千。只有大学中人，才能感受到校园所赋予的这类具有文化与学术传承意涵的人文情怀。当然，康乐学人们留下的，还有更多的隽永名篇。如陈寅恪先生的"美人浓艳拥红妆，岭表春回第一芳"(《咏校园杜鹃花》)和"遥夜惊心听急雨，今年真负杜鹃红"(《乙巳春夜忽闻风雨声想园中杜鹃花零落尽矣为赋一诗》)是常被追忆者引用的佳句，而冼玉清教授早年所作"高秋纷落叶，东篱色独佳。采此隐逸花，悠然豁我怀"(《采菊》)，则描述了创立初期的康乐园秋色和校园之中青年学子的情怀。这就是"玉在山而草木润"的道理所在。

中山大学每个校区都有自己的故事，一草一木均积淀着一代代学子的记忆与感念。30多年前，入学之初，就听说当年岭南大学有不少教授、学生家在海外，康乐园的许多物种，是他们利用寒暑假探亲返校的机会，从美洲、大洋洲和东南亚各地带回来的。据说，从海外带新的植物品种到校园种植，是老一辈岭南学者的传统之一。当年听这个故事的直接感受，是想感谢民国时代的动植物出入境查验制度，若非如此宽松，这个校园的物种多样性一定会大打折扣。近年有机会请教本校植物学专业的同事，知道康乐园里确有数十种外来植物是全国最先引种的。一代代师长勤勉敬业，培护了校园美景，培养了众多人才，也培育了宽容而富有人情味的大学文化。饮水思源，同学们能利用校园内的物种资源，编辑出这本册子，自然要感念前辈们的筚路蓝缕。

看着这些校园草木的图谱，不由得又勾起30多年前的另一段往事。1977级大学生是1978年春天入学的，入学次年适逢新中国成立后第一个植树节，全体学生都参加了植树活动。今日南校园东门大路遮天蔽日的那两排大叶榕，就是我们这个年级种的。许宁生、李萍、朱熹平、许跃生、吴承学等师长，1979年3月12日那个微雨的下午，应该都在康乐园里挥锄植树的学生人群之中。30多年过去，人在成长，木亦成林。我们这代人自以为多一些理想主义情怀，其实年轻时代仍免不了偶有“附庸风雅”的举动。当年校园里“文学青年”为数不少，民间也自发遴选过所谓“校园八景”，是为紫荆迎宾、绿草如茵、画楼燕舞、惺亭夜月、马岗松涛、东湖夕望、江山一览和先哲风范。将“先哲风范”列入“八景”之中，反映了那一代青年的敢想与无畏，却也折射出校园与花园的不同。“紫荆迎宾”“绿草如茵”和“马岗松涛”均是以草木入景，可知康乐园植物群落的魅力感人至深。

陈春声，教授，中山大学党委书记

本文选自《康乐芳草——中山大学校园植物图谱》，中山大学出版社2015年版

景仰名人故居，热爱康乐芳草

张荣芳

我翻阅着这部书，深深感到中山大学校园的一草一木，都是涵养我们人文精神、高尚人格的精神财富。

2015年11月14日校友日，1985届及1985级同学们回到学校举行隆重的学位成礼仪式，感受学位授予仪式的荣誉与神圣。我代表参加成礼仪式的老师们在会上致辞，以“景仰名人故居，热爱康乐芳草”为题，谈了一点感受，与同学们分享我对中山大学的两点所爱。

一是景仰中山大学名人故居（图1）。

我们知道，中山大学在90多年的办学历史中，有无数名人在这里驻足、讲学，他们智睿的思想、丰富的人类创造的文化知识，积淀了我们校园深厚的文化底蕴。中山大学的名人故居，就是矗立在校园里让后人景仰、学习的一座座历史文化丰碑。

陈寅恪故居。陈寅恪是20世纪中国学人的杰出代表，为中国学术文化事业作出了卓越的贡献。他在中山大学工作和生活了20年，在此培养了无数优秀学子，创作了可以传之久远的《论再生缘》《柳如是别传》等不朽著作。陈寅恪的爱国精神和学问研究终生坚持“独立之精神，自由之思想”，严谨治学，显示出中国知识分子的风骨和气质。陈先生的学识和人品堪称后人的典范，其事迹为中山大学的历史增添了浓重的一笔。坐落在学校东南区1号的“陈寅恪故居”是供后人瞻仰的处所。每当我行经此地，都怀着一种无比景仰的心情，默默地记诵这位大师的学问和为人。

许崇清故居。我每天傍晚在马岗顶的林荫大道上散步，经过许崇

◎ 图 1　钟荣光故居——黑石屋　佚名　摄

清故居，都深深地怀念这位一生与孙中山先生结下不解之缘的现代著名教育家。许崇清在孙中山革命思想哺育下成长；他三次执掌中山大学，为弘扬孙中山精神鞠躬尽瘁。许校长的孙中山情怀，给我们留下了一笔宝贵的精神财富，我们应该永远铭记。

陈序经故居。在许崇清故居以北几十步处，就是陈序经故居。陈序经校长学贯中西，学识渊博，功力深厚，在社会学、经济学、民族学、历史学、文化学等多个领域，研究精深，著作等身。1956 年评定教授级别时，他与陈寅恪、姜立夫三人被评为一级教授。陈序经执掌岭南大学时，以不惜重金招揽人才而享誉国内外。陈寅恪、姜立夫、王正宪、谢志光、陈国桢、陈耀真、毛文书等著名教授都是他聘请来的。他既是一

◉ 图 2　质朴的杜鹃　瞿俊雄　摄

位有真知灼见的思想家，又是一位埋头耕耘的教育家；既是一位虚怀若谷的学者，又是一位时刻为师生着想的学校掌门人。“陈序经”三个字，已融入中山大学历史文化之中。

陈寅恪、许崇清、陈序经三位名人，都践行着“博学、审问、慎思、明辨、笃行”的十字校训而取得卓越的成就，为后人永远铭记。瞻仰他们的故居，铭记他们的教诲，是我们校友日返校的应有之义。

二是热爱康乐芳草。

中山大学茂林修竹，绿草如茵，草木葱茏，我们的校园十分美丽。2014 年，为向中山大学 90 华诞献礼，生命科学大学院数十位本科同学，奔走于广州、珠海两地，拍摄了校园 227 种代表性植物照片，附上专业的说明文字，引录了诸多前辈学者的名篇佳作，编成《康乐芳草——中山大学校园植物图谱》，由中山大学出版社出版。校党委书记陈春声教授为该书写了序，给予很高的评价。

我翻阅着这部书，深深感到中山大学校园的一草一木，都是涵养我们人文精神、高尚人格的精神财富。据说当年岭南大学有不少教授、学生，他们的家在海外，康乐园的许多物种，是他们利用寒暑假探亲返校的机会，从美洲、大洋洲和东南亚各地带回来的。中大芳草就是中外文化交流的历史见证。

大凡一个读书人，尤其是喜爱自然、喜爱艺术的人，多辨认得一些大地的草木、鱼鸟，都是有趣与有益的。所以孔子奖励学生学诗，举诗的效应，除兴、观、群、怨、事父、事君之外，要加上“多识于鸟兽、草木之名”，这是学生成长的重要途径。

许多花草，对我们陶冶人文精神有重要启迪。东湖、管理学院旁边的莲花，每年夏季，“接天莲叶无穷碧，映日荷花别样红”，吸引着不少学子来欣赏。古往今来歌颂莲花的作品可不少，但我独爱周敦颐的《爱莲说》，我爱莲花“出淤泥而不染，濯清涟而不妖，中通外直，不蔓不枝，香远益清，亭亭净植”。这是莲花可贵的品格，也是人可贵的精神。

中山大学有许多榕树，按《康乐芳草——中山大学校园植物图谱》一书的分类，有八九种之多。老榕树的品格，使人们想起智慧、慈祥、稳重而又饱经沧桑的老人。从南门到北门，东西两条榕荫大道，路边年年芳草，树林日日禽鸣，榕荫路连着珠江，牵着大学的精神，连着五湖四海的学子。这是学术传承、薪火相续的历史见证。

康乐园里有许多松树，“马岗松涛”曾是中大八景之一。松树的风格，按《论语》所说：“岁寒，然后知松柏之后凋。”它当凌云霄，直上数丈，经风雨，见世面，不屈不挠，岁寒而不凋。人生就应该学习松树的风格。

中山大学有许多杜鹃花（图1），它不像华贵的牡丹、冷峻的菊花、清高的荷花、倔强的梅花，但它显得亲切、诚恳、质朴。它不是一枝独秀，甚至没有浓香。当清明时节，我们在马岗顶北坡上看到开得灿烂的杜鹃花，给人一曲心旷神怡的颂歌：一个人没有什么可夸耀的，荣誉属于集体。这是杜鹃花给我们的启迪。

凡此种种，康乐园的花草，陶冶着我们的性情，铸塑着我们的人格。康乐园的芳草与中大人的品格是相通的。历史系前辈学者汤明檖教授在《竹枝词杂咏之二》中歌咏康乐园的芳草：“古木参天曲径幽，红楼碧瓦马岗头。云山珠水绕康乐，花发虬枝岁月遒。”同学们在校友日返校，应在校园内多走走，感受花草给我们的人文气息，在自己的工作岗位上创造更骄人的业绩，为实现国家富强、民族复兴、人民幸福的伟大中国梦而奋斗。

张荣芳，教授，中山大学原副校长

本文选自《中山大学报》2015 年 11 月 27 日

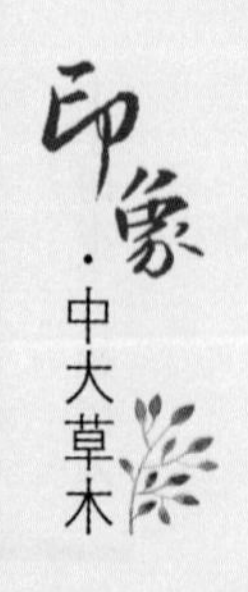

紫荆礼赞

张荣芳

我想起陆游咏梅词："零落成泥碾作尘，只有香如故"，这是梅花的坚贞。

康乐园里有200多种植物，紫荆（图1）可能是为数最多的，星罗棋布地种植在校园里南北东西各个角落。紫荆花是广大师生喜欢的校花之一，因而康乐园别名为紫荆园，迎接宾客之地称为"紫荆园宾馆"，学生以紫荆命名自己的社团，称"紫荆诗社"，甚至民间自发遴选"校园八景"，"紫荆迎宾"列为八景之首。可见紫荆花深入莘莘学子和辛勤园丁的心扉。

清明时节，我没有兴致去郊外踏青，而是每天下午四五时漫步康乐园，考察紫荆花。最近发现留学生二号楼北边、文科大楼北边、图书馆东门外、地环大楼东边、岭南堂北边草坪、善衡楼门前等多处的紫荆花开得十分灿烂，令人陶醉，过往游人也驻足拍摄。

紫荆花花型虽然不大，但其花之多，是其他花所不能比的。那些小而绚丽的花朵，密密层层地爬满了整棵树的每个枝条。像岭南堂北边草坪上唯一的一株紫荆树，看上去找不到几片叶，而花开得灿若红霞，十分壮观，宛如一位艳装少女，在凝眸注视着北校门的牌坊和日夜奔流的珠江水。面对如此良辰美景，我不禁吟出"云淡风轻午后天，傍榕随柳到花前。时人不识老夫乐，或谓偷闲学少年"之句。

紫荆既可庭栽，又可路植，既可供观赏，又可入药，令人喜爱，开出的蓝、紫、白、红等斑斓色彩的花朵也令人流连忘返。然而紫荆花体

◉ 紫荆礼赞　瞿俊雄　摄

现的精神更应点赞，赋予它时代的价值。

我赞紫荆花平易近人的平民精神。紫荆花有四种类型：宫粉羊蹄甲，花呈粉红色，三至五月开花；白花羊蹄甲，花呈白色，三至五月开花；红花羊蹄甲，花呈浅粉红色，九至十一月开花；洋紫荆，花呈深紫色，十一月至次年三月开花。不管哪种类型，其花、叶特点都非常鲜明，就是叶子顶端两裂形似羊蹄，故称“羊蹄甲”；花冠成蝶形，花都是五瓣，中间一瓣较大，左右各有两瓣，呈左右对称排列。叶和花的这种特色，使人极容易识别，一看便知是紫荆花，这不是一种平民精神吗？

我赞紫荆老树开花的不服老精神。早春时节，紫荆开始孕育骨朵。而骨朵都是长在往年的老枝条上，直接从粗壮的树干生长出来。紫荆的这个特点，民间就称为“老树开花”。这种精神就像我们校园内许多离退休的老教工，老有所为，默默奉献，呈现出夕阳无限好、妙在近黄昏的境界。

我赞紫荆花坚贞的高尚情操。紫荆花没有沁人的芳香，但是年复一年以似锦繁花缀满枝头，为康乐园增添了无限生机，使学子和园丁感受到自然的美。然而，紫荆花盛开的时间很短，一阵春风吹过，花瓣被吹落时，一下呈现出壮丽的紫荆花雨，地上立时铺满各种颜色的花瓣，它的颜色仍不变，依然鲜活。我想起陆游咏梅词："零落成泥碾作尘，只有香如故"，这是梅花的坚贞。我想以"缤纷落英铺满地，只有色如故"来表彰紫荆花的坚贞情操。

我赞紫荆叶子托红花的奉献精神。紫荆的叶子有一种韧性，不管风吹雨打，叶子从不轻易飘落，在风雨中挺立，有着傲雪斗霜的性格。绿叶虽然没有紫荆花的绚丽芬芳，但却默默无闻地为花输送养料，吸收阳光雨露，衬托那美丽的花朵。我们做人不该有绿叶这种奉献精神么？

我赞紫荆亲情和谐的精神品格。在民间，紫荆往往用来比拟亲情，象征兄弟和睦、家庭兴旺。传说南朝时有一高官，兄弟三人分家。所有财产都分置妥当了，最后发现院子里还有一株枝叶茂盛、花团锦簇的紫荆不好处理。当晚，兄弟三人商量将这株紫荆树截为三段，每人分一段。第二天清早，兄弟三人前去砍树时，发现紫荆树枝叶已全部枯萎，花朵也全部凋落。老大见此状不禁对两个兄弟感叹道："人不如木也。"后来，兄弟三人又把家合起来，并和睦相处。那株紫荆树好像颇通人性，也随之恢复了生机，长得花繁叶茂。这个故事不就说明了家庭和睦、社会和谐的重要么？和谐是社会主义核心价值观之一，我们应该从兄弟分家故事中，借鉴有益的启示。

康乐园的学子们、园丁们，课余工后，迈开双腿，漫步校园，享受大自然之美，陶冶人文精神，塑铸平凡而高尚的人格。

本文选自《中山大学报》2016年5月11日

一种绽放青春生命的情怀

李萍

读《一路花开》，有一种春风扑面、春意盎然之感，不由赞叹青春真好！

《一路花开》是中山大学环境科学与工程学院2012级四位同宿舍的女同学徐思敏、潘越、徐赟、文荣在辅导员王敏丽老师的指导下完成的。这是中山大学“逸仙林”丛书、学生原创作品集第一部。师生们历时一年半，踏遍中山大学近6平方公里的四个校区，收录了21种比较经典或分布较多的花卉，按花期的自然顺序编章，在每章的与花“相识、相知、相惜、相趣”部分，选取了中大人以及名家相关美文诗词共122篇，师生校友的摄影作品、水彩手绘插图214幅……

看似一组数字的叠加，却是跳跃的青春音符在涌动；看似花草情趣之小调，却是绽放青春生命的情怀。这种涌动与绽放不正是青春魅力不衰的本色吗？与花相识、相知、相惜、相趣的过程，不正是她们俯下身来聆听大自然的回响而充满灵性的记录吗？不正是承载万千中大学子对母校眷恋，并满怀憧憬追逐新的人生之志向吗？

我是1978年春走进康乐园的，此后再没离开过，相信此生也不会离开了（图1）。2000年、2001年、2004年母校先后增至四个校区，学校也从那时的13个系、2000多学生发展到今天50个学院（系）、5万多学生，好大的变化呀！但正当青春年华的第一次印象从来没有模糊过，反倒随岁月流逝而变得更清晰。

那时从南校门直达怀士堂校训矗立地的主校道，大概只有现在的三分之一宽，两边都是郁郁葱葱的树木竹林，但觉得这条路好长好深，

◎ 图 1　李萍倩影　李汉荣　摄

走到怀士堂前，却忽有四通八达、无限开阔之感，并顿生“书山有路勤为径，学海无涯苦作舟”之信念。其实我知道这条路的长度并没有改变，这只是一种心情罢了。同年走进康乐园至今还在任教的各位同学不知是否有同感?

我相信所有的感受、感动、感悟都是主客体互动之反映，是存在与价值相遇的回响，是每个人心性之事，亦是“我思故我在”的意境，当然会不尽相同，但每个人的身上又会折射出那一代人某种共同的气质。对于恢复高考后入学的，尤其是 1977、1978 级（1980 级开始基本是招收应届毕业生了）的同学来说，最强烈的共鸣应该是，十分珍惜得来不易的 10 年后的第一次，要“像海绵吸水一样吸吮知识”，“为中华之崛起而读书”。每天清晨，同学们拿着英语单词本边读边排队进图书馆（中区张弼士堂至黑石屋）占位子的情景，成为康乐园中轴线上一道最难忘的风景线。真的生怕浪费分秒，我那时最奢华的学习就是每周半天到图书馆看《收获》《十月》等大型文学杂志，周末晚上参加伤痕文学等各种大讨论。记得我们班几位男女同学有一次未经请假去享受大自然，后被定为最严重的逃课事件。当初觉得很庆幸没同流，今天想来多少有点幼稚。其实大自然的奇妙是启发人类灵性、陶冶情操最好的老师与读本。

“黑夜给了我黑色的眼睛，我却用它寻找光明”（顾城），“五朵金花”发现美、欣赏美、创造美、追求美的过程，正是用自己的眼睛寻找光明的历程，也恰是“真心本来赤，正色自然朱”（宋·王十朋）。

祝福青春，祝福同学们！

李萍，教授，中山大学原党委副书记、原副校长

本文选自《一路花开》，中山大学出版社2015年版

第二章

桃李不言，下自成蹊

◉ 山高水长　董晨　制

榕荫下的岁月（节选）

蔡鸿生

榕树乃岭南嘉木，植于村口塘边，郁郁葱葱，荫庇着一方水土，在民间享有盛名。清初屈大均的《广东新语》，对其生态和象征作过意味深长的记述：

“榕，叶甚茂盛，柯条节节如藤垂。其干及三人围抱，则枝上生根，连绵拂地。得土石之力，根又生枝。如此数四，枝干互相联属，无上下皆成连理。其始叶根之所生，如千百垂丝，久则千百者合而为一，或二或三，一一至地。如栋柱互相撑抵，望之有若大厦。直者为门，曲者为窗牖，玲珑八达，人因目之曰榕厦。

“榕，容也。常为大厦以容人，能庇风雨。又以材无所可用，为斤斧所容，故曰榕。自容亦能容乎人也。”

康乐园夹道植榕，根深叶茂，庇荫行人，是中山大学的一大景观。作为一个“土生土长”的中大人，我在榕荫下已度过50年的岁月，欢乐和迷惘兼而有之，幸好未曾沉沦。经历过风风雨雨，又迎来了丽日蓝天。在今、昔、情、景交融中，我深深地感到，榕厦就是母校，母校犹如榕厦（图1）。她能自容，能容人，也就能容乎人。如今四个校区，一派生机，欣欣向荣。在天时、地利、人和的合力中，中山大学的明天必定更美好。

我于1953年深秋来到康乐园，开始了难忘的大学时代。

1953年是一个重要的年份：国家建设的第一个五年计划开始了，朝鲜战争结束了，大学院系调整完成了。对青年学生来说，尤其深受鼓舞的是，就在同一年，毛主席发出“三好”的号召：“要使青年身体好，学习好，工作好。”犹如一阵春风，无论宿舍、课室还是饭堂，到处都见到“三好”的标语，组成校园生活的主旋律，令莘莘学子心花怒放。那种精神状态，借用屠格涅夫的话语，就是“青春站在街垒上，它那辉煌的旗帜高高地飘扬”！

至今依然记得，在当年历史系的迎新会上，系主任刘节先生郑重介绍：“我们系里拥有中古史两位大师——陈寅恪先生和岑仲勉先生，他们都是著作等身，满门桃李。二老同系任教，是全体师生的光荣。”随后又听到一些来自师兄师姐们的传闻，才知二老一盲一聋，但却具有非凡的智力。于是，在光荣感之外，又增添了几分神秘感；至于他们的学问如何博大精深，则还茫然无知。有关沙弥问道的事，那是后话了。

20世纪50年代中期的康乐园，花木多，草坪多，林荫小道也多。但并非“曲径通幽处”，而是大力提倡“文明生活”。周末和节日跳交谊舞成风，不会的也得学，称为“扫舞盲”。学生除必修体育课外，还应参加“劳动卫国制锻炼”，包括短跑、游泳、俯卧撑、单双杠等等，不达标不能毕业。宿舍夜间统一管制灯火，熄灯后播轻音乐，催眠十分钟。舒

图1　榕荫下的岁月　练金河　摄

伯特的《小夜曲》："我的歌声穿过深夜，向你轻轻飘去……"事过多年，每当听到这段乐曲，犹如心灵触电，怀旧之情油然而生，似乎受到一种带有抚慰的激励。虽不能返老还童，仍企盼秋行春令，不知不觉认同晚年巴金的心声："把从前的我找回来！"巴老真了不起，敢于冲破昏气，在夕照中呼唤朝阳，豪情不减当年，确实难能可贵。让"花甲者""古稀者"向百岁老人看齐吧。

蔡鸿生，历史系教授

本文节选自《校影》，中山大学出版社2004年版

中山大学资讯管理学院红起来了

程焕文

资讯管理学院门前地势开阔，没有高大树木，阳光充足，土地贫瘠，最适合种植勒杜鹃（三角梅）。勒杜鹃生长环境越差，树叶越红，一年四季火红火红……110棵树植完了，大家集聚在一起照张相留念（图1），来年我们再植树，把资讯管理学院四周变成花园，令人羡慕的花园……这张照片当载入资讯管理学院历史，一段美好的记忆，多少年后都不会褪色。

◉ 图1　植树后的留影　资讯管理学院官网记者　摄

2005年植树节，我与众助手冒雨在中山大学图书馆总馆花园中种植了四棵果树：荔枝树、龙眼树、杨桃树和杧果树，寓意中山大学四个校区图书馆将来硕果累累。连年来，荔枝树一直在开花，可惜的是因为虫害，并没有挂果。今年，杧果树既开了花，又结了果，巧的是刚好结了四个杧果，似乎是在兆示：四个图书馆只有忙起来，才会有好结果。

程焕文，资讯管理学院教授，曾任中山大学图书馆馆长，
现任文献与文化遗产部主任

凤凰树·鲁迅

张海鸥

中文系楼东有凤凰树（图1），树下新立鲁迅先生汉白玉雕像。凤凰树每年五月花开花落，然今年殊异，自五月至九月，红花次第不已。课前课后，学生们从此走过……

那是远古飞来的凤凰
伴着孤独的树人者
期盼涅槃
守望飞翔

一树血红
在五月的碧绿中绽放
先生已是洁白的玉
看枝头燃烧的花儿
开到秋风又起

道是为情所困
先生携卷西行
为自由的爱
也为爱的自由

如今这凤凰树下

◉ 图1　凤凰花　赵婷　摄

先生的爱已经永恒
凤凰花年复一年
陪伴着沉默的先生

康乐园灯光月影
摇曳着三味书屋的梦
多少青葱岁月啊
如幻如电如雾如花
如风阵阵
如雨蒙蒙

本文选自《一路花开》，中山大学出版社 2015 年版

徘徊的马岗顶

张海鸥

夜色轻抚着马岗顶的岑寂（图1）
深深浅浅的是我的心情
也许我读不懂这林中的幽邃
不知道细叶榕为谁婆娑
凤尾竹为谁渊默
可是我知道这宽宽窄窄的路
当然不是清夜沉沉的春酣
也不是一声呐喊的拼争
那么这路上徘徊的寻梦者
可否有梦里忧伤的自由
可否有拣尽寒枝的自守

屋檐下蚓曲的海棠
必不是苏轼喜欢过的那一株
虽然有同样的幽独
但那低亚的枝条
柔韧着百炼的刚强
依旧是千秋的生长
物竞天择的艰辛啊
玉成你高贵的孤独

◉ 图 1　马岗顶的岑寂　瞿俊雄　摄

水面上没有涟漪
但却看不清陈年的湖底
匆匆照影的惊鸿
其实也不必叩问水底的泥沙
浊者自浊
清者自清
那平静的宽容
注定是永远的承受

在没有月色也没有灯光的
——马岗顶
野草一如既往地缄默
呵护夜的安宁
守望绿色的风

本文选自张海鸥《水云轩集》，华夏出版社 2005 年版

马岗顶

——绿色的书

张海鸥

中国大学自然景观之最美丽者，当数三大名园：珞珈山、燕园、康乐园。

提起康乐园，见过她的人都会想到那条老树青坪的林荫路，却未必知道那条路只不过是马岗顶的长袖善舞而已。康乐园的风神仪态，其实是以清幽深邃的马岗顶（图1）为中心的。那里古树参天，绿茵覆地，春啭黄鹂，夏鸣鹧鸪，林花次第于四季，秀色迷人于朝夕。谁也说不清那里的细叶榕为谁婆娑，凤尾竹为谁渊默。一年一度，凤凰花红了，木棉花落了，看不尽的绿肥红瘦，为这里读书、工作、生活的人们装点着春夏秋冬。

所以说，只知林荫路而不知马岗顶的人，必定是走马看花的过客；而知道马岗顶却不知其美的人，那就只能是窥夫子之门墙却不能入其堂奥的俗人了。解读马岗顶，是既要有文化，又要有悟性的。

南朝宋元嘉年间，宋文帝将康乐公谢灵运流放广州，不久又“诏于广州行弃市刑”。那是元嘉十载，公元433年，公年仅48岁。他是晋室贵族，是大名士，是中国山水诗的创始人。“野旷沙岸净，天高秋月明”“池塘生春草，园柳变鸣禽”等诗句广为传诵。如今的珠江南岸，在当时约略是一片汪洋，马岗顶或许是一座孤岛，正适合安置康乐公这样的钦犯。不然康乐村这个名字因何而来呢？1888年格致书院选址康乐村，1904年改为岭南大学，1952年中山大学入主康乐园。

康乐公旧居早已无存，后人甚至无从考证马岗顶的茂林修竹间，是否曾经响起他优雅的木屐声，但他临刑前所作的诗篇却载于史乘：“恨我君子志，不获岩上泯。”这千古遗恨回荡在康乐夜色中，与惺亭的无言、黑石屋的神秘、寒柳堂的特立，以及这学府的百年变迁，都积淀为康乐文化，令一代代后人敬畏着、感动着、思索着……

如今的马岗顶，林木大概不会比康乐公散步时更茂盛吧，但其文化蕴含无疑是与日俱增了。“玉在山而草木润”，近百年间，马岗顶一带一直是学术贤达、长校政要雅居之地。比如我们中文人熟悉的硕学鸿儒陈寅恪、王力、杨荣国、容庚、商承祚、王起等名师，又如著名校长钟荣光、陈序经、许崇清、冯乃超等。直到现在，从吴越移职岭南的现任书记和校长，也住在马岗顶古朴的红砖房里。马岗顶因此而海涵地负，隐喻着美德和人望，表征着名校名师事业，含蓄着一种大学风范。这风范中有着进取、廉洁自律、清高自守，也有渊博与宽厚、高贵与淡薄、优容与雅量。这风范深得中大人的敬重和爱戴，如同马岗顶的苍茫云树，古老而富于生机。

现在中文系最年高德劭的名师吴宏聪先生也久居马岗顶。吴老曾和我说起马岗顶的地灵人杰、宗风懿范。林木掩映的数十幢红砖绿瓦的

◉ 图 1　清幽深邃的马岗顶　刘雨欣　摄

欧式小楼，似乎每一幢都珍藏着丰富的文化故事。马岗顶像一本绿色的书，存传着百年学府的风华神韵。那摇曳的树影和渊雅的小路，似乎总在讲述着曾经的故事，比如陈序经校长如何将一批批名师请上马岗顶等等。我不由得想起古人“山不在高”的名言，其实山水和大学一样，都须因人而名。

去年8月，南京大学主办宋代文学国际学术研讨会，100多位海内外学者参加。在一次晚宴上，主持人命我诵诗助兴，我便赞美康乐园并朗诵了拙作《徘徊的马岗顶》。“三大名园”说颇得赞同，马岗顶引起许多人神往。说真的，我希望马岗顶名扬四海，希望马岗顶的可敬和可爱，能与她的清容秀貌一起，“与天壤而同久，共三光而永光”。

我记不清多少次对别人讲述我心目中的马岗顶了，我的师长、朋友、学生们曾和我一样在这令人敬畏的绿色里流连。而我对她的解读和热爱仍在持续，和她的年龄一起增长着。我深知这种解读和热爱，其实就是对我们所期待的大学精神、名师风范的解读和热爱。

我曾在诗中赞美马岗顶的海棠：“那低亚的枝条，柔韧着百炼的刚强，仍旧是千秋的生长，物竞天择的艰辛啊，玉成你高贵的孤独。”

吴老说康乐园中真的有两株海棠，和当年西南联大的海棠不一样，和苏轼的黄州海棠自然也不一样。我和他老人家相约，海棠花开时，我陪他散步赏花，继续听他讲马岗顶的故事。

本文选自张海鸥《水云轩集》，华夏出版社2005年版

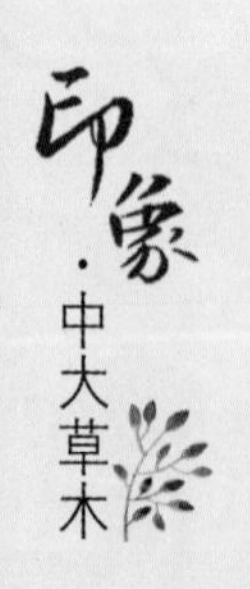

红千层

古小红等

◉ 图1　红千层　瞿俊雄　摄

中山大学化学与化学工程学院对红千层（图1）情有独钟。在2013年3月25日毕业生植树活动中，他们选择的就是红千层，古小红书记谈到了其中的意义：这种花，开花珍奇美艳，更为特别的是花朵长得像试管刷，跟化学很有缘；毕业生亲手栽花，美化了校园，也为母校留下了美好回忆；希望若干年后，大家回到学校，看到火树红花，满枝吐焰，能够想起在实验室做科学实验的情境，不忘师生情谊，不忘感恩母校。她还提到，习近平主席近日在莫斯科国际关系学院演讲时提到“中国梦”，希望毕业生能够为实现中国繁荣富强的梦而努力，同时祝愿大家都能实现自己美好的理想和梦想，未来的生活像这些红千层一样红。

◉ 图2　红千层胸针
化学与化学工程学院　摄

另外，中山大学化学与化学工程学院一名校友，免费为学院设计了红千层胸针（图2）。在许多活动中，学院将红千层胸针赠送给嘉宾，同样寄予了他们美好的祝愿。

本文选自《一路花开》，中山大学出版社2015年版

最是一抹姹紫嫣红 美中大（节选）

仇荣亮

中山大学是美丽的，中山大学被称为中国最美丽的大学之一，其康乐园和北京大学的未名湖、武汉大学的珞珈山，并称三大中国大学最美自然景观。中山大学的花是美丽的，这种美丽或许只有中大人才能体会。康乐园里古木参天，绿茵覆地，春啭黄鹂，夏鸣鹧鸪，林花次第于四季，秀色迷人于朝夕。当然，不只是广州校区南校园康乐园，广州校区的东、北校园和珠海校区也到处是花的气息。杜鹃花、洋紫荆花（图1）、木棉花、凤凰花，一年四季，竞相开放。身处花的世界，中大人也情不自禁地寄情于花。一代史学家陈寅恪，与妻子唐筼在其故居一同咏叹杜鹃；杨海文先生的《康乐园里的植物家族》也感叹了历届中大人对于这些点缀校园的精灵们的喜爱。

……

在微风吹拂下，在暖阳的照耀下，满目尽是繁花的争奇斗妍，那样的形形色色，那样的繁花旖旎、落英缤纷，于是“喧鸟覆春洲，杂英满芳甸”，有了“桃花一处开无主，可爱深红映浅红”，外出举目眺望，“春阴垂野花青青，时有幽花一树明”，院内则“满园深浅色，照在绿波中”，使人不禁心生愉悦。

就是这些花，或是风风火火开在枝丫间，红得决绝；或是安安静静藏在绿叶中，素得清雅。伴随着岁月的成长，花开花落，质朴而灿烂，开在了中山大学的昨天与今天还有明天，开在了每一个中大人的心里。

……

最后，以无意中看到的一首小诗作为结尾：“你看到路旁那朵小花

图1　洋紫荆　肖晓梅　摄

正在芬芳地绽开吗？来来回回经过，不曾真正瞧过她，怨她羞涩？还是怨我太漫不经心？有一天放慢了脚步，看到那芬芳的小花，闪着孤寂、顽冥、忧怨。是何时开出这朵小花，竟忘了光顾她的美艳，错过了吻她的青春，嗅她的梦想。”希望有更多的人可以在一路花开的美景中，走向未来。

为将来而奋斗，也不要忘了沿途的风景！

仇荣亮，环境学院教授、院长

本文节选自《一路花开》，中山大学出版社2015年版

一花一木一中大（节选）

杨海文

康乐园里，究竟有多少棵树呢？生物系老教授、担任过广东省白蚁学会副理事长的陈振耀，曾经组织研究小组，历时一年多，对康乐园内遭受白蚁危害的树木进行普查。2002年，校报以“珍爱校园的一草一木”为题，公布了他们的调查结果：园内成材树木共有8580棵，隶属55科155种，加上未成材树木，远远超过1万棵。康乐园占地1.17平方公里，如果计算森林覆盖率，又是多少？

在校报发表的这篇文章中，陈振耀教授还勾勒了康乐园树木的几个显著特征：其一，具有鲜明的热带亚热带特色，热带树种触目皆是。其二，外来树种占有优势，如白千层有1267棵、大王椰子有790棵、湿地松有286棵、柠檬桉有257棵，都是来自大洋洲或北美的树种，有的树种国内仅在这里有着种植。其三，珍稀树种多。生长在此的树种只有两棵的有12种，只有一棵的有33种，其中不少是珍稀树种。据缪汝槐教授[①]说，康乐园里有许多宝贝，如常桉，长得非常巨大，国内仅此一棵；花旗杉、大叶合欢、澳洲坚果、猴子杉、花榈木等等，都是国内罕见树种。其四，大型树王多。如樟树、杧果、柚木、南洋楹，有不少长成了巨型树王。有一棵海棠和几棵余柑子本是灌木，经过上百年的修为，长成了亚乔木。还有一棵藤本的使君子，也长成了巨藤。

陈振耀教授为之骄傲的，我也为之骄傲；他为之担忧的，我也为之

① 缪汝槐先生是老中大，曾出版《植物地理学》《种子植物分类学》等教材，参加《中国植物志》的编写，长期在植物标本馆从事植物的分类鉴定工作，有不少新发现。

◎ 图1　一花一木一中大　瞿俊雄　摄

担忧。读《珍爱校园的一草一木》，以下的“讲古”分明传递了“警今”的意味：

——过去，607号楼前路旁有棵叫“丢了棒”的树木，省内少见，园内唯一。1994年9月10日被台风吹折的南洋杉压断，后又长出新枝，并恢复长势。后来这里建单车房，惨遭砍头，绝迹了。

——原在719号东侧路旁、园内仅有的两棵卫矛叶蒲桃，因拆建而移到康乐园餐厅旁，不久便枯死了一棵。

——2001年，幼儿园扩建，里面一棵松杨不知其踪了。

——20世纪60年代初，南门西侧有一片橡胶林。现在只剩下一棵，树头两侧已由水泥构件将其封存，还能活多久，要看它的生命力了。

——东北区309号门前西侧有一棵藤榕，近头部几乎被人砍断，刀痕累累，却还在顽强地生长着。

——电教中心东北角，省内仅有的一棵滇刺枣，1996年国庆节前搞卫生，有人把垃圾倒在树下烧，万幸大难不死，第二年又长出了新枝。

几棵树的不幸，自然不是一万棵树的经历。有个事实确凿无疑：1904年岭南大学（当时还叫岭南学堂）开始在康乐园建设永久性校舍，上百年来，一代又一代人精心护卫，康乐园成了如今繁华的广州大都市中一片难得的绿洲。“古木参天曲径幽，红楼碧瓦马岗头。云山珠水环康乐，花发虬枝岁月遒。”（汤明檖：《竹枝词杂咏》其二）“小楼庭院静如哗，夏日蝉声春夜蛙。伴我寂寥思索易，读书常到月倾斜。”（潘汝瑶：《中大杂咏》其五）这两位中大老人1984年的深情吟诵，依然写照了今天康乐园的诗情画意。只不过，一万棵树的未来，应当从几棵树那里吸取教训——永远地。

天灾无法控制，师生们最担忧基建。学校要发展，基建是必要的。比如，2003年春天，位于马岗顶的图书馆总馆要扩建了。听说可能会砍掉一批树，师生们忍不住了，一上校园网，就是各种各样的想法。有怨言，有建议，都是在为如茵的绿草担忧，为灿烂的百花担忧，为参天的古树担忧。这些担忧，学校有关部门理解；而最理解的，是校长黄达人。

让我们记住2003年5月23日——这一天，黄达人校长在校园网发表《我也爱马岗顶的树》。这篇帖子的意义，图书馆馆长程焕文2007年3月16日的博客写道：

“2003年春，中山大学图书馆总馆改扩建工程启动，师生得知将会移走图书馆北面的树木时，纷纷在校园网上抱怨。于是，黄达人校长在校园网上发表《我也爱马岗顶的树》一文，不仅尽释了师生的疑惑，而且获得了师生的齐声赞誉，以至该文被誉为黄达人校长成为‘网络作家’的代表作［见《网络是生活的一部分——与黄达人校长谈网络》，《中山大学报》（新）第65期（2004年3月22日出版）］了，亦被中山大学图书馆奉为馆史珍宝。今天重温经典之作，感动油然而生，不减当年。”

……

2004年11月8日，中山大学图书馆80周年馆庆暨新馆开馆典礼，黄达人校长的讲话又一次提到这个帖子：

“记得在扩建这个图书馆的时候，因为不可避免地要影响马岗顶的绿化，出于对学校的关爱，教师中出现了一些不同的声音，那时我在网上作了一个回复，叫《我也爱马岗顶的树》，说明图书馆的扩建是学生的需要，也是大学发展的需要，得到了师生们的赞同。可见图书馆的重要性也是全校师生的一个共识。”(《图书馆是大学精神的守护者》)

读完校长的一席话，两个意象浮现在我们的眼前：一个是图书馆，一个是树。21世纪以来，康乐园里，树的命运与图书馆的命运勾连在一起，多么意味深长！我们的古人说得好：“十年之计，莫如树木；终身之计，莫如树人。”(《管子·权修》)图书馆是树“人”，可树“木”呢？这篇长长的《康乐园里的植物家族》，终于迎来植树节。

过去，4月5日是植树节：1921年，陈炯明曾在怀士堂前植树；第二年，伍廷芳又来到康乐园植树。现在，3月12日是植树节：2008年，学校党委书记郑德涛陪同时年94岁的著名植物学家张宏达，在测试大楼前栽种两棵槭叶桐。槭叶桐是世界上最壮观的景观树种之一，原产澳大利亚。它开出的铃铛状红花，让整棵树看起来就像一团燃烧的火焰。若干年后，槭叶桐就跟旁边的白兰树一样高大了，铃铛状红花就会跟肥厚芳香的白兰争奇斗妍了。槭叶桐同样会永远记住它植根于康乐园的这个时刻：整整120年前，岭南大学创校；张宏达1935年入读中山大学，70多年了……

十年树树，为的还是百年树人！树“树”与树“人”之间的哲理，莫如黄天骥的《金缕曲·植树》说得清晰、晓畅：

“今岁春来早。渐东风，催朱醉紫，弄襟翻帽。柳眼飘残红杏雨，处处枝芽窈窕。听叶底，流莺啼晓。且趁千村回淑气，选良苗，细点荒坡窍。你注水，我挥镐。　载桃育李勤添料，待些时，参天黛色，野芳生俏。莽莽昆仑铺绣被，万里清芬在抱。肥绿里，花喧蝶闹。种得新材连晚翠，遍神州不放青山老。都说是，园丁好。”

杨海文，哲学系教授

秋深谁唱紫荆词

杨海文

记忆中，中山大学以前有个学生诗社叫紫荆诗社。从南校门进来不远，向右拐是紫荆园宾馆。照例，康乐园里该有太多跟紫荆相关的传说与故事。不知为什么，面对紫荆，我现在却无从下笔。主要原因似乎在于没有收集到多少材料，或者因为无法从手头的材料中理出一根线索，但好像又不是如此。写康乐园里的植物家族，许多东西可以省略，唯独紫荆不能，所以，必须硬着头皮，开始敲击键盘了……

校报复刊五年多了，终于发表第一篇写紫荆的小散文。文章一开头写道："初秋的康乐园，路旁的紫荆花绽开了。一朵朵，一团团，争先恐后地爬上厚厚的绿叶层。灿如云锦，紫艳欲流，那样地充满朝气，那样地饱含热望。"[①] 作者金铭来自五寨沟的小山村。那里的紫荆葱茏茂盛，是为纪念抗日战争中壮烈牺牲的八位游击队员而栽培的。紫荆花盛开的时候，人们会来到花丛前，默默地缅怀先烈。暑假，金铭回家探亲，得知村民用荆条为附近的矿山编织了上千担箩筐，创造了可观的经济价值，村长因此计划种植更多的紫荆，以增加副业收入。

紫荆成了五寨沟村民的财源后，紫荆花还会用来祭奠先烈吗？大学生金铭没有追问这个有些沉重的话题。《紫荆花》本来就是一篇小散文，紫荆词才是它的罗曼蒂克：

"紫荆既可庭栽，又可路植，既可供观赏，又可入药，大概这就是它令人喜爱的缘故吧。然而，我更喜欢紫荆花那含蓄而热烈、质朴而奔放

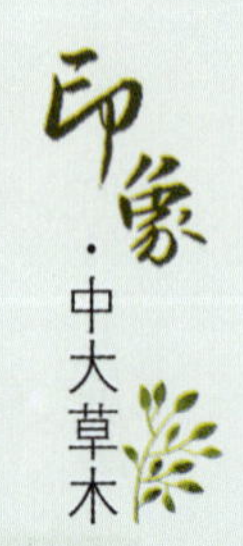

① 金铭:《紫荆花》，载《中山大学校报》1985 年 10 月 21 日，第 4 版。

图1　秋日紫荆　曾琦　摄

的性格，以及它那斑斓的色彩——‘蓝’的深沉、‘紫’的典雅、‘白’的纯洁、‘绿’的朝气、‘橙’的温暖和‘红’的热烈。她永远簇拥成一个个的集体，竞相向着阳光充足的空间伸延……”

20世纪80年代，中大学子的紫荆词还有另一种写法，就是把自己比作含蓄而热烈、质朴而奔放的紫荆花（图1），借此去讴歌辛勤培育过自己的老师。1986年的教师节是个好机会，校报适时发表了诗歌《紫荆花呵，我老师的爱》，作者是中文系1984级的程学源。我们的校园诗人不断运用了这类表述：“呵，紫荆花，我童年的花，/紫荆花呵，我老师的爱！”“呵，紫荆花，我少年的花，/紫荆花呵，我老师的爱！”“呵，紫荆花，我人生的花，/紫荆花呵，我老师的爱！”

一个月后，校报上登了一首《一簇簇杜鹃红似火——献给我英年早逝的中学老师》。作者跟程学源来自同一个系同一个年级，叫程捷。因为要献给自己英年早逝的中学老师，程捷写道："你就这样走了，匆匆、寂寞，/ 告别了一群群你倾尽心血的学生，/ 留下了一簇簇杜鹃似火、似火！"把老师培育的学生比为杜鹃花，表明"二程"用的手法一样，这首诗也是那个时代的中大紫荆词！

要写紫荆词，最好有个组织，比如诗社，而"紫荆诗社"是个不错的名称。紫荆诗社，或许就是这么成立起来的。"中山大学80周年校庆丛书"有一本讲学生社团史的书《青春南方——中山大学学生社团简史》，上下80年，并未提到紫荆诗社，可知它的影响不是很大①。我感到有些遗憾，幸好从校报1987年发表的初发的科普文章《中大校园的羊蹄甲》中，偶然瞥见诗社成员当年活动的剪影：有位朋友参加了紫荆诗社，看见两个月来校园里有些不高的树上盛开一种紫红色花朵，很烂漫，随处可见，就问初发，这种花是紫荆花吗？

初发的文章，主要目的在于介绍羊蹄甲属的"一家四口"：家长是代表种——羊蹄甲，老大是红花羊蹄甲，老二是洋紫荆，老三是白花羊蹄甲。四者到底有何区别？说实话，初发没有说清楚，我也没有读明白。我只得靠其他材料来弄清这个问题，比如，2005年的"踏花行花卉论坛"(http://www.tahua.net/bbs/)上，橄榄树从香港某网站下载的那篇《洋紫荆面世一百年》。

《洋紫荆面世一百年》一文说：香港最常见的羊蹄甲属植物，除了数目最多、花色最艳丽的洋紫荆外，还有红花羊蹄甲、宫粉羊蹄甲、白花羊蹄甲。一般读者最关心如何区分它们，文章也给了回答。我们稍加修饰，抄录如下：

1. 宫粉羊蹄甲（图2）——花瓣5枚，呈粉红色，其中一枚有深红色条纹，花期从3月至5月。

2. 白花羊蹄甲——花瓣5枚，呈白色，其中一枚有黄绿色条纹，雄蕊5枚，花期从3月至5月。

① 1994年，周伟驰、单小海编选《南方以南：中山大学校园诗歌精选》。2016年2月14日上午，重读这本蓝色封面的非正式出版物，得知1988年考入中山大学哲学系本科的周伟驰曾任紫荆诗社社长。

◎ 图2　宫粉羊蹄甲　张家齐　摄

3. 红花羊蹄甲——花瓣5枚，呈浅粉红色，花瓣前端有较多皱褶，雄蕊3至4枚，花期从9月至11月。

4. 洋紫荆——花瓣5枚，呈深紫色，雄蕊5枚，花期从11月至次年3月。

2004年校庆80周年，网上张贴海若海写的《走进中山大学》一文。文中写道："康乐园更不乏靓丽的色彩。三月份，杜鹃花开放，开在大钟楼前的山坡上；四月份，紫荆花开放，开在校道的两旁……"紫荆花是香港特区的区徽,《洋紫荆面世一百年》一文的介绍应当科学。广州的自然地理与香港差不多。这么说，海若海4月份看见的紫荆花，必不是白花羊蹄甲，无疑是宫粉羊蹄甲；金铭同学初秋看见的紫荆花，还不是洋紫荆，而是红花羊蹄甲。他们都在说紫荆花，可他们看到的花都可以叫紫荆花么？

初发的文章有些常识性错误，比如把洋紫荆说成春末夏初开花，但他（她）有个观念值得注意，就是认为紫荆诗社之由得名的"紫荆"，只能是洋紫荆。言外之意，红花羊蹄甲、宫粉羊蹄甲、白花羊蹄甲之类都不是紫荆。不知道初发是否学生物学出身，即使他（她）是的，可绝大多数人不是啊。大多数人心里有紫荆花，眼中也就都是紫荆花了。1980年入读中文系的邱方就说："紫荆一年中开两次花，春天开粉红花，衬着绿叶，很温柔羞涩的样子；秋天开紫红花，很热烈，秋风一来，树下便铺一层落英，有种忧伤的美丽。"[①] 我们看到：这个美丽的错误，始终尾随康乐园里代代相传的紫荆词，顽强控制了南方以南缠绵悱恻的紫荆恋。

1987年3月，校报登了初发的科普小品。这一年12月，校报发表了大资的《校园植物小诗》，其中有一首《羊蹄甲》："红花红遍长短梢，羊蹄难老伴花俏。初冬甲品谁胜似，晨夕丽霞共树高。岁寒英雄何所在，哪个含笑迎霜刀？质本洁来还洁落，染地化碧也风骚。"又是初冬，又是红花，看来咏叹的还是红花羊蹄甲（图3）。

羊蹄甲属植物中最窈窕、最婉约的洋紫荆，什么时候能够青睐我们的紫荆词呢？大约是1880年，有位神父在香港钢线湾的海边，发现一棵开着深紫红色花朵的树木。基于世界上其他地方一直没有发现相同

① 邱方：《爱花人语》，载罗永明主编《我们的中大》，中山大学出版社2001年版。

◉ 图3　红花羊蹄甲　刘雨欣　摄

的品种，1908年，植物学家判定这是个新品种，并以热爱植物的前港督卜力爵士的姓氏，命名为*Bauhinia blakeana*（洋紫荆）。读了这个掌故，猛然发觉：初发的诗社朋友看见的紫荆花正是洋紫荆，初发的固执也正是我们许多人心中的念头。只是这个朋友是否为紫荆诗社的社花填过紫荆词，不得而知。

或许，可以试着到越南留学生何黎金英的《紫荆花》里看看。文章也发在校报上，日月如梭，90年代了：

"紫荆花当然是紫色的了，可这种紫色不是平常的紫色，而是它自己独有的颜色，就叫它紫荆色吧！紫荆花有五瓣儿，每瓣同样的大小，同样的颜色，花开时五瓣儿都向外伸展出来，接住阳光，好像想尽量地夸耀自己的美丽。花蕊弯曲嫩白，轻风一吹，花就轻轻地摇动，长长的丝头低下来像一个害羞的美丽姑娘一样。叶子也簌簌地响起来了，温柔的声音像在跟谁说悄悄话，又像是在唱一首情歌。真美啊！这时如果能够坐在树下，一边看花，一边听这种曼妙的声音，那真叫人陶醉啊！"①

① ［越南］何黎金英:《紫荆花》，载《中山大学校报》1998年5月5日。2008年7月，广州校区南校园图书馆前的宣传栏介绍中山大学国际交流学院，有一幅何黎金英的照片，说她是越南国家大学中文系讲师。

田中圭美是暨南大学的留学生。刚从日本来广州，连中国话“吃饭了”还不会说的时候，有位中国朋友带她来到康乐园。田中圭美第一次见到了紫荆花，从此，每到秋天，她就开始了怀念：

“紫荆花并不像玫瑰花那样华丽，可是在我的眼里，它却是花草中最美的一种。我看着紫荆花时，心里总是涌起难过和幸福两种微妙的感觉。因为寂寞的秋色中，紫荆花盛开的时间很短，一阵风吹过后，被吹落到地上的花瓣孤独无助地躺在那里，使刚到广州的我触景生情，更加难过；而在空中慢慢飘落的紫荆花，又让我体会到进入新境界的兴奋和好奇，我在心里默默感谢着帮助我的中国朋友。”

从“中国华文教育网”不经意地瞥见田中圭美这篇《我心中的紫荆花》，我的内心顿时掠过惊鸿一瞥的战栗。越南来的何黎金英写过“紫荆花当然是紫色的了”的句子，日本来的田中圭美笔下也有“紫荆花当然是紫色的”的句子。这使我第三次想起紫荆诗社那个提问的朋友，也想起初发的固执，然后，我终于确认：紫荆花，就应该是紫色的花！生物学家可以对羊蹄甲属植物进行科学的分类，但康乐园里的紫荆词，更应该钟情秋深时分决意绽放的洋紫荆。它虽然有个“洋”字，却是地地道道的“中国制造”！那个美丽的错误可以让它一直将错就错下去，但洋紫荆应当成为我们真正的紫荆花！

去听听紫荆词，何如？秋深谁唱紫荆词？其实就是一颗颗平凡的心灵对着平凡的花歌唱：

“紫荆花终究是平凡的。她没有鲜妍的媚色，没有沁人的芳香，她不在百花斗艳、万紫千红的春季开放，而选择了这草木枯颓、秋风萧瑟的寂寞深秋；她不被闲人雅士奉在庭前案上，而是繁多地生长在这游客罕至的道旁。她似乎不懂献媚取宠，不懂物因稀贵，年复一年地以似锦繁花缀满枝头，为康乐园增添了无限生机，使匆匆行人感受到自然的美好。纵使从来没有多少行人为之留心注目，没有多少游客为之倾倒喝彩。紫荆花是如此平凡，但她因平凡而崇高！”[1]

硬着头皮居然快写完这阙紫荆词了，仰仗的何尝不是一颗平常心

① 陈建任：《紫荆花下……》，载《康乐之窗》（中山大学学生会主办，内部刊物）1995年第10期。

呢？再伟大的人，没有这份心境，也伟大不起来。正如鲁迅：上海虹口区山阴路（旧称施高塔路）132弄，那幢砖木结构的三层楼房里，9号就是先生住过的寓所；屋前天井两边，种植着先生生前喜爱的花木，比如石榴、桃树，还有紫荆花。

最后，为紫荆词补充两个花絮。其一，初发那篇科普小品提到：黄花羊蹄甲、嘉氏羊蹄甲两个珍贵品种，过去中山大学有过，广州地区也只有中山大学有，后来野生的都毁于基建，只有园林科苗圃里还保存了一盆嘉氏羊蹄甲，供人观赏。其二，王季思的《紫荆园饮茶》写道："一路紫荆花，荆园来饮茶。茶分龙井绿，花带凤城霞。种树思梁栋，育苗为国家。小荷才露角，映日见新芽。"[①] 前一个属于教训，后一个属于期待，都值得我们铭刻在心。

康乐园的红墙绿檐，将一如既往地承载紫荆树下的青葱岁月，你的，我的，我们大家的……

---

① 王季思：《中山大学校园四咏（外一首）》其四，载氏著《玉轮轩后集》，中山大学出版社1994年版。

榕厦即故乡

杨海文

再不提到网上的“生物数字博物馆”，就有些对不住他们那个精心制作的“中山大学校园植物集锦”了。这个集锦，给每种植物配发了照片，还有文字说明，可谓图文并茂。一张张点击，发觉康乐园里叫“榕”的植物居然多达7种，生物学上统称为“桑科榕属植物”。为了让一般读者有个大致了解，我特意制作了以下这个表格：

序号	植物名称	形　态	拍摄地点	照片拍摄者	网页制作者
1	藤榕	藤状灌木	陈寅恪故居	刘莹	余萍、刘莹
2	对叶榕	小乔木	体育馆西面	王英永、刘斌	刘斌
3	水石榕	小乔木	游泳馆旁边	刘斌、颜永胜	刘斌
4	印度榕	乔木	西区	颜永胜、刘斌	刘斌
5	枕果榕	乔木	地球与环境学院旁	刘莹	余萍、刘莹
6	垂叶榕	大乔木	永芳堂边	刘斌、颜永胜	颜永胜
7	榕树	大乔木	大草坪旁	刘莹	余萍、刘莹

记住拍照片的普通人、制作网页的普通人，也是必要的。因为，一首康乐园的家园谣，一部中山大学的文化校史，终归要体现的是——历史是人民群众创造的。记住拍摄地点，你就可以按图索骥，去检阅一代又一代人榕荫下的岁月，其中包括你自己的。只是，紫荆词里一直贯穿的那个美丽的错误，是否会闪烁在榕木赋中呢？所有叫“榕”的植物，你们都称为榕树吗？

◉ 图 1　榕荫下的荣光堂　练金河　摄

西区操场北面有条大榕路，它与康乐路交界的地方有棵大榕树，这就是我无数年来所理解的榕树。只把洋紫荆叫紫荆花？榕木赋似乎不必沿袭紫荆词的做法，但英文名为 *Ficus microcarpa* 的桑科榕属植物——榕树，抬头望一望岭南路与逸仙路相交处的那棵榕树上挂的牌子，就知道是康乐园里的主要景观植物。“中山大学校园植物集锦”给榕树写的文字说明是：

“大乔木，老树常有锈褐色气根。具乳汁。单叶互生，全缘，薄革质，先端钝尖，表面深绿色，有光泽。托叶小，披针形。具托叶环。隐头花序，榕果成对腋生或生于已落叶枝叶腋，扁球形，无总梗，成熟时黄色或微红。雄花、雌花、瘿花生于一榕果内。”

这么专业的文字说明，我们不一定读得懂，还是让我们走进校报。1980 年 11 月 3 日，校报复刊后的第 6 期发表了吴工的一篇植物趣谈《道旁巨伞》，把中区校道两旁树冠茂盛、绿叶婆娑下清风阵阵的榕树（图 1）比作“道旁巨伞”，并特别描述了它的气根：“凡榕树都有从枝丫上部长出的一条条气根，下垂及地。有的气根钻入土中，成为一根根支柱，起着支撑巨伞的作用。在环境适宜的热带原始大森林里，榕树的树冠不断扩张，气根形成的支柱越来越多，如此蔓延不息，母干连着子干，密密森森，俨然形成一座‘独木林’。”硕大的树冠、连绵的气根、常青的碧绿，正写照了榕树的美。

这篇植物趣谈还介绍了榕树的果、花、实。其果也不是真正的果，只是肉质花托膨胀封闭形成的球状体。其花，因为大多数生长在肉质花托的内壁，我们总看不见。榕树的“果”有个作用，就是小小的骨质种子在其中成熟起来，成为“实”。小鸟特别喜欢吃肉松松的“果”，却消化不了坚硬的“实”，于是榕树的种子，借助小鸟的飞翔，广为播种。

千百年来，小鸟们就住在这里，它们好比我们的祖先！今天的康乐园，到处都是一幢幢翠绿的“榕厦”，四处都有一片片清凉的“榕荫”，可有谁真诚地谢谢过那些小鸟为此作出的贡献呢？如果没有，请让我在此郑重其事地感谢这些可爱的小鸟。小鸟们的贡献远远不止播种榕树的种子，还有啊：它们清晨时的叫声催醒了我们新的一天，它们阳光下的一掠带给了我们满心的喜悦……

顺便要感谢施爱东写的那篇妙趣横生的蛇鼠故事[①]，以及徐霄鹰提的那个有些惊心动魄的问题：“它们都到哪里去了？”[②]从《我们的中大》读完这两篇回忆，我们要真诚地感谢同住这个园子里的一切动物！没有它们，这个园子难以保持必要的生态平衡，遑论生灵之美、生态之美！可惜现在写的是康乐园的植物家族，写的是康乐园的榕木赋，只能顺便提提，真有点对不起你们——小动物们！或者，我们可以到爪哇堂旁边的昆虫实验园看看……

国家名誉主席宋庆龄是孙中山先生的遗孀，1981年5月29日逝世。校报专门做了一期“沉痛悼念宋庆龄同志专刊”，亦即当年6月6日出版的(复)第18期，不是平常的四版，而是六版。这是校报复刊以来做的第一个专刊。报头文字为：“我国爱国主义、民主主义、国际主义和共

① 参见施爱东《与蛇鼠等相关的故事》，载罗永明主编《我们的中大》，中山大学出版社2001年版。按，文章最后写道：“我的好友、历史系的万毅博士有一次喝醉了酒，血红着眼睛对我说：‘老施，说白了，你我都像是中大养熟了的狗，就是把你赶出去，你最终还会找回来。’”无数次想起万毅说的这席话，无数次地感怀……

② 参见徐霄鹰《往事点滴》，载罗永明主编《我们的中大》，中山大学出版社2001年版。

产主义的伟大战士，卓越的国家领导人宋庆龄同志永垂不朽！”头版头条的标题为“我校师生员工沉痛悼念宋庆龄同志”，副题为“宋庆龄同志逝世的噩耗传来，康乐园沉浸在一片悲痛之中。连日来，广大师生员工纷纷举行各种纪念活动，学习宋庆龄同志的高尚品德和革命精神”。

中山大学是孙中山先生手创的。宋庆龄对中山大学有着特殊的情感，有着横亘一生的深情厚谊。年轻时代，宋庆龄多次到过康乐园。这期专刊有篇《宋庆龄与中山大学》的文章（作者为余齐昭）写道：“1922年6月，军阀陈炯明叛变，叛军围攻总统府，宋庆龄脱险后来到康乐园，当晚住在副监督钟荣光的寓所；1923年12月21日，宋庆龄陪同孙中山到怀士堂演讲《学生要立志做大事，不可做大官》，会后两人一起在校园留影，照片至今珍藏于我校孙中山纪念馆。”

1923年12月视察岭南大学，宋庆龄与孙中山在康乐园拍了很多照片。《校影》收录有两张，都是集体照，宋庆龄系着围巾[①]；《近代广东教育与岭南大学》中有一张，只有夫妻两人，宋庆龄未系围巾[②]。《校影》的第一张就是校报专刊第6版的那张，只是前者把后者的右边稍微剪辑了一些。这三张不同的照片，背景都有康乐园的树。夫妻合影的那张，左边站着宋庆龄，右边站着孙中山，身后是一棵树，树叶茂密，十分显眼。

照片背景上的树，就是榕树吗？听到宋庆龄逝世的噩耗后，置身于榕荫遮蔽、榕厦耸立的康乐园，请允许我们像林雄同学那样浮想联翩。林雄的《缅怀篇》就发表在这期校报专刊。在林雄的笔下，宋庆龄是一棵华盖擎天、傲然挺立的古老榕树：

“前面这棵榕树，你是这片土地上最高大的树。看你，顶着擎天的华盖，盎然挺立。你的树梢那么高，在上面一定能望得见很遥远的地方。鸽子从这儿起飞，能将和平的信息带到任何地方。你，百年大榕树，许多人虽没能亲眼见你曾经受过多少狂风暴雨的袭击，但他们每见到你时就觉得像见到大地母亲一样可亲可敬。秦牧同志的散文中说，这些老榕树，‘它们使人想起智慧、慈祥、稳重而又饱经沧桑的老人……’庆龄同志，您就是这样一棵老榕树！”

---

① 参见舒宝明主编《校影》，中山大学出版社2004年版。

② 参见黄菊艳主编《近代广东教育与岭南大学》，商务印书馆（香港）有限公司1995年版。

《缅怀篇》有个小序:“五月二十九日晚,惊闻宋庆龄名誉主席病逝,不胜哀痛。情切间,会同学徘徊于林间校道中,茫然似有所觅。偶止足环望,四周黑如披纱状。感于万物皆悲,和泪而记之。”长长的林间校道,“四周黑如披纱状”,这就是“万物皆悲”!又何止是榕树呢?在《缅怀篇》看来,还有地上的草,还有天上的星星。比如——草:

“路灯旁,我无意间看到了小草。一株小草,那么平常。可有人要问世界上什么东西最有力量?那么,我的回答是首推眼前的小草。小草,它具有旺盛的生命力,为了追求阳光,为使自己生长,不管环境多么恶劣,也不管上面压着累累的石砾,它还是要曲曲折折地从缝隙间透出地面来。敬爱的宋妈妈,当年蒋介石威逼利诱,您的回答是什么呢?我所见到石缝的小草,正像您,同样那么顽强不息。”

林雄是从康乐园走出的校友:1978年从海南岛考入中文系读本科,90年代又在经济系获得硕士学位,曾任中共广东省委宣传部部长、统战部部长等职。今天,林雄校友还会回想起当年写的《缅怀篇》吗?《时尚旅游》2003年10月号有篇文章《中山大学:榕树下的似水流年》。文章没有怎么谈榕树,可它把莘莘学子的中大岁月比喻为榕树下的生活,比较有意思。原来,榕木赋在根子上不必是谈榕树的,它要见证的是我们每个人榕树下的一段青葱而又凝重的岁月。或短,如林雄校友;或长,如蔡鸿生先生。

历史系老教授蔡鸿生,从上大学的那天开始,一直生活在康乐园里。由史学新兵变成康乐园丁,在他看来,就是几十年榕荫下的岁月:

“康乐园夹道植榕,根深叶茂,庇荫行人,是中山大学的一大景观。作为一个‘土生土长’的中大人,我在榕荫下已度过50年的岁月,欢乐和迷惘兼而有之,幸好未曾沉沦。经历过风风雨雨,又迎来了丽日蓝天。在今、昔、情、景交融中,我深深地感到,榕厦就是母校,母校犹如榕厦。她能自容,能容人,也就能容乎人。如今四个校区,一派生机,欣欣向荣。在天时、地利、人和的合力中,中山大学的明天必定更美好。”①

中山大学的教授群体有个现象,就是写专业论著的多,说康园故事

① 蔡鸿生:《榕荫下的岁月》,载氏著《学境》,中山大学出版社2007年版。

的少。这个现象很正常，只是从文化校史的角度看，不免有些遗憾。相比之下，“拾穗榕荫”的蔡鸿生是个例外，“榕荫馥郁”的张海鸥也是个例外。又从“中国文学网”（中国社会科学院文学研究所主办）上，看到张海鸥写过《〈康园八景〉组诗》。八景也有榕树的份，诗的题目叫《榕荫馥郁》，其中写道：

“许是康乐公长袖善舞

化作这榕荫馥郁

池塘边年年春草

树林里日日鸣禽

榕荫路连着珠江

水远风长

牵着大学的精魂

钟灵毓秀是通达南北的绿

传薪续火是五湖四海的人……”

于张海鸥的《榕荫馥郁》，我无数次吟诵“榕荫路连着珠江 / 水远风长 / 牵着大学的精魂”。于蔡鸿生的《榕荫下的岁月》，我反复地体味“榕厦就是母校，母校犹如榕厦”。于是，我们的榕木被赋予了另一种表达，叫“榕厦即故乡”。这个故乡属于我们的精神，属于我们的心灵。

早期康乐园植树活动及其二三事（节选）

李少真

一

1917年的清明节，民国政府主办了第一届植树节活动。清明节是中国的传统节日之一，到了清明，人们都去扫墓，悼念已故亲人。这一天，时任省长的朱庆澜将军与广东省政府的其他一些官员来到岭南大学康乐校园为学校的师生作演讲，校乐队还奏起了爱国乐曲。然后，大家共栽了几百棵树来纪念这项活动。朱省长在怀士堂前栽种了一株玉兰树。请看：图1是朱省长在挥锄挖坑；图2是朱省长亲自种下的那株玉

图1　朱庆澜（右一）在康乐园挥锄挖坑

◉ 图 2　朱庆澜亲手种下玉兰树

兰树苗。朱省长身边持铁锹者为时任岭南大学校长、美国人晏文士博士。照片中可见“朱庆澜手植树”的木牌立于树畔。朱庆澜省长是辛亥革命名将，挥动铁锄挖坑的动作娴熟在行，说明省长没有学者和官员那种歧视体力劳动的旧思想。

把植树节作为中华民族的一个节日，是中华民俗演进的一个全新里程碑。它既是一种新俗的开启，又是一种崭新观念在中华的诞生。蔡元培先生 1919 年曾言：“我说的劳工，不但是金工、木工等等，凡是用自己的劳力作成有益他人的事业，不管他用的是体力、是脑力，都是劳工。所以农是种植的工，商是转运的工，学校职员、著述家、发明家是教育的工，我们都是劳工。”早在 1918 年 11 月 26 日，时任北京大学校长的蔡元培教授，在为师生作《劳工圣神》的演讲时，就提出要“认识劳工的价值”，并喊出了“劳工圣神”的口号。“劳工圣神”思想表明了蔡元培先生是一个具有革新精神和民主作风的人。植树节在当时国家新官员中得到广泛响应，特别在校园中得到热烈响应，为“劳工神圣”在校园中被教师和学生的认可与接受，“植下”了前因。

蔡元培先生 1919 年倡导的“劳工圣神”思想，孙中山先生 1924 年提出的“扶助农工”政策，对岭南大学都产生很大影响。至 1925 年，康乐校园里“劳工神圣”理念已蔚然成风，既有全校师生员工一起欢聚的活动，更有全校师生员工一起于圣诞之际共同参加岭南“千人劳工神圣宴会”的盛举。中山大学档案馆、广东省档案馆都收藏了不少有关这方面主题的照片，保存完好。照片显示在康乐校园的怀士堂前，岭南大学举行的一系列活动盛况。

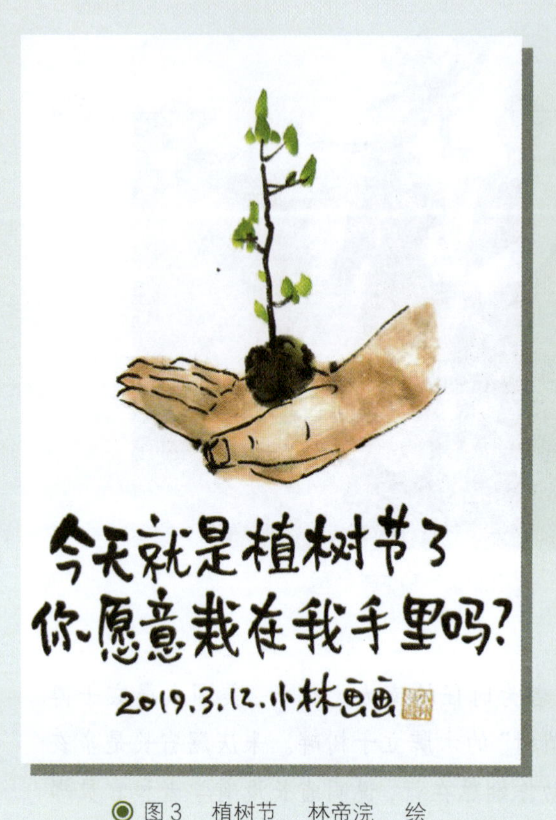

◉ 图3　植树节　林帝浣　绘

植树节，最早是孙中山先生在1915年倡议的。1916年，民国政府（北洋政府）正式规定了每年清明节为植树节。后因清明节对于我国南方来说植树季节太迟，同时也为了纪念孙中山先生，国民政府又将纪念孙中山先生的逝世日——3月12日定为植树节。1979年，新中国第五届全国人民代表大会再次确定每年3月12日为我国的植树节（图3），以纪念一贯倡导植树造林的孙中山先生。

植树造林，不仅可以绿化和美化家园，同时还可以起到扩大山林资源、防止水土流失、保护农田、调节气候、促进经济发展等作用。早期康乐校园的植树活动，不仅美化了校园，而且还有着特定的历史意义。

岭南大学师生素有劳动习惯。1904年康乐新校园建设伊始，全校师生都自己动手开掘水井、修建伙房、搭建洗衣房。1915年，学校全体师生员工人人参加义务劳动，建成了校园游泳池。从创始人哈巴先生（1888年）开始，继任者尹士嘉、晏文士等均在校务间隙进行植树、种花、园艺操作等劳动。自1917年植树节之后，植树活动更是在康乐校园持续进行。

二

图4是1922年3月4日，格兰先生（右二）在康乐园的植树照。格兰是美国新泽西州一位富商的儿子，热衷于宗教事业，终身未婚。自1896年起任岭南大学纽约董事局（现在的岭南基金会）书记兼司库，纯粹是义务，不支取薪金，为岭南教育奉献数十年如一日，堪称岭南大学第二个创始人。位于康乐园中轴线以东的1916年落成的格兰堂，就是按捐款人美国纽约肯尼迪夫人的意愿命名的，目的是铭记为岭南大学作出重大贡献的董事会成员格兰先生。格兰先生任职期间，在美国为学校作宣传，筹募经费，派遣教师，操办物资的购买和运输，并经常来到岭南大学考察学校的宗教教育、校舍、仪器设备和教职员等情况。当时格兰先生是专程从美国来学校考察的，恰逢植树节期间，于是在康乐校园留下了这张珍贵的植树照。图片显示，当时的校园很空旷。

现在的康乐园中区，中轴南北贯穿。错落有致地分布在中轴两侧的红楼建筑，设计别具一格，各具特色，没有一座雷同。看得出，校区最初是经过认真规划的。看到那大草坪，想起了美国华盛顿的国家广

图4　格兰先生（右二）在康乐园内植树

场，猜想也许早期康乐校园的规划是受到它的启示。因为康乐园的最初规划是出自美国人之手。

……

高鲁甫（Groff, George Weidman），一个刚毕业于宾夕法尼亚州立学院园艺系的美国人，也在这时自愿来到广州，来到康乐园。高鲁甫到校时，学校搬到康乐园才3年，百事待兴，尤其是校园建设方面。此时学校仅忙于建设校舍用房，以应付师生教学和生活的需要。高鲁甫在园艺方面的专长正好可以在校园环境改造方面发挥作用。岭南农学院当时设有农艺学、畜牧学、蚕丝学和园艺学4个系。他带着园艺系的学生首先开始校园的绿化工作，在校园里有计划地种了不少树木，使整个校园更为优美。在这过程中，高鲁甫培养了一些学生对园艺的兴趣。《岭南大学简史》（郭查理著、李瑞明译）是这样记载的："开始时，校园看上去是光秃秃的。但在1908年，宾夕法尼亚州立学院的高鲁甫园艺师到来后，开始了系统的植树活动。不久，校园里就植上了梨树、榕树、樟树和荔树，为校园增色不少。"从1907年来康乐校园，到1941年因病返美，高鲁甫在岭南康乐园工作、生活了34年。

竹类具有很大的经济价值，可用于建筑、造纸、食用和竹器制作。位于康乐校园西区球场南面的一片竹林，也是校园难得的一景。竹园是学校生科院的竹类标本室，后学校出资将其辟为教职工的休闲去处。我特别喜欢这片竹林，尤其喜欢竹园里清静幽雅的环境。多年前，与定居在国外的一位岭南老学长通电话，他告诉我，这个竹园是岭南大学时期美国人莫古黎（McClure, Dr. F. A.）教授创办的。莫古黎教授1919年至1941年期间在岭南大学生物学系工作。从学校图书馆还查到，莫古黎教授于1929年12月在《岭南学报》（第1卷第1期）发表了论文《广东的土纸业》。

……

四

一所大学就是一部历史，大学的校园就是学校发展历史的见证。从刚开始的一片空地，发展到现在的公园式校园，见证了中山大学及其前身院校百年发展的历史……

◎ 图 5　竹园　刘雨欣　摄

具有百余年历史的康乐校园，如今是绿树苍翠挺拔，草坪芳草如茵，校道树影婆娑，与以红墙绿瓦为基调的红楼一起，形成了校园里一道道美丽的景观。我们在赞叹校园美丽的同时，不能忘记曾经在这片土地挥洒过汗水，为这个校园添加过一草一木、一砖一瓦的前人，不能忘记不远万里，来到中国，来到康乐园，为早期岭南大学及其校园建设辛勤劳作过的美国人。

李少真，中山大学档案馆原副馆长

康乐园的花与树

李庆双

花作为植物，有草本和木本之分，但中山大学的花多为木本，花开在树上，所以花与树是一体的。从北方初来中山大学时，我十分惊诧于满树的花开，因为北方的树少有花开，开花的多为草本植物，可见，“一方水养一方人”的道理也适用于植物。同样，使我困惑的是，徜徉于校园里，总有不知名的花香在四处弥漫，在令你陶醉的同时，也易使你迷情和忘我。印象最深的是，一次凌晨从家回到校园时，白雾笼罩着校园，四周的花与树似有若无，犹如一幅剪影，期间夹杂着鸟鸣之声，真使我误以为到了人间仙境，这样的人生体验，一次也足矣。

中山大学的树是弯弯曲曲、盘根错节的，不似北方的树高大挺拔、亭亭玉立，这倒符合龚自珍在《病梅馆记》中所描述的“梅以曲为美，直则无姿；以欹为美，正则无景；以疏为美，密则无态”的情景。曲折的枝干还有一好处，可以广为延伸和覆盖，密密麻麻地撑起了一片天空，既可为行人遮阳避雨，也可为鸟的栖息之地，康乐园宽阔的林荫道就得益于此。树的盘根错节可以固定水土，还可相互支撑和砥砺，有很强的生命力。

中山大学的树是多样的，除了常见的榕树、凤凰树、木棉树、紫荆树、松树、玉兰树、棕榈树、杧果树外，还有些不知名的树散落于校园中，有心人借助树干上挂的说明书才知其由来。树的多样，也带来了花的多姿，随着季节的转换，这些花有时相约着次第开放，有时也挤做一团，你不让我，我不让你，争香斗艳，红的似火，粉的如霞，白的像雪，黄的赛金。有一校友曾这样描写校园里花开的四季：“春天鹅黄的迎春、

◉ 图1　树下，杜鹃盛开　瞿俊雄　摄

淡粉的紫荆争先恐后地展露芳容，木棉花开在云天，灿烂的杜鹃花（图1）簇拥着端庄宁静的图书馆，让人春天晦暗的心眉开眼笑。夏天凤凰树顶着一片片红雾，夹竹桃就开在你身边，玉兰躲在大叶下暗送浓香，栀子花则像纯洁的女大学生，着一身白衣在草坪上静静地微笑。秋天的校园几乎被浓浓的紫色统治着，三角梅、紫荆花铺天盖地，逼得人透不过气来；更有那五颜六色姿态各异的菊花点缀着校园的角落里，凉风过处，飘来一阵阵沁人心脾的药香。冬天依然有一年四季不知疲倦的朱槿在放送着热情和温暖，所以我们叫她四季花……”

在中山大学的花与树中，能以园命名的，大概只有竹子和紫荆树了，校园里有竹园和紫荆园，可谓园中园。广州校区南校园生科院附近竹园中的竹子有上百个品种，这些竹子还被移植到珠海校区和广州校区东校园。人们之所以喜欢竹子，是因为竹子是梅、兰、竹、菊四君子之一，也是因为其“未出土时便有节，及凌云处尚虚心”的精神和品格，所谓“成竹在胸”和“雨后春笋”之说恰如竹子的写照。我也十分喜欢竹子，曾在学校的一栋二层的旧楼里居住时，住宅的前面是大片的竹林，东侧长着一两丛挺拔的竹子，开窗时，满眼的青翠扑面而来，枝叶也如人手般伸进窗来，仿佛在说："我可以进来吗？"对这份盛意，除了满怀的欣喜和接纳外，还能怎样？所以我常以"宁可食无肉，不可居无竹"而自得了。但愿我们在新校区所移植的不仅是自然的竹子，还有竹子的品格和中山大学的精神。如同竹园，紫荆园的得名也该有深意吧，只是没有考究，不好妄发议论。可知的是，紫荆花终年常绿繁茂，颇耐烟尘，特适于做行道树。其色紫红，形如蝴蝶，景色奇特，艳丽可爱，当叶子还没长出时，枝条上花已盛开，所以又称"满条红"。可见，紫荆花是以其绚丽的姿色和坚忍易生的品格入人心的，有校友感慨道："我只记得紫荆花在雨季时撒落于草地上的华美与豪奢！真美啊，美得让人落泪"。能有如此感受，当是性情中人；否则，只能是"花开花落两由之"了，所希望的是"人与花心各自香"。据说，中山大学除了康乐园的别称外，还可被叫作紫荆园，不知可否？姑且说之和听之。

杜鹃虽不能如竹子和紫荆树那样，以园自居，但她自由、热烈和奔放地开在大钟楼的两侧，其花团锦簇般的艳丽，让游人为之驻足和留影（图2）。杜鹃是从外面引进而种植的，但在康乐园的沃土上蓬勃生长，可见中山大学地力的丰厚和包容。我也有幸参与了学校组织的一次植树活动，在距大钟楼不远的地方，位于图书馆的东侧又种植了一片杜鹃。这片杜鹃同样长得兴旺，已花开几度了。中大师生歌颂最多的，该是杜鹃花了，还为其填了词、谱了曲，最为人们所记忆的是"杜鹃花发，长忆惺亭"。与此相应的另两句——"岭南同学，桃李芬芳"，也值得人们记忆。这两句是廖承志同志为中山大学题写的。有意思的是，廖承志同志的雕像也安卧在杜鹃花的环抱之中，笑对着中大的学子、岭南的同学。

桃李芬芳，最能体现教育的特色，只是南校园几乎见不到桃树的芳影，东校园倒栽了不少，而李子树是长于北方的，这倒并不妨碍我们仍可把桃李比作人才，那桃李的由来呢？恐怕很多人并不知晓。桃李的典故出自《韩诗外传》。战国时魏国大臣子质得势时曾培养和举荐过很多人，后来失势时投奔到赵国。他向赵国的国君子简发牢骚，抱怨自己曾帮助的人在关键时刻没有一个人肯为他出力，以致自己流落异乡。子简听后笑着说："春天种下桃树和李树，夏天可以在树下休息，秋天可以

◉ 图 2　盛开的白杜鹃　瞿俊雄　摄

吃到果子。可是如果你春天种下的是蒺藜，不仅秋天吃不到果子，长出来的刺还会扎人。所以君子在培养人之前，应该像种树一样，先选准对象，然后再加以培养。”此后，人们就把培养人才叫作“树人”，优秀的学生称为“桃李”。“桃李”常和“春风”一起使用，叫“春风桃李”。在《幼学琼林》“师生”一文中，“弟子称师之善教，曰如坐春风之中；学业感师之造成，曰仰昌时雨之化”。可见，学生在老师的教化下，如坐春风，才能桃李满天下，也才能形成“春风桃李”的良性师生关系，正如“投桃报李”一样，不先“投桃”，焉能“报李”？

我以为，大学不但要有大楼和大师，还要有大树，有大树才能现出大学的历史厚重感和文化底蕴。朱熹曾为白鹿书院这样题写：傍百年树，读万卷书。“十年树木，百年树人”所指的就是一个发展的历史和文化过程。在中山大学所有的大树中，我最推崇的，也最能代表中大精神的当属榕树。榕树以树形奇特、枝叶繁茂、树冠巨大而著称。枝条上生长的气生根，向下伸入土壤形成的新的树干被称为“支柱根”。榕树高可达30米，可向四面无限伸展。其支柱根和枝干交织在一起，形似稠密的丛林，因此被称为“独木成林”。榕树朴实无华、根深叶茂，具有顽强的生命力，是中大校训的最好表征，其宽广的枝叶恰似“博学”，低垂而浓密的气生根，像是在“审问、慎思、明辨”，延伸于地下和地表的发达根系，不正是“笃行”之意吗？用“中大精神，叶茂根深”来描述中山大学的历史和传统也许恰如其分。

中大人该是爱花和树的，因为花和树不但给人美意，还给人启迪。理学家程颐认为“一草一木亦皆有理，不可不察”，如松的坚贞，兰的清幽，梅的高洁，竹的风骨。英国诗人华兹华斯说：“一朵微小的花朵对于我，可以唤起不能用眼睛表达出的那样深情。”花让人惜时，“花开堪折直须折，莫待无花空折枝”，“年年岁岁花相似，岁岁年年人不同”，莫负了花样好年华。

中大人该是幸福的，守着一大园子的花与树，更有桃李满天下的自得和快乐，这不正是孟子所推崇的“得天下英才而育之”的理想境界吗？在康乐园里，我们既要“栽树”，使“后人乘凉”，更要“树人”，“观乎人文以化成天下”，这是功德无量的事，也是大学应有之意，当努力为之。

本文选自《羊城晚报》2010年11月30日

李庆双，资讯管理学院党委副书记

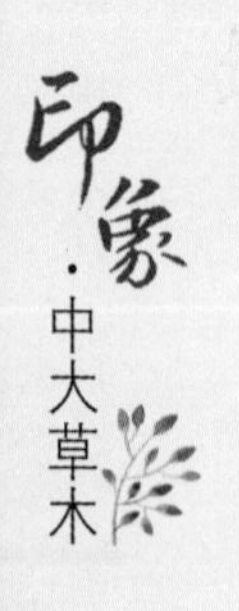

第三章 绿叶成荫，杂树生花

◎ 紫薇向阳而生　瞿俊雄　摄

今年莫负杜鹃红

杨海文

改革开放后，我们的校报于1980年6月15日复刊。那时还不叫《中山大学校刊》，也不叫《中山大学校报》，更不叫《中山大学报》，而是叫《中山大学（校刊）》，报名由著名古文字学家商承祚题写，字体古朴，古风弥漫，透露出深长的期待。校报出了差不多一年后，第一篇咏叹杜鹃花的散文出现了：徜徉于图书馆旁的杜鹃花丛，中文系有位老师或学生（邓宗良）写了《美的召唤——我徜徉在图书馆旁的杜鹃花丛时》。

杜鹃花是中国十大名花，也是康乐园数一数二的名花。《美的召唤——我徜徉在图书馆旁的杜鹃花丛时》于1981年4月7日发表，并不意味着康园师生怠慢杜鹃，因为它本来要到春天才盛开。文章不长，字里行间难以掩藏那个时代独有的校园情结和文化理念：

“春来了。杜鹃花开了。

“她是大地的红霞；她是春天的诗章。

“她不再羞羞答答地藏在绿叶底下，她露出脸容来，笑逐颜开。她不像华贵的牡丹、冷峻的菊花、清高的荷花、倔强的梅花。她笑得亲切、诚恳，像晴空一样的爽朗，像大地一样的质朴。

“她不是一枝独秀，甚至没浓香，但她时刻合唱着一支沁人心脾的颂歌：一个人没有什么可夸耀的，荣誉属于集体。

“为什么你在她跟前流连忘返？是在咏叹她、赞美她，还是想着你的过去、你的将来？

“如果她感动了你，你也不要折下她。请在你的心田上，培植一株红杜鹃。”

◉ 图 1　春日杜鹃　瞿俊雄　摄

杜鹃花（图 1）开的时节，是南国多雨的时节。晚上睡在家中或者宿舍，突然听到窗外下雨了，刮风了，而且雨越下越大，风越刮越猛，这个时候，心紧张起来了：图书馆旁的杜鹃花能抵挡得住这狂风暴雨吗？第二天一早起床跑去看，还好，落英是多了些，花丛依旧灿烂，于是诗兴纷至沓来，填写了一阙《踏莎行》。小序写上“竟夜风雨，念及图书馆旁之杜鹃花丛，晨起观之，因记”，全词则是：

“风雨终宵，梦回寂寥，悄然起清愁杳杳。可知杜鹃正红时？频频问花落多少。　　芳菲竟存，落粉亦好，碧叶华枝带泪娇。额手一笑幸无恙，人却道更觉魂消。”

1981 年 4 月 15 日，校报发表这首《踏莎行》，时机恰到好处。上一期发表的《美的召唤——我徜徉在图书馆旁的杜鹃花丛时》，作者是中文系的，心扉的浪漫之外，是群体的依恋。《踏莎行》的作者秋其来自数学系，用的可能是化名，老师还是学生不详，明显感觉得到，诗词充满怜花惜玉的小资情调。都是“感时花溅泪”，何以学文科的那么喜欢大的延伸，学理科的只是停留于小的执着呢？对着花说话，其实是自己对着自己说话。更哲学地说，两位作者可以合身为同一个人：他（她）有着那么一些小资情调，如果没有，他（她）就难以成为赏花者；同时，他（她）有那么一股集体关怀，如果没有，他（她）就有愧于天之骄子的称号。

写一所大学的文化校史，内容可以包括沿革史、校长志、名师传、家园谣，但说到底，写的还是人，那些跟我们今天的生活和心境密切相关的人，甚至就是写我们自己。正因如此，面对康乐园内绽放得热烈、凋零得绮丽的杜鹃花，需要大感伤，也需要小忧郁，它们都是在展示我们自己的历史、现在和未来。选择春天这个季节来展示，更加有点意味深长。

1982年4月1日，校报发表一首叫《杜鹃花》的小诗：“簇挨簇哟朵靠朵，/多像携手并进的一伙伙；/一同抖掉大地的余寒，/齐心燃起漫野的青春之火。”同时，还发表了这位哲学系进修生方志英的《含笑花》：“含笑，含笑，/含蕴得久定有一笑。/含时积蓄了满腹馥忧，/笑时以浓香蔑视妖娆。”文笔有点像儿歌而不是诗歌，但这恰恰写照了作者的童心，正如她写的小序所说：“仲春的中大校园，繁花竞艳，万木滴翠，处处生机勃然。置身此境，颇有感慨，草就咏花诗两首以寄怀焉。”杜鹃盛开，作者却忘情不了含笑花，其情值得嘉许。

发表方志英的诗歌《杜鹃花》之前，3月3日，校报登了《一花一鸟说杜鹃》的知识小品。校报这么说杜鹃花，用意倒也实在，就是让人们及时做好看的准备。多了解一些有关杜鹃花的世界性知识，多了解一些杜鹃花与中山大学校史相关的乡土性知识，不是坏事；否则接待来访的游客，就会显得外行，好像不是读书人，尤其不像地道的中大人。《一花一鸟说杜鹃》要完成的，就是这两项任务。“芳草”这个笔名①，也显示了作者对康乐园的大草坪和即将盛放的杜鹃花有着特别的感情。

文学的，民俗的，生物学的，今天，我们中大人知道多少有关杜鹃花的世界性知识呢？要是知道得不多，可以看看这篇知识小品的介绍：

“‘杜鹃以花鸟并名’，一为鸟，一为花，花鸟同名。李白诗云：‘蜀国曾闻子规鸟，宣城还见杜鹃花；一叫一回肠一断，三春三月忆三巴。’杨巽斋诗云：‘鲜红滴滴映霞明，尽是冤禽血染成。’诗中的‘子规’、‘冤

① 2008年10月29日中午，75岁的邬和镒先生看了校报连载，来电告知“芳草”即其笔名。邬老曾在校报工作。

禽'，均指杜鹃鸟，俗称布谷鸟。她的叫声略似'歌歌郭果'。江南的农民听了，说杜鹃在催他们'割麦插禾（秧）'；粤北的农民听了，说杜鹃在催他们'早播早锄'；更广大的农民听了，说杜鹃在催他们'播谷播谷'。这样，杜鹃这种候鸟就成了催耕的使者，故又名'催耕鸟'。

"古书说，火红的杜鹃花是由'杜鹃苦啼，啼血不止'化成的。从科学角度说，属无稽之谈；从文学角度说，是诗人的想象，不过也有生活依据，因为一花一鸟，开花期和啼鸣期刚好吻合，而鸟嘴角又有红色斑纹，恰似啼血滴滴……

"杜鹃花，又叫满山红、映山红，原产于我国，有悠久历史。她与报春花、龙胆花合称'中国三大名花'。世界有杜鹃花八百五十多种，我国占六百五十多种（一说四百七十种），遍布南北山野，尤以四川、云南最多。杜鹃花为杜鹃花科（石楠科）杜鹃属，多为常绿灌木，少数为小乔林，矮者尺余，高者丈余。其花，除红色外，尚有紫、白、黄诸色。春天开的多为单瓣和双瓣，夏天开的多为复瓣。杜鹃花，不但有观赏价值，而且还有经济价值。贵州的黄杜鹃（闹羊花）是有名的镇痛麻醉药。"

杜鹃花跟中山大学校史有关的乡土性知识，这篇小品披露了两则掌故。其一，芳草说，50年代中山大学有位青年诗人写过一首《杜鹃花》："南国要数三月最好，桃花李花迎风微笑；南国要数三月最美，杜鹃火一般燃烧！"其二，芳草说："50年代，陈序经副校长很关心校园美化，杜鹃花开得格外美；十年动乱，说什么'花草吃人'，校园杜鹃花亦遭到了殃。"

那位50年代的青年诗人是谁呢？我们不知道，多少有些遗憾①。暂

---

① 同样是2008年10月29日中午，邬和镒先生电话告知，这位青年诗人笔名汉水，本名刘孟宇。查中山大学出版社1994年出版的《中山大学书林概览（1949—1994）》，刘孟宇于百花文艺出版社1961年初版的长篇小说《勇往直前》中即署名"汉水"。依据《中山大学书林概览（1949—1994）》，刘孟宇还著有《写作大要》（与诸孝正主编，中山大学出版社1986年第2版）、《文学创作基础》（成都科技大学出版社1987年版）、《曹禺戏剧艺术研究》（同上）、《现代秘书学》（广东高等教育出版社1988年版）、《基础写作》（与诸孝正主编，暨南大学出版社1989年版）、《基础写作文选》（同上）、《公务文书写作》（与萧德明主编，中国人事出版社1991年版）、《新闻专业课教程》上卷（与诸孝正、程天敏编，中国工人出版社1993年版）。查中山大学出版社2004年出版的《中山大学专家小传》，刘孟宇生于1930年，卒于1999年，亦曾出任校刊编辑，因祖籍湖北汉川，故笔名汉水。

◎ 图2　三月杜鹃红　瞿俊雄　摄

时，我们可以不就康乐园谈中大，可以把校史上溯到更久远的粤北坪石时期。原来那个时候，我们的校友曾经谱写过一首极其质朴、极其隽永的歌，歌名就叫《杜鹃花》(图2)：

淡淡的三月天，杜鹃花开在山坡上，杜鹃花开在小溪畔；
多美丽啊！像村家的小姑娘，像村家的小姑娘。
去年，村家小姑娘，走到山坡上；
和情郎唱支山歌，摘枝杜鹃花插在头发上。
今年，村家小姑娘，走向小溪畔；
杜鹃花谢了又开呀　记起了战场上的情郎。
摘下一枝鲜红的杜鹃，遥向着烽火的天边：
哥哥！你打胜仗回来，
我把杜鹃插在你的胸前，不再插在自己的头发上。
淡淡的三月天，杜鹃花开在山坡上，杜鹃花开在小溪畔；

多美丽啊！像村家的小姑娘，像村家的小姑娘。啊！啊！

综合网上的有关资料，创作《杜鹃花》的大致过程如下：抗日战争时期，中山大学从云南澄江迁返粤北坪石，黄友棣任教的师范学院位于群山环绕的管埠。每当春回大地，满山遍野尽是鲜艳如火的杜鹃花，惹人无比怀旧念远。1940年冬，同事陈维祥给黄友棣送来一首新诗，是文学院哲学系四年级学生方健鹏（又名方燕军，或方建鹏，笔名芜军）写的，诗句很纯朴。黄友棣很欣赏，深感外国作品可能美丽而优秀，但绝对无法取代民歌曲风的亲切感，音乐创作不可以忘记自己的民族语调，于是把这首诗演绎成了民谣风味的抒情歌。1941年春，省立艺专音乐科学生演奏了这首《杜鹃花》，听众十分喜爱，仅仅30岁的黄友棣看到了中国风格和声的发展愿景。

在谷歌上，还可以检索到黄友棣生平的一些材料。他是广东高要人，1911年生，17岁考入中山大学预科文组，19岁考入中山大学文学院教育系，25岁在香港考取英国三一学院小提琴高级证书，46岁到意大利留学。他是中国现代音乐史上重要的作曲家和音乐教育家，一生创作近2000首歌曲，最著名的有《杜鹃花》《月光曲》《大漠情歌》《孔子纪念歌》《伟大的中华》，而《杜鹃花》又是最最著名的。台湾大学音乐学研究所所长沈冬博士曾出版一部黄友棣的传记，题目就叫《黄友棣——不能遗忘的杜鹃花》（台北时报出版公司2004年版）。

我们坪石时期的两位校友谱写了名歌《杜鹃花》，证明中大人爱杜鹃花有着悠久的历史。很久以前，康乐园可没有杜鹃花啊！春暖花开，情深意长，今天的杜鹃花是怎么落户康乐园的呢？1982年，《一花一鸟说杜鹃》说过这个话题。1984年4月14日，校报发表胡晓曼的《杜鹃花开说杜鹃》，给出的答案更细致一些：

“据说，这些杜鹃花是我校已故副校长陈序经先生三十五年前悉心移植，亲手栽种，经过多年培育而成的。陈先生早年就读和执教于岭南大学，广州解放前一年担任岭大最后一任校长。先生对母校康乐园有着深厚感情，对园内一草一木极为爱护，绝不许乱砍滥伐。先生极为喜爱红杜鹃，但当时康乐园内却无一株，他便设法从外地移植一批幼苗，亲自栽种于此。三十五年来，杜鹃花和它的主人一样，曾数遭劫难。‘文革’中，有人说‘康乐园里的花花草草会吃人’，扬言要把它们连根锄掉。这种愚蠢的行为，遭到了广大师生员工的极力反对，才未能得逞。历三十五载春风秋雨，杜鹃花仍然生机勃勃，红花烂漫。然而，陈副校长却在‘文革’中惨遭迫害，含冤去世了。”

1952年10月21日，中山大学从广州市东郊石牌整体迁入南郊康乐园原岭南大学校址。从1984年往上推35年，是1949年。这么说来，陈序经移植、栽培杜鹃花，始于岭南大学校长任上；但到底始于何年，难以确考。后来，陈序经在中山大学副校长任上分管基建、总务、园林等工作，继续推进“杜鹃花运动”，白色、宫粉、大红、深红的四色杜鹃遍布康乐园。几十年来，康乐园里始终荡漾着浓郁的杜鹃花情怀。花事好比人事，这些正是“中大岭南一家亲”最好的注脚。

1952年，陈寅恪写了《咏校园杜鹃花》：

美人秾艳拥红妆，岭表春回第一芳。
夸向沉香亭畔客，南方亦有牡丹王。

1965年4月，他又写了《乙巳春夜忽闻风雨声想园中杜鹃花零落尽矣为赋一诗》：

寻诗岁月又春风，村市飞花处处同。
绝艳植根千日久，繁枝转眼一时空。
认桃辨杏殊多事，张幕悬铃枉费工。
遥夜惊心听急雨，今年真负杜鹃红。

前一首写花开，后一首写花谢，其间隔了许多年，多少有些深意。陈寅恪在康乐园度过最后的20年，却只为康园中最有人气的杜鹃花写过两首诗，同样令人遐思。

跟陈寅恪相比，唐筼咏叹杜鹃花的诗篇要多一些。《唐筼诗存》收录五首，四首写于1952年，一首写于1955年。[①] 读唐筼的诗，原来杜鹃花还有两个别名：一个叫山石榴，一个叫踯躅花。“踯躅花”嵌入其中两首的诗题，有挽春的意思么？

从陈寅恪故居向北，沐浴着腊肠树四季常青的绿荫，不用走多远，

① 唐筼这五首诗先后为：《壬辰（春二月初九）答谢颂姗夫人赠踯躅花（即杜鹃花）》《咏岭南踯躅花（一名山石榴一名杜鹃花）》《壬辰仲春观岭南大学校园杜鹃花因忆故乡山居之乐遂成长句以记之》《别杜鹃花（壬辰立春后一月作）》《乙未春日病起看杜鹃花谨次先姑庚戌寒食病中作原韵》。

是马岗顶的南坡，或者人们常说的廖承志塑像那儿。西侧是大钟楼，东侧是高士堂，中间就是整个康乐园里杜鹃花开得最热烈的地方。

1935年出生的老教授梁必骐回忆他上大学的时候：

“马岗顶更是‘离离野树绿生烟，灼灼山花烂欲然’，那里花草树木茂密，最醒目的是参天耸立的桉树整齐地排列成行，特别令人喜爱的是每逢杜鹃花盛开时候，那里无处不是映山红的天下。可笑的是‘文化大革命’期间，有一位校领导说，康乐园的‘花花草草会吃人’。不知谁出了个主意，将大批杜鹃花挖出来移植到‘五七’干校，后来那里又新建一座图书馆，因此马岗顶就只留下大钟楼旁的一小丛杜鹃花了。”①

这样，唐贺在“麻金墨屋一号”把杜鹃花叫作踯躅花，仿佛是要告诫所有的看花人：岭表春回第一芳、今年莫负杜鹃红。对了，这里的杜鹃花，学名叫锦绣杜鹃（*Rhododendron pulchrum*），名字挺美的。

① 梁必骐：《康乐园求学记》，载氏主编《重睹芳华》，中国评论学术出版社（香港）2004年版。

木棉花开自缤纷

杨海文

1926年3月底至7月底，郭沫若任职国立广东大学文科学长兼史学系教授。短短的四个月里，我们这位杰出校友，“看见了别号英雄树的木棉开红花，看见了别号英雄树的木棉散白絮”[①]。1928年1月16日，国立中山大学中文系助教钟敬文写了《羊城风景片题记》，提到清代岭南著名诗人梁佩兰的木棉诗：“幻如陀罗百千臂，一臂一灯照金地。海底深扶紫贝阙，天中直贯长虹气。”

20世纪40年代初期，从中山大学文学院毕业了好几年的楼栖，还在长篇新诗《南方的城市》中写道：“越秀山麓灿烂了/燔火的红棉，/红棉的心是火热的，/南方人的心红棉似的红。”40年代末期，刚来中山大学文学院任教不久的王起（季思），写了古近体诗《六榕寺花塔，仲陶有诗，赋此和之》，首句为“桄榔高叶招天风，木棉吐花炫远红”。

琐碎的往事，通常进不了传统校史的视野，却值得文化校史深深地惦记。可惜，郭沫若、钟敬文、楼栖、王季思对木棉花的眷念，“案发”地点不在康乐园，“作案”对象也不是康乐园。楼栖的新诗是在桂林写的，其他几位当时是文明路上的中山大学的老师。自从有了康乐园，木棉就是这里的居民，开花就是木棉年年岁岁提交的作业（图1）。爱花的康园人怎能熟视无睹呢？

1952年仲春，唐贯写了《广州木棉花》：

---

① 郭沫若：《创造十年续篇》，载郭沫若著作编辑出版委员会编《郭沫若全集》文学编第12卷，人民文学出版社1992年版。

◉ 图1　木棉花红　董晨　制

亭亭直上白云间，无叶花枝态更妍。

俯视春风摇嫩绿，高红独艳夕阳天。

同年，她又写了《再咏木棉花》：

寒枝十丈矗晴空，光耀霓珠满翠丛。

误认旸台旧游景，玉兰花染落霞红。

读《唐筼诗存》，我们看到相濡以沫、甘苦与共的陈寅恪、唐筼夫妇还围绕《广州木棉花》做过一次有趣的联句：唐筼的出句是“十丈空枝万点红，霞光炫耀翠林中”，陈寅恪的接句是“高花偏感高楼客，愁望垂杨乱舞风”。这一联句题为“晓莹寅恪前题联句”，“晓莹”是唐筼的别名。假如以后有人写康乐园的木棉花史，千万不要遗忘了这一联句佳话。

仅仅从联句的笔调看，唐筼的轻快与陈寅恪的沧桑恰成鲜明的对照。读寒柳堂主人晚年的诗词，木棉仅有两次栖居其中，心境仍旧是凄清的。第一次是1962年4月的《壬寅清明病中作》：

身隐之推焉用文，木棉花落自纷纷。

鹿门山远庞公病，望断东坡岭外云。

第二次是1966年3月的《丙午春分作》：

洋菊有情含泪重，木棉无力斗身轻。

雨晴多变朝昏异，昼夜均分岁序更。

白日黄鸡思往梦，青天碧海负来生。

障羞茹苦成何事，怅望千秋意未平。

很多年后，“花草食人”的荒谬时代结束了，“花木康园”的美学时代重新莅临。这个时候，比如80年代的校报，同样以近体诗或古体诗的表述方式，告慰着寅恪先生的在天之灵：不能今年“真”负杜鹃红，应当今年“莫”负杜鹃红；不是木棉花“落”自缤纷，而是木棉花“开”自缤纷。

1982年4月16日，校报发表中文系1978级学生康庄的《咏木棉》：

大地春回气象雄，门前又见木棉红。

为在枝头撑绿伞，还从雪里发葱茏。

梦中耿耿河山志，叶底飕飕宇宙风。

烛天炬火匆匆过，化作飞绵好过冬。

1985年5月3日，校报发表廖蕴玉的《木棉花（叠韵四绝）》：

一

春来无处不飞花，满院彤彤又放霞；

北国冰封犹皑皑，旺兴气象荟南华。

二

魁梧古干发新枝，高举红灯接晓霞；

珠海云山娇分外，班芝处处放光华。

三

冲寒未叶却先花，气压冰霜灿赤霞；

不愧群芳魁首领，越王台上赏朱华。

四

众芳国里数王花，朵朵鲜红衬晚霞；

大戟长枪推独步，雄姿英发振中华。

学生心想着“梦中耿耿河山志”，老师展望着“雄姿英发振中华”。

图2　木棉花　郭玉麟　摄

康乐园的老师和学生，在岭南特有的木棉（图2）上，做着“诗言志”的文章，属于有的放矢。谁要木棉树别号英雄树，木棉花又是广州市花呢？

除了记录乡土性知识以外，校报1981年3月21日发表刚子的《请看云天烽火树》的植物趣谈，则多属世界性知识。全文如下：

“烽火树即木棉树。相传南越王赵佗将一株木棉树作为珍贵特产进贡皇上，并称之‘烽火树’。它是落叶大乔木，高大几十米。其干粗犷，枝丫挺拔，直指青天；其花大而艳丽，碧红似火。早春时节，花芽比叶芽先萌发，昨天看来尚是一树光秃，不消几时，便已满树‘烽火’了。其势雄伟壮观，人们又称之为英雄树。

“木棉科植物全世界有20多个属，140多种，广布于热带地区。岭南地区仅有一种，也是我国南方的特产。由于它气势不凡，受人敬爱，已逐渐从野生树演变成庭园观赏树。木棉树除了观赏价值外，尚有多种用途。主干大而木质轻柔，可为制作独木舟、浮子、救生器、火柴等用，亦可为造纸原料。花晒干后可入药，有去湿热之效，羊城居民喜用之。

花后结出蒴果，果内为绒绵，是垫褥、枕头的上乘填充物，能长期保持松软。

“康乐园里木棉树随处可见。目前正是花红季节，火红的花朵挂满枝头，绚丽异常。正是：若论南疆花色好，请看云天烽火树。”

杜鹃花要绽放了，校报1982年登了知识小品《一花一鸟说杜鹃》；木棉花要满枝了，校报1981年发了植物趣谈《请看云天烽火树》。读这些小文章，人们获得许多文学的、民俗的、植物学的知识，看花的信心足了，赏花的兴致高了。由此，人们更清楚了一个常识：康乐园里好多植物，既是树，也是花，花即是树，树即是花；花因树而拥有自己的绚烂，短暂却热烈；树因花而成就自己的青春，沉默却永恒。

年年岁岁花相似，岁岁年年人不同。杜鹃年年红花烂漫，木棉岁岁含苞待放，老同学挥挥手走了，新同学充满好奇地来了，但校报对于杜鹃、对于木棉，整个80年代仅仅介绍过这么一次，够了吗？如果不够，你就该明白我们为什么不厌其烦地抄下这些知识小品、植物趣谈。它们所谈的知识或许有点过时，可它们已经融入康乐园的植物家族史中。从文化校史的立场看，这些小文章以及它们的作者都值得我们记住。

又见凤凰红

杨海文

张海鸥在《马岗顶——绿色的书》中说："中国大学自然景观之最美丽者，当数三大名园：珞珈山、燕园、康乐园。"燕园，我没有切身体会过它的美。珞珈山，20世纪80年代我在那片如画的风景里苦读了四年哲学本科。毕业10年之际，我在散文《武大：书卷如山水的情怀》中追忆武汉大学的花季——春天樱花是那么烂漫、秋天桂花是那么醇香、冬天梅花是那么峻峭，只是对于夏天，仿佛有点赌气了：

"如果依汪曾祺先生《葡萄月令》的体例，关于珞珈山，还要谈到夏季。夏季的珞珈山没有鲜花，但桂树、梅树、桃树、枫树已经绿荫如盖。在火炉一样的江城，我们就在这树下一边看书一边纳凉。这时候，也可以依偎着旧历史楼前那株女贞树，想想珞珈山的历史，想想李达、闻一多、黄侃和我们敬爱的校长刘道玉在这块土地上留下的足迹。还可以穿过枫园，走在东湖边上，看浩渺的烟波在湖面上升起，看磨山风景区在对岸若隐若现。没有鲜花，珞珈山的夏季也是美丽的。"

不管怎么说，炎热的夏季对于柔嫩的鲜花多少有些狠心。燕园的情形如何，我不清楚，陈平原的《老北大的故事》好像没有涉及类似题材。珞珈山和康乐园，大抵如此。两个名园也有所不同，就是康乐园的夏天里，还是有些花遵循造化的安排，静静地或者热烈地在开放。只不过，这些花的声名比不上杜鹃花、木棉花、紫荆花。比如，那种开在草上的小"风雨花"，以及那种开在树上的大"凤凰红"（图1）。

有一天，一场暴雨过后，地上的草还是湿漉漉的，微风正轻轻地扫落枝头、叶上的水珠。张肃，干部专修科1985级工经甲班学生，匆匆地

◉ 图1 又见枝头凤凰红 赵婷 摄

踏着连片的积水，从西南区抄小路赶往中区上课。就在这时，不小心踩到路边伸出来的一朵小花，张肃忍不住回头一看，这种花竟连成一片，沿着水泥路两边伸去，在微风中摇曳生姿，蔚为大观！花儿小巧玲珑，惹人喜爱，撩人情思，真像风雨中一首清新的小诗。它有点像韭菜，韭菜怎么还会开粉红色的花？又有点似水仙，却又不是水仙。

分辨不出它到底是什么花，几天后，张肃在图书馆的资料里终于找到它的芳名——风雨花。顾名思义，风雨花是知风晓雨的花。它鳞茎卵形，花粉红色，单生于顶端，苞片常带淡紫红色，叶线形如韭菜，花朵状似水仙；春夏间，每当风雨将至，花蕾受到刺激，便迅速开放，是一种风雨指示植物，与人们熟悉的水仙花同属石蒜科植物。

那个时候，康乐园中的爱花人，往往会从花的身上体味到某种人生的感受。从校报 1986 年 5 月 21 日发表的这篇《风雨花》来看，张肃也是如此：

“它喜欢生长在室外以至野外，任凭风吹雨打，依然玉立亭亭。它娇小雅静，不太惹人注目，不贪慕虚荣，不贪图安逸。在花的世界里它处于被遗忘的角落，既没有杨柳那样婀娜多姿，红棉树那样挺拔壮美，也没有牡丹花那样的富贵气派，只是零零星星地散布在家宅旁、小路边，默默无闻，却是那样地忠于职守，报风报雨，为长年奔波弄潮的水上居民所喜爱。此外，它还可作药用，全草入药，民间用以治疮毒、乳痈，有凉血止血、清热解毒的作用。

“啊，风雨花，看上去多么平凡，如果在它不开花的季节里人们会把它混同草类，甚至根本不知道它的存在，但它毫无怨言，内涵是那么丰富，品格又是那么美好，给人们的生活以清新启迪。我深情地赞美你，风雨花。”

春天走了，夏天来了。这个时刻，风雨花默默地盛开了。不久，康乐园里的蝉声响亮地叫起来。1986 年 6 月 11 日，校报发表生物系紫兰写的科普小品，把蝉比为夏天大自然的歌唱家。有趣的是，这位歌唱家整天唱个不停，可它从来没有听到过自己的歌声，它是聋子！不信，你在树下大叫大嚷，把鸟儿都吓跑了，它却照旧在唱，一点反应也没有。于是，蝉有了“聋子歌王”之称。

“聋子歌王”这个称谓，其实有着深邃的哲学意味。两年后的一天，阳光中，蝉在图书馆门前的凤凰树上尽情地歌唱过了；夕阳里，树下会有一少一老的对话：

问：“这凤凰树有多少年头啦？”

答：“也有半个世纪啰。”

问：“每年夏季都开花吗？”

答：“那当然呐。”

问：“那开花就得结果吗？”

答：“这倒不一定。只有少数花结果。绝大多数花这么一亮堂便谢了！”

问话的叫吴叔林，化学系 1987 级博士生，刚从长江边上考来广州，时间还不到一年。回答者，姓名不详。从吴叔林在 1988 年 6 月 24 日的校报发表的这篇《凤凰树》来看，可知回答者的基本情况：一个老人，他头发银白了；一个爱花人，他知道大多数凤凰红只开花不结果；一个跟康乐园渊源很深的人，或者是老师，或者是员工，或者是家属，他熟悉这些凤凰树的历史，树龄长达半个世纪。

1988 年 6 月上旬，吴叔林也是偶然一抬头，一下子被眼前的景致惊住了：一棵棵凤凰树不知何时怒放了火红火红的凤凰花，泼泼洒洒，覆满树冠。当时正夕阳西沉，落霞映照，一片片凤凰花光晶耀目，宛若层林之上燃起一团团火焰，继而风摇树动，那透红的炽烈简直要溢满天空。吴叔林感到一热，这花，开得好旺！惊住之后，有了以上跟老人的那段对话。

凤凰树又叫红楹、火树，原产非洲，后来在我国南方安家。其木细致，质轻，有弹性，耐腐，用途广泛。每年夏季开花，花朵粉红中杂糅金黄，花径可达10厘米。图书馆门前，有两棵凤凰树上还挂着牌子，牌子上有说明。这个说明，相信吴叔林会仔细看看的，正如我今天把它有心地抄下一样：

"凤凰木（豆科）

"*Delonix regia(Boj.) Raf.*

"落叶大乔木。复叶羽片排成一平面。先花后叶，花大红色，有黄色或白色条纹，美丽。

"分布：马达加斯加等非洲热带，世界热带地区栽培。"

蝉，从来没有听到过自己的歌唱；凤凰花，绝大多数一亮堂便谢了。都是夏天里的故事啊，都是自然中的哲学啊！这是我写《康乐园里的植物家族》的联想。当时，吴叔林的联想是：

"岁月风雨在树干上留下了深深的痕迹，但凤凰花却年年也开不败，也总是开得那么旺。诗人们喜欢吟诵'春华秋实'，'开花结果'，可凤凰树不在乎这些，他有他自己的追求。秋冬是收获不到多少荚果，但凤凰树燃起的这团火却让我们心驰神往，这不也就是结果？"

跟吴叔林一样，张海鸥也对凤凰红情有独钟。1994年，他的《凤凰树》一文以诗人哲学家一般的忧郁笔调写道：

"旧居的窗外有一棵老树，枝干虬曲。冬天叶子落尽，在常青的岭南显得很特别，也很苍凉，使人想到零落、孤独、寂寞、艰辛之类。但每年春夏之交，它却令人耳目一新，先是翠绿的新叶绽满树冠，继而满树红花仿佛一夜之间就如火如荼地燃烧起来了，火红如云霞，烂漫奔放，铺展在绿叶上，灼得人血热，让人惊叹那生命的热烈和辉煌。"

后来，张海鸥调入中山大学中文系。沿着《凤凰树》的精神道路，1999年他写了《又见凤凰红》，笔调充满惯有的忧伤：

“在常绿的岭南，我年年期待花开而感叹花落的最是这凤凰树。并非北佬看南花的新鲜，而是她落叶后的枝干虬曲和叶绿花红时的扶疏反差太大，因而最触动我对生命的感慨。你说这宇宙间有什么生命不是荣枯相继的？‘自其变者而观之，则天地曾不能以一瞬’，那么人生呢？谁能红颜永驻？既如此，一切荣辱穷达，得失祸福，还有什么值得人魂牵梦萦呢？梅花落后百花开，木棉花叭叭坠地，一朵朵装进阿婆的箩筐之后，凤凰红又映入南国少女惊喜的凝望中。而这‘春色三分’，最终不都变成‘二分尘土，一分流水’了吗？”

万般皆在身外，最难自在心情。明代心学大师王阳明的《传习录下》说过：“你未看此花时，此花与汝心同归于寂。你来看此花时，则此花颜色一时明白起来。便知此花不在你的心外。”想一想干部专修科学生张肃、化学系博士生吴叔林、中文系老师张海鸥的故事，眼里要有花，正在于你的心！风雨花、凤凰红好比蝉那个“聋子歌王”，在康乐园的夏季里，看得见花开花落的人——才算得上拥有一颗真正的花心。

有了这颗花心，就可以又见凤凰红！“譬如孤独，就因为孤独也是一种美，许多人才宁愿孤独。又如这凤凰树的不辞寒暑，岁枯岁荣，说不定就只为一年一度花开时的精彩。至少我这样想。任何生命，任何生活，都需要美，需要精彩。哪怕不是创造，只是欣赏。”（见张海鸥《又见凤凰红》）要欣赏，图书馆门前的小道两旁是最佳处所。从大草坪方向走进来，左边有 5 棵，右边有 8 棵，一共 13 棵，大部分高大，个别显得小巧一些。吴叔林 1988 年说有 10 余棵，大致不错，由此可见康园人一直以来对凤凰红的精心呵护。

竹杉椰桉白千层

杨海文

康乐园的草，只写大草坪上的芳草，这够吗？草，那些路边、坡上、林间的草，也是值得写的。康乐园的花，只写杜鹃花、木棉花、凤凰花、紫荆花，这够吗？花，一树天下春的梅花，灼灼其华的桃花，皎洁的白兰花，金黄的菊花，四季常开的扶桑花，还有倔强的牵牛花，似花非花的一品红，一样是值得写的。但是，相对于草，相对于花，康乐园的树，如果只写榕树，则是远远不够的。

遥想当年，王季思清晨浅唱："晓步校园西，星沉月渐低。书声出深树，人影过清池。祖国艰难日，青年奋勉时。回看马岗顶，乔木长新枝。"(《康乐园晓步》)

再看今朝，张海鸥子夜长吟："荆园夜饮人归后，倚碧窗依旧。梦断忆南枝，夜色盈盈，风动池边柳。"(《醉花阴·球赛后》)

"深树"是什么树？"南枝"是什么枝？也许是指康乐园里最多的老榕树，也可能就是我笔下的五材：一曰竹(图 1)，二曰杉，三曰椰，四曰桉，五曰白千层。

江西吉安人梁必骐，1960 年毕业于中山大学，然后留校执教，直至荣休。因为读自然地理专业，他的大学生活跟各种植物打交道，康乐园又是最好的课堂：

"康乐园实际上是一个植物园，当年园内有植物近 2000 种，其中桉树还是国内最早引种的，古樟也不少，竹子更多，有几十种，到处都有一丛丛的竹林，特别是春天来临，幼竹争先恐后从地里冒出，亭亭玉立于翠竹丛中，更显生机盎然。我们学《植物地理》的时候，张超常、覃朝

◉ 图1　翠竹　刘雨欣　摄

锋老师就常带我们在校内转来转去，辨认各种植物，当时我们还真能说出几十种树木的名称，竹类也能认出十来种。”[①]

1982年2月16日的校报有篇《说竹》（高风）的知识小品劈头就说：“竹多，是我们校园风景的一大特色。”接着，小品引用苏东坡的名言“宁可食无肉，不可居无竹”，告诉我们松、竹、梅是岁寒三友，梅、兰、竹、菊是四君子，还说宋代的文与可、清代的郑板桥最擅长画竹，我们学校有位老教授珍藏有郑板桥的竹石画。

① 梁必骐：《康乐园求学记》，载氏主编《重睹芳华》，（香港）中国评论学术出版社2004年版。

从学生到老师，康园人似乎个个胸有成竹。历史系1988级学生陈志宇诗云："幽幽香园碧碧水，竹枝挽我总难回。剪剪风里人欲醉，痴看云燕一齐飞。"(《校园漫游》，载《中山大学校报》1988年11月2日第4版）老教授苏森祜词曰："初日染疏林，露草含晖翠。小道花间自语人，默把新书背。　瞑色入重楼，竹映窗灯醉。夜半轻风入户来，惊语人迟睡。"(《卜算子·校园》，载《中山大学校报》1988年12月5日第4版）个个"胸"有成竹，但最"心"有成竹的，要数近年来以诗情诗性竭力赞美中山大学校园景观文化的张海鸥教授。

你看，"风敲竹韵"居然是张海鸥擅自批准的"康园八景"之一，而且是第一景：

"传说康乐园曾有七片竹林

林中有七位仙人

后来竹林凋伤

仙人把竹种播散人间

化作竹园千万

如今的康园竹林

没有往日的酒香和琴音

依旧是风敲竹韵

常有人牵着手或携着书

步量每一寸晨昏"

张海鸥教授的《风敲竹韵》有个小序，读来也耐人寻味：

"据说康乐园里曾有七座竹林上百竹种，除本土竹种外，许多竹种是海归者从世界各地运回来的。这些竹子除美化环境、供教学研究之用，还常常馈赠异地，据说现在北京紫竹院的紫竹就取种于此。而这百年校园，荟萃和繁衍的，当然不只是竹子，比如王力先生带着他的学术团队，从康乐园进驻燕园……"

从梁必骐回忆中的"几十种"，到张海鸥笔下的"上百种"，约莫见证了竹种标本园的重要意义。竹种标本园位于中山楼与幼儿园之间，占地10余亩。一进门，有块2004年竖立的大牌子，上面说园中有竹种120多种，来源广泛，其中一部分为珍稀品种，或者是物种的活体标本，还说有数十种鸟类栖居其间。竹种标本园没有专人看管，开放时间内你可以随便进去。感受“风敲竹韵”，这里是个好地方。“竹枝挽我总难回”，这种可能也是有的。

改革开放后复刊的校报第 1 期，有篇《园林杂谈》（芥夫）。读了这篇文章，终于知道今天的竹种标本园过去叫华侨竹园，位于大礼堂后。华侨竹园，它让我确证了张海鸥刚才说的“许多竹种是海归者从世界各地运回来的”，让我感悟了岭南第一才女冼玉清那首《种竹歌》的玉润风清——“我自不花蜂不惹，拂云筛月闲情写。清凉世界忘熏炙，静翠幽香自潇洒”，更让我想起校报复刊后第 4 期那篇讲南洋杉的植物趣谈。这些都是 1980 年的老文章，已经显得遥远，而更遥远的还是无数年前的岭南大学。

有一种常绿乔木，似松非松，似杉非杉，矫健挺拔，树干直立，极少分叉，尖塔形树冠，长势旺盛，大有刺破青天之势，每令行人止步赞叹。它就是南洋杉，顾名思义不是本地所产。南洋杉科植物原产美洲、大洋洲和太平洋群岛，有 30 多个品种。康乐园只有一个品种——南洋杉，是岭南大学时期引进树苗栽培的，遗憾的是，它在异国他乡可以开花结果，却不能繁殖后代。到吴刚明写这篇植物趣谈时，康乐园仅存 16 棵了。

16 棵，自然不包括当年倒下的那一棵：“原先在东区女生宿舍前面栽有两棵，长得一般高大。1969 年许崇清校长逝世当天午时，左边那棵突然倾倒，后经细查才发现是白蚁长期侵袭树根所致。”① 1969 年 3 月 14 日，我们崇敬的校长许崇清不幸逝世。当年的东区女生宿舍就是今天大名鼎鼎的“广寒宫”。我们要感谢吴刚明传播了这个传说：假如仅仅是白蚁所致，为什么右边一棵不倒，偏偏倒下了左边那棵呢？所以，宁愿相信左边一棵南洋杉为许崇清老校长的含冤而死“突然”倾倒，构成了这个校园文化传说的灵魂。

岭南大学、也是康乐园今天的传说。因为这个流淌着的传说，由不知何时栽种的南洋杉，很容易联想起一批红木树苗。1988 年是岭南大学创校 100 周年，为了寄托一份深长的纪念，邝锦洪先生倡议并发起美国旧金山市 20 多位中山大学、岭南大学校友，给母校康乐园捐赠了著

① 吴刚明：《中大最高的树》，《中山大学（校刊）》1980 年 10 月 11 日，第 4 版。

◎ 图 2　大王椰子　刘雨欣　摄

名的美国加州红木树苗500余株。“美国的中大、岭大校友联合赠送加州红木，是一项很有意义的盛举，不仅反映了中大、岭大校友的友谊，更反映了海外赤子热爱祖国、热爱母校的隆情厚谊”[①]，这是当时校报的评论。红木树苗，如今木秀于林了么？

康乐园里，大王椰子（图2）也是名牌。芥夫的《园林杂谈》说：“谓为名牌者，指其品种优、长势好、收益大也。就拿大王椰子而论，体态宏伟美观，让其婷立大院之中，风光迥然相异，令人赏心悦目。过去，华农、龙眼洞植物园都从我们这儿移种出去。连年来，移种者不断。”大王椰子也是岭南大学引进的，1985年11月11日的校报刊登了紫兰的《世界著名的风景树——大王椰子》，其中提到：“据生物系的老师说，大王椰子是最先由岭南大学引种的，以后广州地区才陆续有栽种。所以生物楼前后的十几株大王椰子，虽只有二十多年的历史，但也堪称广州地

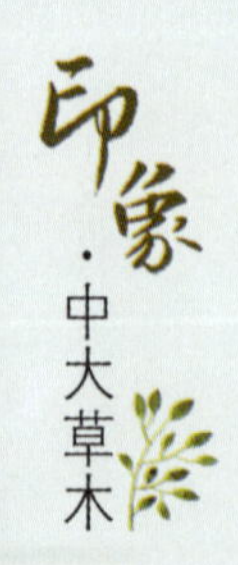

① 校办：《万里送红木　物重情意深》，《中山大学校报》1988年3月2日，第1版。

区这种树的‘元老’了。”

大王椰子从康乐园不断移植到广州其他地区，说明它既能开花、又能结果。尽管每个果中只有一粒种子，弥足珍贵，但它因此能在他乡“儿孙满堂”。而南洋杉却不能在异国“传宗接代”。南洋杉 1980 年时有 16 棵，现在好像更多了。东门外右边有 2 棵，从东门沿着康乐路向中区走，“广寒宫”前有 1 棵，保卫处前面有 2 棵，东区操场西南角有 2 棵，校医院门口有 2 棵，梁銶锯堂前面有 2 棵，靠电影售票房的院子里也有 1 棵，并不都是极尽了沧桑的样子，看来有些是后来栽种的。另外，岭南路上，英东体育馆后面有 4 棵，东北区 311 栋与 312 栋之间也有 1 棵；园南路上，曾宪梓楼前左右两边都有 5 棵，西区招待所院子里也有 1 棵。比起南洋杉，康乐园里的大王椰子要多得多，几乎随处可见。

经常要见到它，也就不妨了解一下它的历史：

大王椰子树的学名叫“王棕”，是热带亚热带棕榈科植物，它老家在美洲的古巴，现广植于各热带地区。它整株树只有一条主干和一些叶子，可树体高大，可达 20 米。它幼时基部膨大，像一个瓶子，长高后树干中部渐渐膨大，灰褐色的树干顶端聚生着 3 米多长的羽状复叶，整个树形极似一个长长的花瓶。因此又有“花瓶棕榈”“花瓶椰子”之称。它粗大而光滑的树干像一根大石柱子，十分雄伟、优美，很有气魄。在棕榈科 3000 多种植物中，它的树干是最大的，故称为“大王椰子”。

大王椰子，园南路上生物楼前多，康乐路上原孙中山纪念馆（又名马利诺堂）前也多。从“广寒宫”往前走，横过康乐路，有一条没有名字的小径，两旁长着许多棕榈，密密实实的。棕榈比大王椰子矮小得多，同属棕榈科，不知道大王椰子那个“花瓶棕榈”的美誉是否由此而来？于是，也就想起了中文系 1979 级学生刘中国毕业后不久在校报发的《再见吧，棕榈树！》。跟翠绿的草坪、优美的紫荆花、馥郁的榕荫一样，棕榈树也演绎成了母校的象征符号，更证明了“一花一木一中大”的深入人心。恰好，东湖旁边，康乐路与那条无名小径相交的路口，矗立着海内外 17 个校友会联合捐建的雕塑——“摇篮”。

刘中国的散文里有段话，引起我的高度注意：“小路两旁有那么多的树，挂上精美的铝牌。就是在那里，我认识了南洋松、柠檬桉、垂叶榕、菩提、棕榈……”树上挂铝牌了？看来林苍苍 1981 年上半年提的建议，至迟在刘中国1983年上半年毕业之际，被生物系和园林科落实了。这份建议书《请为绿色朋友佩戴胸章、名片！》（《中山大学（校刊）》1981年4月7日），也值得我们作为有趣的校史文献好好读读：

“中大校园四季如春，花木竞秀。同学们晨读晚憩，课余饭后，徜徉于其中，心旷神怡。住在康乐园里，就像置身于处处树廊、遍地绿茵的植物公园里，情趣盎然。

“然而，自得之余，总觉得有点遗憾。每当我们偕客人畅游绿浪之中，漫话这乐园佳秀的时候，常不免因不懂得这些树木的名字而见笑于客人。这就像一位与你相交多年的密友，你竟叫不出他的名字一样，的确是在情理之外。在康乐园住了三年，我只能辨得那长须垂地的老榕树和火炬高擎的红棉树，这实在是太孤陋寡闻了！但大多数同学皆有此感，并非我一个人不学无知。

“同学们常提起要建议学校委托生物系配合园林科，给校园的树木花草佩戴胸章、名片的事。这样一可开同学们的眼界，多学点自然科学常识；二可美化校园，也显得我校管理有方。实在是有利无弊，为什么不试一试呢？”

许多年前，钟敬文与杨振声在文明路上的中山大学校园散步。杨振声见到一种树，问叫什么名字，钟敬文答不出。走着走着，杨振声又见到一种树，问叫什么名字，钟敬文还是难为情。为此，钟敬文写了《多识草木》一文，说人不可能什么都知道，但是，“在能力做得到之内，一个读书人——尤其是喜爱自然、喜爱艺术的，多辨认得一些大地上的草木、鱼鸟，也是有趣与有益的吧。所以，孔老夫子，奖励小子们学诗，举诗的效应，除兴、观、群、怨，事父、事君之外，要加上‘多识于鸟兽、草木之名’一项了”。

见物不知名，知名不识物，这两种情形在我们的生活中都很普遍。从孔夫子的教诲到钟敬文的教导，我们都得牢记。化作行动，就是对着树上挂的胸章一个个去辨认，比如刘中国散文里讲过的那种柠檬桉。据记载，20世纪二三十年代，岭南大学引种原产大洋洲的桉树达38种、1000多棵，康乐园成了我国最早最大的桉树引种中心。[1] 认识了柠檬桉

① 参见陈振耀《珍爱校园的一草一木》，《中山大学校报》2002年6月11日，第4版。

◉ 图 3　白千层　刘雨欣　摄

后，还可以像 1984 年的王新龙那样在诗歌《柠檬桉的内疚——致扫路的清洁工》(《中山大学(校刊)》1984 年 5 月 7 日)中写道："我是柠檬桉，/ 呆呆地站在路边。/ 每天有个手执扫帚的，/ 把大地的书页轻翻。"清洁工人或许永远进不了传统校史，可是，花开就有花落，叶绿就有叶黄，这群人普通，他们的劳作却不可或缺。所以，干部专修科那个张肃写的《致年轻的校园美容师》(《中山大学校报》1986 年 9 月 22 日)，你也不要忘记。

白千层(图 3)也是外来树种，康乐园里有上千棵，譬如西北区那段岭南路上，靠近十友堂的位置，两边就一棵挨着一棵。我们这个时代有了 QQ、BBS，网上的学子这样说白千层："树皮像纸一样软，还是层层扭的，师姐们给它取了个名字叫'剥皮麻花'。"师姐师妹们，没有煤气、液化气的时代，老师们做饭，常常就用你们说的"剥皮麻花"来引燃煤球呢！当年，校报发表过一首《白千层》(大资)："巍巍白千层，枝枝竞奋争，叶叶心连梗，时时勇纵横。春夏秋安泰，冬莅一何铮！万花开似雪，风霜见坚贞。朵朵心花怒，无声胜有声。满树是雏顽，天高待奔腾。”“剥皮麻花”也能“万花开似雪”，原来以貌取树是不可以的。

为什么只把竹子、南洋杉、大王椰子、柠檬桉以及白千层，叫作“五材”呢？大概因为它们多是“海归派”，并且与岭南大学有些关联。同样的问题，我也可以去问制作“中山大学校园植物集锦”的朋友：何以只介绍了129种植物呢？何以连紫荆花、木棉花、凤凰花都遗忘了呢？答案终于有了：面对着康乐园里的植物家族，任何文笔，任何镜头，最终都是无力的，却又不得不采取权宜之计。写文章，可以写出“天生‘五材’必有用”，但你务必知道，植物们自己相信的是“天生‘我材’必有用”。支撑这份自信的，就是它们顽强的生命、自在的生命！

芳郊踏遍清歌未了

——老园丁杨金铨老师忆康乐园园林风貌变迁

杨金铨口述　姜昕园整理

又到了草木葳蕤、杜鹃吐芳的春天，康乐园的校道上人迹亦多起来，在那园林幽深、红楼掩映之处，总可看到忙里偷闲的人们流连吟咏，聆听感受那无言的生命律动和启示。

德国作家赫尔曼·黑瑟曾这样写道："树木是一棵棵独立体，不同于那些这样或那样要避开自身弱点的隐居者，它们是一个个孤寂的伟人，它们是贝多芬，是尼采。"德国人好深思，在他们心中便是草木都具哲人之姿。孔子亦说"芝兰生于深林，不以无人而不芳；君子修道立德，不以穷困而改节"，足见圣人眼里，深深林木是个孕育兰桂、启迪君子的所在。

或许，那渊深林密之处，正是涵养精神、驰骋想象的始源地，正是灵魂休憩、心灵解放的神秘园（图1）。在喧嚣的市井红尘中，它们如此静穆，让你体会生命的伟岸厚重、庄严博大；它们如此傲然，繁枝密叶中氤氲出学府的钟灵毓秀、人杰地灵。它们实在是康乐园的生命与精魂。

本文将带领您走访一位老园丁校友，去追溯康乐园的青翠过往，及一位位师生与草木相惜相依的生命旅程。

我老家在无锡太湖边上。1953年我当上了文艺兵，负责拉二胡，参加了厦门前线战士演出队。1959年国庆10周年时我代表前线战士，到北京受到毛主席的接见，还和主席照过相。1960年，放下枪，我坐着运载牲畜的猪笼车来到广州。当时国家刚好有政策要培养工农知识分子，虽然我只有小学文化，但因此有幸进入中山大学生物系学习，读了大

◉ 图 1　光影下的绿荫　肖晓梅　摄

概 3 年，就下放去搞“四清”了。然后是去干校，户口被迁走，去英德等地劳动了 3 年，直到 70 年代回到中山大学，随后在园林处一直工作到 1996 年退休，算起来在中山大学前后有 55 年了。

在我眼中，中山大学的校园有三个特点：一是老树多，园子里不少老香樟树有 100 年以上的树龄；二是草地多，一大片一大片的，省内高校少有；三是中西合璧、古色古香的小红楼多。这些特色多数是由岭南大学传承而来的。原岭南大学校长陈序经很重视园林管理，对园林工人也很关爱。见到工人在路旁，有时会停下车与其聊一聊，或邀请他们搭顺风车。他对园子哪里需种什么植物也很关注，时常直接管理岭南大学的园林工作。

校园里现存的老香樟树几乎全是岭南大学时期种植后幸运地留存下来的。印象中我来到中山大学后就再也没种过樟树了。像黑石屋东北侧、大钟楼南面及东面廖承志铜像附近、校医院北侧、永芳堂北侧，有好几棵，树龄约莫超过 100 岁了，树干粗壮，有的几个人还抱不过来，很珍贵。

除了樟树外，园子里比较老的树还有榆木、菩提树，对了，还有桉树，以前有种叫作柠檬桉，叶子一搓便有柠檬的香气，可以入药。小礼堂东边那棵小叶桉是1949年种下的，现已经几十米高，长得极其粗壮了。图书馆东侧的小叶桉主要是岭南大学时期种的，70年代后又补种了一些，便成为小叶桉路了。我来的时候那些桉树才不过碗那么粗细呢，现在已经高大挺拔、直耸云天，成了中山大学一道十分美丽的景观。

过去，岭南大学对路的命名很有意思：

现在的逸仙路从南校门进来直到小礼堂前的这段当年叫"紫荆路"，路两旁的紫荆树原本密密匝匝、遮天蔽日的，故名。但不幸在60年代被严重毁坏，现存的只是一小部分了。马岗顶往熊德龙去的岭南路两旁，因为种植了不少柏千层（现在还有保留），故而叫千层路。中心区孙中山铜像两侧的逸仙大道原名小叶榕路，因路两侧栽种了许多小叶榕，故名。除此外还有木棉路、大王椰路、湿地松路。大王椰很漂亮，树干笔直的，现英东体育馆与东区大操场之间的康乐路尚余一侧是大王椰。至于木棉路，是当年从化学系实验室一直蜿蜒到西大球场，路两边都是木棉树，花开的时候半边天都红了啊。但现在没剩几棵了，这名字也就慢慢被人们忘了。

中山大学真是一片福地，20世纪50年代中山大学的树木标本十分有名，许多公园包括华南植物园都要前来引种，因为全广州只有中山大学这里的种子才能发芽！1958年，广州编辑新中国成立后的《植物志》统计显示，在广州有记载的1800种植物中，中山大学康乐园的植物即占了其中的80%。所以中山大学为广州市绿化是作出了很大的贡献的，而现在我们只能去跟别人引种了。

1972年我从干校回来后，放下行李还不到一个月，就被安排负责中山大学园林工作和农场工作。现在的中山大学与那时比变化很大。现在的东西大操场当时是稻田，有18亩。当时中山大学还有鱼塘68亩、草坪220亩。农场就位于现中山楼西南侧生物系附近。现西大球场附近的小公园是80年代我经手的，到现在也没有变，以前是一片标本林。

60年代，现岭南堂北侧、北门附近的人工湖是个水厂，直到90年代后，中山大学才获得广州市政自来水供应。中山大学以前有6个鱼塘，现在的老干活动中心所在地当年就是鱼塘，旁边还种着柚子。七八十年代，鱼塘供应活鱼，大头鱼三毛五分钱一斤，各个系轮着来买，每当这时大家都高兴得奔走相告。

70年代，中山大学农场还有大米供应，粮票一毛钱一斤。70年代时，中山大学在磨碟沙还有一处农场，我当时在那里做场长，当时校领导和师生要轮流去农场劳动一天，主要工作是背稻子、插秧、挑鱼塘的积泥。当时学校大概只有100来位教职工。

中山大学许多树种都需要保护，比如大王椰树，在五六十年代的时候，全广州只有中山大学才有。再就只有海南岛有了。当年只有广州一地的大王椰树种能发芽，去到韶关都不行。现在的北校门水塘当年其实是个鱼塘，周围曾种了许多大王椰。后来因为学校要发展，有的要被砍伐，我就想办法将其中的五棵移种到现在的（怀士堂南侧）校训后面了。

又比如棕竹。现在校园里的棕竹也快要没有了，只有生物系及黑石屋北侧还存有一点。像环绕黑石屋北侧的棕竹篱笆从种植到如今已经有好几十年了，才不过长到一人半高、几个指头粗哟！棕竹的叶型很漂亮，但很难长，生长期比较长，所以模范村那里的棕竹被砍光是很可惜的。另，马岗顶的湿地松也是很珍贵的树种，现在差不多没有了。

自东门进来，现园东路两侧的大叶榕路和中心区的逸仙路（当年叫小叶榕路）已绿树成荫，这两处树荫都是70年代我从干校回来后带人亲手栽种的，为此还拓宽路面，增加人行道。记得树苗是开拖拉机去鹤洞一棵棵搬运回来的，当时可要很小心啊，拖拉机的刹车不好用，一不小心就冲下斜坡到江里去了。但我当过兵，胆子大，不怕死。

70年代，中山大学曾一夜间被偷了5万颗大王椰树的种子。我这个心痛啊！后来自己花了一个月，一有空就到处去找寻这批珍贵树种的下落，最终在上冲农民的田里发现了！把它们抢救了回来。

中山大学的老师都很热爱园林草木，如果工作中碰到一些植物品种不认识，我们就会去找生物系的老师们帮忙，他们也总是很热心。商承祚老先生经常在校园里散步，一碰到我就建议哪里要种一棵什么树啊，哪里的草坪灌木需要修整了啊。许多外国学者或友人来中山大学参观，也往往会赠送一些珍稀树种。

80年代修西大操场的时候，有人说要把操场西北角（现康乐路环操场南拐路口）两棵桉树砍了。我生气地说：砍了那俩树就是要了我的命！后来那两棵树保留下来了，现在也几十米高啦。记得现在校医院正门路口处那棵百年老樟，当时也有人说它挡了汽车的路，要砍，我费尽口舌才终于将它保留下来。我觉得在中山大学，汽车应该为树让路！

康乐园的园林建设也走过不少弯路。60年代，有领导提出“种花种草是会吃人的”，很吓人。这样园林绿化工作就没人管了，且基本陷入了瘫痪状态。接着，工作人员都被下放了，导致园林绿化植被破坏严重。除了之前说的紫荆路的紫荆被大肆砍伐，那时中区大草坪两旁的榕树也被砍伐了不少，相当一部分比如现在看上去腰那么粗细的是70年代补种的。

又比如从前马岗顶是一片果园，也是中山大学绿化最好的地方。种了许多果树，有荔枝、龙眼、雪梨等，光荔枝就有8个品种，外加不少红砖绿瓦的小红楼掩映其间，可以说园林品种、规划都很好。但也在60年代被破坏没了。

“文革”后期，园林工人没事做，甚至把草地翻开来种花生。从黑石屋以北到人类学系南面，孙中山铜像到小礼堂之间，及西至物理系大楼的大草坪上都种上了花生。直到1972年我们从干校回来，才平整土地，重新种上草。

还有，现在可能很少有人知道自马岗顶往东南一直延伸到游泳池的地底下是防空洞，防空洞从“广寒宫”起始，经陈寅恪故居、大钟楼，到东区学生饭堂，地下都是贯通的，现在还在。这是60年代根据中央提出的“广积粮深挖洞”的号召修建的。因为防空洞是砖体水泥结构，其经过之处的许多地方就不能长树了，所以当时许多树被砍掉了，比如湿地松；有的树像榕树会把墙体弄裂，南洋楹也会这样，故现在校园里的南洋楹多数是70年代种下的；马岗顶的面积因此变小了，因为防空洞上面只能种草。

树是这样，人也有不顺的时候呀。我还记得“文革”时，一位校领导被打成“走资派”后，被红卫兵们倒拽着一只脚，在校道的地上拖行，一想起来就感到气愤痛心！当时这位领导倡导“三材”——“人才、教材、器材”，在征询群众意见时，我不假思索，认为很对呀，结果我也遭到了批判。

印象中，直到80年代后，整个国家拨乱反正、走上正轨了，中山大学才开始真正重视园林绿化建设。到90年代初，校园才真正变得如此美丽，成为现在大家看到的样子。

◉ 图2 杜鹃花 瞿俊雄 摄

记得80年代园林处搞花卉培育，一盆菊可以开出1000朵花，去广州文化公园参加花卉展，几乎就是看中山大学的园艺技术唱独角戏咯。

景点营造方面，比如大钟楼东边的浅坡以前种有许多杜鹃花(图2)，大家称之为杜鹃岭，后来却荒芜了，廖承志铜像落成后，我在铜像周围补种了一些，那大概是1983年吧。现在中山大学的杜鹃林又成为春天里师生们非常喜爱的美景之一了。

我现在仍然住在康乐园，儿女们都大了，不用我管了。我没事儿便常常拎着小布兜儿在校园里散散步，看到从前的老树老灌木丛，就像见到了老朋友一样，打心眼里高兴。

总的说来，我觉得只要学校重视，师生们用心爱护，校园就一定会越来越漂亮。

本文选自《中山大学报》2016年3月30日

走进模范村

李庆双

模范村（图1），是位于法学院楼西侧、历史系永芳堂周围的一片茂密的林地。其名字的由来，无从所知，也无暇考究，这倒应了钱锺书的那句趣语：知道鸡蛋好吃就够了，何必问哪只母鸡下的蛋。

走进模范村，映入眼帘的是一片绿意，高大的树木散落在路的两侧，阳光透过树枝洒下斑驳的树影，让人恍惚在梦中。曲折的小径，不经意间就把你引入了另一幽处。林荫间，杂陈着小红楼寂寞的身影。有些红楼因无人居住，也无人管了，少了人气，房屋也就破败了，让人感到有些惋惜。曾有一段时间，学校想把这里改造成一片集休闲和学术交流的场所，内设咖啡馆、茶馆，甚至艺术画廊等，只是后来就没了下文。不过，我倒更喜欢这未充分开发的荒地，杂草和树丛可以在这里任意地滋长，无须人的整饬和乱伐。倘若这里被人工化了，怕是少了许多生机和活力，而我也不能怡然自得地在此漫步了。

模范村最吸引人的是这里的红墙、绿意，还有静谧。马岗顶同样是茂密的林地所在，一样有着红墙绿瓦的写意，只是多了人气，少了静气。在一个喧嚣和浮躁的时代，静心和静气更是难觅的了，人人为外物所役所累，再无心闲静和超然。大学外在的围墙隔离不了人内心的欲望，古人所云的"静水流深"和"宁静致远"的境界更是难得了，而我却愿在模范村的静谧中游走和遐思，体味着"万物静观皆自得"的乐趣。记得有两位同事的名字中有"宁"字和"静"字，我还借题发挥，分别书赠了两句话，一句是"无向钱看之俗谛，有求宁静之真意"，另一句是"少有浮躁之气，静中方见天地"，但愿这两位同事能在静谧中找到本心和真意。

◎ 图1　绿树掩映下的模范村　练金河　摄

模范村给我最初的印象是读研时的几件小事。第一次在林间散步时，无意中发现了蜗牛，还喜不自胜地把蜗牛带回了研究生宿舍，结果被同宿舍的人取笑。这使我联想到一本书的名字就叫作“带着蜗牛去散步”，告诉人们要放慢脚步去生活，看来我早有先见之明。还有一次，在一株不知名的大树下，找到了一些心形的红豆，小小的，很坚硬，没有其他颜色和斑痕。刚发现红豆时，窃喜万分，误以为是“红豆生南国”的相思之物，所以每回散步时，总要细心地在树下搜寻，然后把搜集到的红豆寄给远方之人。再后来得知，真正的红豆是那种红中带有黑点的椭圆形之物。不过我以为，还是那种纯红色的心形红豆更名副其实。与读研相关的记忆是，毕业多年以后，我在模范村游走时，偶遇到一位读研时的同学，他后来去了南京大学读博。当问及这位同学为何在此散步时，他竟然说：他非常喜欢这片林地，倘若能住在这其中的房子里，他宁愿当个中山大学的清洁工。听了他的话，我惊诧不已，是真情还是戏言？莫非模范村真有这么大的魔力，让人可以舍弃其他？

走出模范村时，扑面而来的是人影、人语和人气，幸运的是还在康乐园里，不是外面喧嚣的马路和街市。

本文选自《中山大学报》2010年10月18日

校园的木棉花杜鹃花

邬和镒

木棉花、杜鹃花，是中山大学校园康乐园里十分重要的花。每年，这两种花开得很早。木棉花开（图1），春寒渐渐退去；杜鹃花开，校园春意盎然！花开草长，桃红柳绿，莺歌燕舞，蝶至蜂来，给新学期带来了勃勃生机！

一、木棉花

中山大学的木棉树，树龄最大的，应数大钟楼前西南树林中的木棉树。在大钟楼正门南面，东南区一号（今东北区309号），是一栋红墙绿瓦的二层楼房。楼上曾住着著名历史学家陈寅恪教授；楼下曾住着著名戏曲研究专家王起教授。20世纪50年代初，有一年春节，王起教授创作了一副春联，并亲笔书写在大红纸上，贴于向南的大门两边。上联是“腰鼓声中岁月”，下联是“木棉花下人家”。新中国成立之初，咚咚腰鼓之声是常常可以听到的。上联反映了时代的喜庆气氛；王家住在木棉花下，对高高的木棉树、春天的木棉花产生了感情，故下联抒发了王教授在新春佳节之时的那种内心的喜悦，内心的欢乐！

中山大学的木棉树，数量最多的，应数西苑（今属蒲园区）东面路边那长长高高的一排木棉树。每年初春，这些木棉树就开花了。花瓣厚实，共有五片。花朵肥大，状如铜钟，或深红，或橙红，或橘红……火树红花，千朵万朵，竞相开放，筑起一道红色的城墙。那密密匝匝的花，远远望去，如朝霞，似红云，像火焰。是谁手持天上的彩虹，在空中铺了这么一条仙人行走的路？此地一排木棉树，比七层楼的天台还要高。

图1　盛放的木棉花　张家齐　摄

站在西苑西面的九层天台之上，俯首向东望去，眼前就是一片红色的花的长城、花的长河，真叫人心花怒放、格外开心！啊，校园如此多娇，风景这边独好！这里一团团一簇簇的木棉花，就是校园里一道鲜红的璀璨的亮丽的风景线。

我国种植木棉树，历史悠久。晋葛洪的《西京杂记》载：西汉时，南越王赵佗向汉武帝进贡烽火树。古时的“烽火树”，据传，就是今天的木棉树。由此可知，我国至迟在2000多年前的西汉，就有木棉树了。木棉树，我国古代叫斑枝花，今日也称攀枝花。木棉，杆直树高，抗风顶雨，巍巍挺立，欣欣向荣，故称“英雄树”；其花又红又大，宛若高举的不畏艰险、冲锋在前的红旗，带领人们走向胜利，故称“英雄花”。木棉产于亚热带热带，我国云南、广西、广东、福建、台湾等省区，以及印度、缅甸、菲律宾、印度尼西亚等地，都有木棉。广州种植了很多木棉，其中以南海神庙前的10余株最为古老，至今犹存2株，历经风雨沧桑，树干依然挺拔，早春开花，吸引了许多善男信女。

广州人最喜爱火红的木棉花，把它选为市花。在广州，以“红棉”为名的大小企业、商店，常常可以看到；工厂生产的自行车，也要定名为“红棉牌”；南方航空公司，也以红棉作飞机的标示……广州市前市长朱光，曾创作并发表《望江南·广州好》词50首。其中就有：“广州好，人道木棉雄。落叶开花飞火凤，参天擎日舞丹龙。三月正春风。”这首词，既描写了木棉美丽的形象，也歌颂了木棉无畏的精神。许多画家，为朱光的50首词配画，珠联璧合，珠玉生辉，一时轰动羊城！

木棉花，红似火，非常美，既可供观赏，也可做药用。所以木棉开花之时，常有许多妇女及儿童在树下守候。每当“噗”的一声花朵掉下，他们便争相捡拾。他们把花晒干，或用来煮粥吃，或用来煎水服用，有清热去湿解暑利尿健胃之功效。木棉树的皮，经过加工制作成药品，可治腰膝疼痛等病症。其花其树，除了药物用途，还有经济价值。木棉花结子之后的花絮，可做棉衣，可做棉被，还可做枕头、救生圈等的充填物。木棉的木材比较松软，是制作包装木箱的好材料。木棉的树冠，有如又高又大的罗伞，能挡住夏天的烈日骄阳，给人们送来阴凉，送来惬意，故木棉树下，是人们乘凉休息的好地方。木棉，多生长于溪边村头，不择水肥，不择土壤，不向人们索取，然而奉献给人们的，却是很多很多。木棉树啊，不愧是人们称赞的英雄树；木棉花啊，不愧是人们称赞的英雄花！

二、杜鹃花

每年三月，中山大学大钟楼下的杜鹃花开了，或深红，或浅红，或紫红，或洁白……“南国要数三月最美，杜鹃花火一般燃烧。”春花盛开，春满校园，杜鹃似火，笑脸迎人。鲜艳美丽朝气蓬勃的杜鹃花，吸引了中山大学的莘莘学子，吸引了来往行人。

1952年春，陈寅恪教授见住宅附近的杜鹃花开了，诗兴大发，欣然作了《咏校园杜鹃花》诗：“美人秾艳拥红妆，岭表回春第一芳。夸问沈香亭畔客，南方亦有牡丹王。”陈教授把杜鹃花与国色天香的牡丹花相比较，由此可见他对杜鹃花多么喜爱，就抒发了满腔的喜爱之情！

杜鹃花是我国十大名花之一，对中山大学来说，也是校园里数一数二的名花。杜鹃花，又叫映山红、满山红、山踯躅、山石榴……杜鹃，既是鸟的名字，又是花的名字。先有杜鹃鸟（即子规鸟、布谷鸟、断肠鸟）的名字，然后才有杜鹃花的名字。相传，蜀之始祖是人皇，其后有王望帝，名叫杜宇，死后化为子规鸟。子规的叫声很大，夜夜悲啼，惊恐凄厉！它一直叫到口滴鲜血，落在花上，便化为殷红的杜鹃花……不过，这是传说，并非科学。所以郭沫若在《百花齐放·杜鹃花》诗里说：“人们说我们是杜鹃啼出的血，/杜鹃是望帝的魂，他思乡心切。/咱们彼此其实没有丝毫关联，/望帝和杜鹃也风马牛不相及……”

康乐园里的杜鹃花，栽种甚早，据岭南大学老教工回忆，至迟在20世纪40年代就有了。火红的杜鹃花，为岭南大学师生所喜爱。1948年，陈序经出任岭南大学校长，在重视聘请名师的同时，也重视校园美化。1952年，全国高等学校院系调整，岭南大学并入中山大学，中山大学迁入岭南大学校址（即康乐园）。以后，陈序经在中山大学工作10年，曾任副校长，分管基建、总务、园林等工作。他不但重视培植杜鹃花，而且还令园林科职工加强培育，扩大栽种，故中山大学的杜鹃花一直生长到今天，仍然如期开花，生机勃勃，欣欣向荣！数十年来，虽然几经战争烽烟和政治风雨，杜鹃花有盛有衰，但总的情况是：不但保持了旧貌，而且有所增多、有所发展。这样，今日的中大师生，每年三月，就可以观赏校园里的杜鹃花了。

爱花爱草，本为人之天性、人之常情，无可非议。然而，在“以阶级斗争为纲”的“文化大革命”时期，中山大学的一位领导，竟忽然“发现”喜爱花草是“资产阶级思想”“修正主义思想”的表现，认为校园里的花草对师生们有腐蚀作用。这位领导，为了捍卫“红彤彤的江山永不变色”，便在一次报告中对师生们发表了“花花草草会吃人”的“高论”。如此“高论”一出台，师生们无不惊诧害怕，不寒而栗！此后，又有谁还敢爱花爱草呢?

杜鹃花虽好，但花期很短。有一年，中山大学文科某系某级校友，决定在三月回母校团聚，庆祝毕业10周年，同时，观赏校园里的红杜鹃……然而因故，把原定时间推迟了好几天。这样，他们就看不到最旺最红最鲜艳绚丽的杜鹃花了。他们心里很不是滋味，感到可惜！须知大自然的生长发展的规律，是不以人们的意志为转移的。这样的遗憾，每年都有。所以我们赏花，一定要把握好花期。不要错过花期，再次望“花”兴叹啊！

邬和镒，曾在中山大学图书馆工作

本文选自《中山大学报》2015年4月15日

又是一年杜鹃红

梁必骐

康乐百花丛，三月花最浓。赏花马岗顶，莫负杜鹃红。

风景如画的康乐园，园内几乎各个角落都可见到盛开的花朵，而且一年四季都是“离离野树绿生烟，灼灼山花烂欲然”。春天是百花争艳的季节，康乐园也不例外，茂密的绿树丛中，无处不隐藏着一团团一簇簇的鲜花，近日最吸人眼球的莫过于马岗顶的杜鹃花。今年映山红一如往年灿烂绽放，而且在马岗顶南坡更有四色杜鹃花竞相辉映，由此引来了一拨拨赏花的游人。

杜鹃花又叫映山红，原产于我国，是我国十大传统名花之一。我国种植杜鹃花有着悠久的历史，早在唐代，她就与报春花、龙胆花合誉为“中国三大天然名花”。目前世界上有杜鹃花约900种，中国占530种，可称得上杜鹃花的王国。

“杜鹃”花鸟同名。杜鹃花开之时，正值杜鹃鸟啼之时。杜鹃鸟俗称布谷鸟，其叫声有如“播谷播谷”，故又名“催耕鸟”。相传杜鹃鸟声声啼叫直至呕出滴滴鲜血，洒落漫山遍野便化成朵朵杜鹃花。对此一花一鸟，古人不仅写有许多赞美的诗词，还留下了不少动人的传说，如“杜鹃啼血，子规哀鸣”的典故便是其中之一。正因此，诗仙李白有诗云：“蜀国曾闻子规鸟，宣城还见杜鹃花。一叫一回肠一断，三春三月忆三巴。”

杜鹃花不是一枝独秀，而是群花竞放，十分艳丽，故有“花中西施”之美称。唐代诗人白居易有诗赞曰：“闲折二枝持在手，细看不似人间有。花中此物是西施，芙蓉芍药皆嫫母。”（注：据传，嫫母是黄帝之妻，

◉ 图 1　赏花马岗顶，莫负杜鹃红　罗志豪　摄

貌丑而贤惠。）宋代诗人杨万里也有诗云：“何须名苑看春风，一路山花不负侬。日日锦江呈锦样，清溪倒照映山红。”

康乐园的杜鹃花有 60 余年的种植历史。据闻，陈序经先生早在岭南大学时期就在马岗顶悉心移植和栽种了大批杜鹃花。虽经数十载风吹雨打，杜鹃花仍然生机盎然。在我印象中，20 世纪 70 年代以前的马岗顶，每逢杜鹃花盛开的时候，无处不是映山红的天下。可笑的是“文化大革命”期间，有一位校领导说，康乐园的花花草草会吃人。于是有人出了个主意，将大批杜鹃花挖出来移植到中山大学“五七”干校。后来马岗顶又新建一座图书馆，因此马岗顶就只留下数小丛杜鹃花，其中唯有大钟楼西侧的杜鹃花（图 1）开放最旺盛。当年马岗顶的杜鹃花都是传统的映山红，花开时节红满山岗。现在马岗顶南坡的红、紫、粉、白四色杜鹃花应是 20 世纪 80 年代修建廖承志铜像时新种的。据当年的园林科杨金铨科长说，那时折枝采花的人不少，对杜鹃花破坏较严重，现在盛开的映山红和多色杜鹃花是经过园林工人不断补种和维护而保存下来的。可见今日康乐园的杜鹃花是来之不易的。

正是马岗顶的杜鹃花，让中大人同杜鹃花结下了不解之缘。中大人喜爱杜鹃花，不仅表现为种花、赏花、护花，还体现于咏花、叹花、颂花，催生了校园花文化。史学大师陈寅恪先生于1952年写的《咏校园红杜鹃》：

美人秾艳拥红妆，岭表春回第一芳。
夸向沉香亭畔客，南方亦有牡丹王。

1965年，他又对杜鹃花有感而发，赋诗曰：

寻诗岁月又春风，村市飞花处处同。
绝艳植根千日久，繁枝转眼一时空。
认桃辨杏殊多事，张幕悬铃枉费工。
遥夜惊心听急雨，今年真负杜鹃红。

中山大学的校报陆续发表有《美的召唤——我徜徉在图书馆旁的杜鹃花丛时》《爱的呼唤》《踏莎行》《一花一鸟说杜鹃》《杜鹃花》《杜鹃花开说杜鹃》《中大的杜鹃花》等多篇诗词和散文，咏叹杜鹃花。

近年来，康乐园的杜鹃花年复一年绽放，似乎越长越茂盛，花朵越开越妖娆。今年虽遇较长时间的寒风细雨，但藏在绿叶中的杜鹃花依然笑逐颜开，妖艳迷人。但愿中大人发扬爱花护花的优良传统，让杜鹃花在康乐园开得更艳丽！

梁必骐，教授，曾任中山大学大气科学系主任

本文选自《中山大学报》2013年3月11日

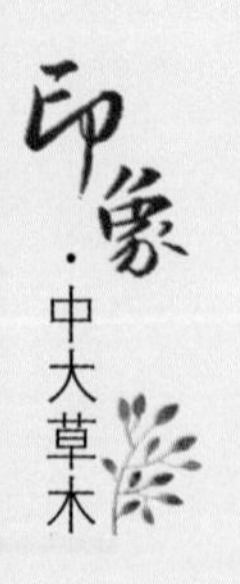

校园的榕树

邬和镒

诗人韦其麟根据壮族民间传说创作的长篇叙事诗《百鸟衣》是这样开头的："绿绿山坡下，清清溪水旁，长棵大榕树，像把大罗伞。"他把山坡下、溪水旁的大榕树比作大罗伞，既有鲜明的形象，也是蛮确切的。榕树，枝叶繁茂，四季常青，远远望去，不是很像一把大罗伞么？

榕树畏寒，喜高温多雨、空气湿度大的环境，生于热带、亚热带地区，我国广西、广东、福建、台湾、云南、贵州、海南等省均有。榕树为桑科榕属常绿乔木，树身可达10围，高可达30米，粗壮的树枝向四周伸开，树冠很大，是我国南方才有的常绿树。

1952年，我国高等学校进行院系调整。10月，中山大学和岭南大学合并，中山大学由广州东郊石牌迁来东南郊岭南大学康乐村（后称康乐园）。当时，我刚考上中山大学中文系，由武汉来到广州，看到校园枝叶丰茂青青绿绿的榕树，喜爱极了！这是因为，此时北方的树，叶子红了、黄了、枯了，肃杀的北风吹来，纷纷落了，慢慢地显出光秃秃的枝条来……而南方的榕树却不然。校园的榕树虽说粗不一定10围，高不一定30米，可不少榕树也进入花甲之年。虽说老矣，却如壮年，仍然长新的枝，发新的叶，开新的花，郁郁葱葱，勃勃生机，富有绿色生命的朝气。这就给全校师生员工送来了生机，送来了活力，送来了干劲，人人精神振奋，斗志昂扬。这是大有益于教，大有益于学，大有益于"十年树木，百年树人"的教育工作的。

校园的榕树，是与学校一同产生一同成长的（图1）。1888年，格致书院成立。1904年，改名为岭南学堂。如今学校中心区逸仙路的两

◎ 图1　红楼伴榕树　曾琦　摄

条主要校道，由南至北，笔直平行，路旁即有四行榕树。榕树的枝叶在校道上空相交、“搭棚”，形成长长的绿色长廊，更是长长的绿色隧道。放眼向“洞”的那头望去，望不到尽头！此种特殊景观，格外优美，人们见了，格外舒心。它是中山大学独有而他校未有的，可谓奇景，可谓奇观！全国各地，不论公路旁的绿树，或其他路旁的绿树，因为枝丫向上，道路的上空总有阳光洒下，不可能有“长廊”，不可能有“隧道”。唯其如此，榕树茂密相交的枝叶就可以挡住牛毛小雨，故“长廊”“隧道”又是躲避小雨之地。我们的大学生，喜爱绿色榕树，更喜爱坐在浓荫阴翳的榕树下读书学习，或者，在榕树下慢慢散步，思考自己学习中的一些问题，思考自己研究中的一些问题。学校西区大榕路旁也有榕树，榕树是后来栽种的。那树下，长长的浓荫地，便是校内外群众跳舞、打拳、踢毽、下棋的好地方。休闲的人们，成群结队，依时而来，完成“任务”之后，尽兴而归。他们各有所好，各有所乐，乐也融融！

我毕业之后留校工作。1958 年，下放到广东高明富湾乡、三洲乡、西安乡劳动锻炼，当地的村头、河边、渡口，都有大榕树。村头大榕树的浓荫下，是农民休息纳凉之处。不论午休时，或者晚饭后，总有一些农民，男男女女，在树下谈天说地，谈桑说麻，山南海北，无所不谈！晚上，则在榕树下吹拉弹唱。我们下放干部提倡和农民“三同”（同吃同住同劳动），提倡和农民打成一片，同甘共苦，同忧共乐。我们入乡随俗，虽说不是广东人，却也向农民学划龙舟、学唱粤曲……有一次，强台风从珠江口登陆，并伴有大雷雨，榕树下当然没有农民了。晚上，我从窗口望出去，借那闪电的光芒，看见一棵桉树被台风刮倒了。“呦，好厉害呀！”我很震惊！这时，我自然想到校园的榕树。我想：桉树树高根浅，头重脚轻，是容易被刮倒的。我又想：榕树和桉树不同，根须很多，扎得很深，还有板根，长在地面，似暴突的血管，盘根错节，是稳如泰山的啊！然而我还是很担心。一夜大风雨，我一直辗转反侧没有睡着。在迷迷糊糊之中，我总是在想：校园的榕树没有被台风刮倒吧？校园的榕树顶住了暴风骤雨安然无恙吧？

本文选自《中山大学报》2013 年 9 月 29 日

在陈寅恪先生铜像前

郝俊

1

月光细数每一片树叶
像时光之手翻阅沙沙作响的故纸
摇晃的树影，无法安静
历史拒绝影印
所有的考证，一如新鲜的过往
故居门前的草坪
还没来得及泛黄，便又添一截新绿
先生手中的拐杖，毫无疑问地握成一个问号[①]
谁的一声叹息，替代了月夜走漏的风声
先生！今夜，我身披月光，携风而来
弯下渐入不惑之年的脊背
深鞠一躬
我知道，除了我，还有近旁的一些
小草，在炎夏的暖风里和我做着同样的
动作

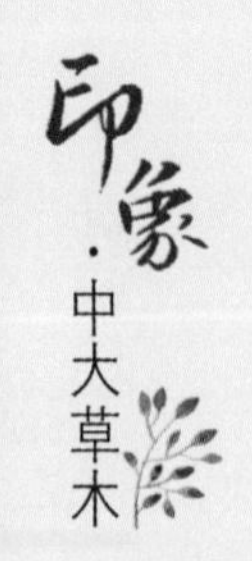

① 陈寅恪铜像是以陈寅恪教授生前在中山大学所拍摄的一张照片为原型制作，现安放于中山大学陈寅恪故居北草坪（图1）。

◉ 图 1　在陈寅恪先生铜像前　刘雨欣　摄

2

当夏天把春天的诗读成花期已过的残香
一抹娇红仍在点染揪心的诗行
“遥夜惊心听急雨，今年真负杜鹃红”[①]
如果站在故居门前的几棵蒲葵同意
不妨再栽一些杜鹃
别忘了，先生治史，先生也写诗
是否需要提供另一种佐证
抬眼看一看树梢上的月亮，就是一枚
澄明的印章
这里的一草一木、一砖一瓦都在
月光下聚拢

① 陈寅恪诗作《乙巳春夜忽闻风雨声想园中杜鹃花零落尽矣为赋一诗》中的诗句。

3

高深的岂止是学问

荣格说：文化的最终成果是人格

荷尔德林说：不在显赫之处强求，而于隐微处锲而不舍

先生说：脱心志于俗谛之桎梏

……

公元2017年7月8日的晚风说：历史是

一扇等待夜归人的门

前年，我写了一篇散文[①]纪念先生

今夜，斗胆请先生走于诗题

让我的名字带领这些文字，逐行排列

面朝先生

一一行礼

郝俊，任职于中山大学宣传部

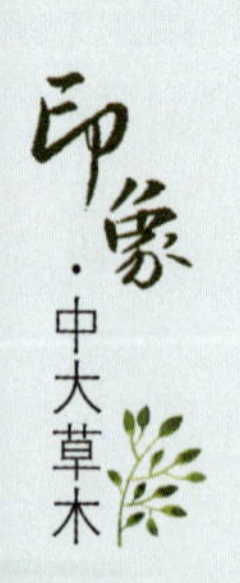

① 拙文《陈寅恪故居——“脱心志于俗谛之桎梏”》，载《人民日报》2015年9月14日，第24版。

『中东』散记

李庆双

中山大学广州校区东校园竟被学生称为“中东”地区，想来有趣，大概也有调侃的味道在其中。记得东校园建设之初，这里还是人烟稀少、黄土漫漫，倒真有点类似“中东”地区，只是没有那么恐怖罢了。现在的东校园，乃至整个大学城已是绿树成荫、花团锦簇和屋舍俨然了（图1），而人也自然多了起来，再也不是当年的模样。有时，细想起来，竟恍惚有隔世之感，不知自己身在何处？真是换了人间。

图1　东校园即景　李庆宝　摄

初来乍到时，我对东校园还谈不上喜欢，只是因为工作需要而来于此。那时东校园的基础设施还很不便利，来往的班车很少，还是租用外面的公交车。如今第一批来东校园读书的学生已毕业了，他们是东校园初始阶段的亲历者，带着“中东”的记忆去了四面八方，倘若多年后回校时，他们也很难找到当初的生活场景了。希望那时，我还能在这里见到他们，因为在他们身上留有我原始的情感和记忆，我相信还能叫出大部分他们的名字。

如今，我越发地喜欢这里了，大概如人的情感一样，既然不能一见钟情，日久生情也是好的。我喜欢这里的环境，空气纯净，绿树遍地，没有都市的喧嚣，可以怡然自得。无事时，总愿这儿走走，那儿看看，觉得神清气爽，工作时也有了底气和动力。东校园由图书馆、教学楼和行政楼所环绕的中心区，是我喜欢的场景之一。这里的地面原是隆起的，设计得不是很合理，经平整后，成了今天这个样子。一块块方正的草坪和两旁的树木，颇似南校园的景象，只是树木不够高大，草坪也不够开阔。正对中心区的北门也有了中山大学的牌坊，别处还立了校训碑，只是还少了中山先生的铜像。校园文化的移植，也离不开具体文化景点的点缀吧。

风过留痕，水过留声，我也要在“中东”这片沃土上留下自己生命的痕迹。图书馆旁的林荫道和传播学院周围的树上挂起了三行情书的树牌（图2），形成了独特的自然和人文景观林，那块普通的新疆碑刻玉石和景观林旁盛开的三角梅也是我与学生专门去芳村花市买回来的。校友捐赠的樱花林也挂上了校友写的三行情书。东校园校训石旁的杜鹃花是我建议栽种的。我每每从校友捐赠的名树林中的蕊木树下拾起树种，栽到校园、住宅小区和荒山荒地上，希望它们开花结果，还把蕊木种子送给学生和校友，希望他们将种子播撒到祖国的四面八方。

去工学院的山间小径，也是我喜爱的地方，上班时也愿从那里经过。沿着小径拾阶而上，入眼的便是两山间的葱绿，入耳的是动听的鸟鸣，入心的是悄然的思绪。如果你愿意，可以在路边草地上的石凳上小憩，什么也不思也不想，只让阳光照耀，任时光偷走；也可光脚走在松软的草地上，接接地气，还可以嗅嗅春天初放的桃花味道，摸摸枝头上青涩的果实，你会想象到它成熟的模样，心里还会窃喜，是不是自己要走桃花运了？山不必是高的，正如古人所云，“山不在高，有仙则名；水不在深，有龙则灵”，东校园的山大概只能称为丘，地势不高，少了雄壮的气势，这倒并不妨碍我对它的喜爱之情。山为什么一定要高呢？高大

◉ 图2　三行情书树牌　李子　摄

的山总在远处，需要人远足，有时还会“望山跑死马”。谁说熟悉的地方没有风景呢？我就喜欢眼前的风景，传播与设计学院大门正对的就是一座小山，可谓是“开门见山”和开门见喜。所以，古人的话也不妨这样讲——“山不在高，有心则灵”。

有了山，还是要有水的，不是说“有山无水不精神，有水无山俗了人”吗？好在东校园是有水的，而且引的是珠江水，如一条玉带，蜿蜒地穿过校园，形成了别致的风景。高于河岸的两侧是绿茵的草地，河上还架起了数座独特的小桥，桥的两侧种的各色小花在风中起舞。河的低岸边种的是桃树和柳树，是桃红柳绿的最好写照。那柳树如姑娘般把长长的柳丝浸在水里，活脱脱洗浴的模样，耳畔回想的是徐志摩《再别康桥》的诗句：“那河畔的金柳，是夕阳中的新娘；波光里的艳影，在我心头荡漾。”站在桥上，我常想起去剑桥大学时的景象，那时我还在剑桥大学的校园里四处寻觅徐志摩诗中的康桥，后来竟无觅处，因为剑桥的许多桥都叫康桥。而我眼下的桥不正是康桥吗？或许康桥只存在于诗人的心中。也许我写不出徐志摩《再别康桥》那样优美的诗句，但我可以吟唱："悄悄地我走了，正如我悄悄地来，我挥一挥衣袖，不带走一片云彩。"可我能悄悄挥别这里吗？怕是不能的，因为在这里沉淀的几年感情过于厚重，无法承受别离之轻，我倒愿意在这里有所房子，做个"岛主"，面朝大江，春暖花开！

本文选自《中山大学报》2010 年 5 月 17 日

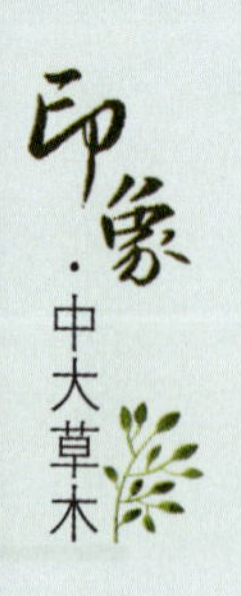

由南洋杉轰然倒下所想到的

余齐昭

南洋杉，原产大洋洲、南美洲，为热带、南亚热带著名的观赏树，木质坚硬，可供建筑用材，又产树脂，我国多有引种、栽培。

2010年8月16日晚8时许，在中山大学蒲园区608栋楼北侧路边的一颗高约28米、茎干胸径62厘米的南洋杉，在风平浪静的情况下轰然倒下。究其原因，是根部被白蚁蛀空所致。正所谓千里之堤，溃于蚁穴！距此树约10米处原来也有一颗姐妹南洋杉，多年前，也同样因蚁蛀而倒毙。

它们可能是岭南学堂于1904年建校初期引种的，有逾百年树龄。非常可惜，成材不易，价格不菲。为保存标本，生物系叶创兴教授特地请人将2米多长的一截树干运至生物系标本室保存，以利教学之用。

中山大学的校园内，有不少建筑物前，或小公园内都有南洋杉的身影。作为对称栽种的观赏风景树，给这些美轮美奂的建筑增添美感。如梁銶琚堂、校医院、生物系、霍英东体育馆北面、西区聚园等地，都栽有南洋杉。现存最为高大、树龄最长的南洋杉应为1933年落成的"广寒宫"（女生宿舍）正门左右两侧栽种的2棵，现存右侧的1颗，树高超屋顶；西大球场东侧、研究生院西侧的1棵以及东北区311栋楼南面的1棵。以上3棵为岭南早期所栽，挺拔的树干，直指苍穹，给人一种坚贞不屈的美感。

白蚁，其害无穷，千里之堤、高楼大厦、参天大树，都可能溃于蚁穴。然而，人类的智慧，对于小小的白蚁，早有对付办法，能防能治。因此我想，只要学校园林部门定期一年或两年对校内珍贵树种作一次检查，进行消灭病虫害的防治措施，就会有效地防止珍贵树种无辜死亡。

◉ 图1　生生不息　黎俊瑛　绘

在此，想到西大球场西侧，617栋楼东侧路边小公园（姑且这样称呼人们喜欢休息和运动的这块地方吧）的一兜竹子的生存状况。原来枝繁叶茂的竹丛引来不少小鸟栖息，甚至有珍稀的猫头鹰常来光临，引来不少摄影爱好者的追踪拍摄。

然而，自从一两年前，一些退休老人将棚架搭在竹丛中，放上桌凳，天天在内打牌，践踏竹地。最近，棚架虽被强拆，但仍有人到竹丛内活动，加以长期烟雾熏烤，再也见不到鸟儿的踪影，更别说猫头鹰的芳容了。

至于艰难长出的竹笋，每年都有无良者偷摘成为其餐桌上的山珍佳肴，致使竹子数量逐年减少。许多中大人看到此景，内心着急。今年春夏间，有位退休老人想出一个办法，一天，趁夜挂出两块纸牌于竹子上，上书“已喷农药，竹笋有毒”。这一招果然奏效。此后，不断有嫩笋苗茁壮成长，节节向上，足有10条新成员长成，这是多年来新笋成活率最高的一年。

笔者在此建议：请有关部门将竹丛围起来，不让人们到竹丛内活动、践踏，并由学校出面挂上保护牌，这样才能保护竹子继续繁衍生长，美化校园。同在这路边小公园南边，有一兜大佛肚竹，也因人为原因，这几年已无后代，如不加以保护，可在预见的将来，一定会自然消失。

据统计，1958年中山大学有1400多种植物，而21世纪初则只有1200多种了，显然有些物种在消亡（图1）。

本文选自《中山大学报》2010年10月18日

第四章 碧草芳影，湖光花色

◉ 湖光花色　康红姣　绘

芳草年年绿

黄天骥

我们校园的大草坪，宽达十几亩，放眼望去，绿气氤氲，使人们倍感空灵清爽，连瞳仁也像被冰泉洗过那样的舒服。人们都说，这草坪美极了(图1)!

每天，我们都从草坪边走过。看多了，虽觉得它可爱，却是浑然一碧，绿得单调。其实，只要留心细看，就会发现，随着阴晴冷暖，草色是会千变万化的。春天，它青青如玉；入秋，则稍蘸鹅黄；夕阳斜照，树影落在地上，草色一边透明，一边浓绿；在细雨中，草面上会泛起白色的烟雾，如果有人撑着红伞走过，就更把翡翠般的黛色衬托得空濛如幻了。记得在60年代初，这里举办“中日青年友好联欢节”。那一天，晴空万里，我们在草坪上支起一圈彩色的遮阳伞，日本朋友一见，都跷起拇指，说日本的大学找不到这样的美景。当时还以为他们谦逊，后来我到东京等地访问，才知道他们讲的确是真话。那里的校园不乏崇楼高馆、浅沼疏林，就是找不到一幅像我们学校这样有气派的草坪。

不过，这几十年，风风雨雨，我们的草坪也经历了不少磨难。在50年代末，某领导偏爱含羞草，下令在草坪种上他心目中的“珍品”。殊不知含羞草浑身长刺，繁殖力又极强，转眼间，遍地荆棘，含羞草成了灾。后来师生们不知花了多少劳动时间才把它们一根根拔除。“文革”期间，又一位领导发现爱花草是“资产阶级思想”的表现，认为校园种草，便是用修正主义思想腐蚀师生。他发表了一通“花花草草会食人”的高论，为了“红彤彤的江山永不变色”，下令在草坪种上红薯。黄昏清晨，师生奉命施肥，弄得臭气熏人，苍蝇乱飞。谁知不久中美建交，外

图1　绿衣芳草　瞿俊雄　摄

宾来访日多，为避免出现掩鼻而过的尴尬场面，施肥遂告停止。“文革”过后，师生们不得不犁平薯垄，花费了好几万元，在坪上重新铺上嫩草。到如今，草坪总算依然如故，“苔痕上阶绿，草色入帘青”，年年春夏秋冬，芊芊芳草，欣欣向荣。它的伤痕，只埋藏在草根下的深层里。

在现代的大都市，寸土寸金，尤其是商品经济飞速发展，房地产开发成了摇钱树，保留一方净土，谈何容易！而越是具有高度的文化素质、懂得改造自然的人，就越懂得保护自然、保护环境的重要性。建设和保护草坪，成了科学家的研究对象。我们学校生物系的胡玉佳教授，还写了《草坪景观的初步研究》《草坪科学与管理》等论文。当然，校园里的人更看重的，是草坪所包含的人文精神，他们懂得要让学子在宽裕的空间和新鲜的空气中追求真理、吸纳知识，懂得缔造美的环境与培养人的素质的关系。因此，他们爱护草坪就像爱护自己的肌肤。年年春暮，草长莺飞，工人们忙着推动剪草机，把草坪收拾得像毛茸茸的地毯。记得有许多个黄昏，文字学家商承祚教授常一边散步，一边挥手制止那些不守纪律横穿草坪的过客。我常想，这伸展在校园的一坪空翠，不正是丰厚文化蕴涵的体现么！

每一年，在同学们毕业离校的时候，总要在草坪上拍照留念，总会深情地多看草坪几眼。有一回，我在境外遇见了毕业多年的校友，他劈头就问："我们的草坪，现在怎样了？"我回答："等着你回去打滚哩！"于是彼此击掌，相视而笑。在他的眼神中，我看到了游子对祖国对母校、师友的眷恋。是的，作为曾经生长在校园中的一株小草，是忘不了让它茁壮成长的草坪的。王维有诗云："芳草年年绿，王孙归不归？"如果我们把"王孙"理解为关情故国的有识之士，这两句诗不又有了新的含义么！

"芳草年年绿"。也许，去年的草会褪了颜色，但它的旁边总会有生出更鲜更嫩的草，所以，年复一年，草坪总是充满生机，走近它，你会觉得整个身心也弥漫着绿意。但愿它永远绿下去……

我心中的芳草地

李庆双

在中山大学读研时，就听人说：中山大学有两张皮，一是中山先生的脸皮，二是学校的草皮。中山先生的脸皮自不必说，作为先生亲手创办的大学，我们享其美名和恩泽久矣；而草皮竟能作为中山大学的门面和象征，可见其地位的重要性。

初来中山大学时，就为其红墙绿瓦和宽阔的林荫道所吸引，最令我陶醉的是那大片大片的芳草地，连绵的绿啊，令人心醉。我最惬意的事就是在课余，一个人独坐在草地上，白天沐浴在和煦的阳光里，聆听着大钟楼悠扬的钟声，或看书，或静思，夜晚三两个学友或卧或躺，可闲聊着，也可仰望星空，所谓诗意的栖息，也不过如此吧。不过有些遗憾的是，学生时代的两个梦想，竟一直无缘实现。一是在中秋之夜，和同学在月光下围坐，中间的红桶燃放着蜡烛，远远望去，红红的，星星点点的，煞是好看；二是在草地上尽情地撒欢打滚，一如顽皮的孩童。这两个梦所以没有实现，还是自己没有尽心，或放开自己。到如今，越发的难为了。试想，以教师之身，在草地上放浪形骸，怕是被人见笑的，更羞见于学生。倒是前一个梦，还是可以补缺的。所以，梦是不可以耽搁的，尤其是青春的梦，耽搁了，梦就远了，再不是原来的模样。

绿草所以为人们喜欢，一是其连片的绿意，入人眼，醉人心，古人诗中所描述的“草色遥看近却无”“芳草萋萋鹦鹉洲”的景象就是这种意境。二是草顽强的生命力，为人称道，所谓“野火烧不尽，春风吹又生”。三是小草的不图虚名，正像那首歌所唱的：“没有花香，没有树高，我是无人知道的小草，从不寂寞，从不烦恼。”小草还有一个好处，可以

◉ 图1　芳草萋萋，我心依依　袁菲　摄

比作恋爱的对象，在新生教育课上，谈到失恋问题时，我告诉学生要记住两个“草”，或许可以解忧，一是五步之内必有芳草，二是天涯何处无芳草。意思是说，只要有心有情，或远或近，总会找到男女朋友的，正如中山大学连片的芳草地。但愿学生能记得我“两个草”的名言。

中大人对草是有特殊感情的，无论是在校的师生，还是广大的校友（图1）。

记得学生记者在采访名师李萍老师时，曾问过康乐园中什么最令她喜爱和难忘，李老师说是“康乐园的草地，和理想”。著名学者、校友陈平原在谈及中大印象时，说母校美丽的校园给了他很多美好的回忆，其中之一就是“当年经常吃过晚饭后躺在中区的草坪上看夕阳”。在最近校友会举办的校友活动展示板上，有两位校友曾这样谈及对母校的情感，一位校友是这样描述的：“那时候我的高考成绩是可以上北大的。不过我最终还是选择了中大。因为，第一，中大的招生简章做得实在太漂亮了。特别是那片草地……”可见，美丽的草地还有助于招生。另外一位校友这样深情地说道：“无论毕业多久，无论身处何方，校友们对母校的眷恋，都会带着他们跨越时间和空间的阻隔，回到树草丰茂的康乐园，重温那段风华正茂，充满激情和梦想的时光。”在校友的心目中，美丽的校园，特别是那成片的芳草地，永远占有一席之地。

同中大人的感情一样，我对校园的芳草，也有着深深的依恋，并把这份感情投射到学生身上，在为传播与设计学院第一届毕业生所写的诗中，我这样写道：“我要为你送别，把思念埋在心底，还有你那灿烂的笑容，跳跃的身姿，和校园青草的气息。”为了我们心中的芳草地，我倒愿意把那首有名的歌词“长亭外，古道边，芳草碧连天”，改为“惺亭外，校道边，芳草碧连天”。愿中山大学的芳草岁岁丰茂，愿中大人心中长留芳草地，愿中山大学的校友如芳草一样遍及天涯。

本文选自《中山大学报》2008年12月12日

芳草年年绿（节选）

杨海文

北枕珠江南面市，东友白鹭西朋凰。

东西南北千层树，谁识其中是学堂。①

这个学堂是今天的中山大学广州校区南校园，另一个久已深入人心的名字叫康乐园，诗人们偶或简称为康园。“宽阔而幽静的校园里布满了层层叠叠、错落有致的植物群落。这里有数不清种类的花草树木，简直像个植物园、大花园。碧、绿、青、翠，这些象征着蓬勃生机的色彩，渗透着，交融着，一年四季，长盛不衰。”② 有关康乐园的植物群落或植物家族，可以先从最柔弱的草说起。

说到草，多少要以中区草坪为中心。它太大了，居然从怀士堂向北，途经孙中山铜像、惺亭，一路延伸到了岭南堂，将近数十亩；它太青葱了，居然一年四季，流淌着让人心醉的碧绿，年年绿着的是芳草；它太别具一格了，居然在钢铁水泥森林一样的大都市里，以一片融自然与人文于一体的胜地傲立，仿佛是个世外桃源。

这个草坪同样有着太多的往事与传奇。1980 年 11 月 22 日的校报登过一则田珊珊的小品《拦“牛”》，说的是：

“表妹从北京来，我陪她欣赏这南国大学的美景。表妹兴致很浓，不住地赞美那绿绒毯似的草坪。走到一条绿毯中的小径前，她盯着那挺煞风景的竹栏和‘请不要穿越草地’的牌子发问了：‘这儿有牛么？要

① 潘汝瑶：《中大杂咏》，《中山大学（校刊）》1984 年 2 月 28 日，第 6 版。

② 雷晖：《我爱康乐园》，《中山大学（校刊）》1985 年 5 月 1 日，第 4 版。

不，拦什么呢？’

“‘对，正是拦牛。’我一本正经地回答。

“‘可牛是不会看这字牌的呀？’我这傻表妹还是不理解。

“‘咳，总是有识字的牛呗！’我再也忍不住了，哈哈大笑起来。表妹这才恍然大悟，不无遗憾地跟着笑了起来。”

“这儿有牛么？要不，拦什么呢？”北京表妹如果不是1980年而是更早的时候提这个问题，老中大人的回答会是：“周围凤凰村、鹭江村的农民们常常来放牛，他们的牛在野草地里吃草，然后在那里拉屎。露天电影场里也生了许多草，晚上看电影看得兴奋，不小心脚下一腻乎，就知道大事不好，踩到新鲜的牛屎了。”[①] 那个时候，竹栏大概真是为了拦牛的。

有一篇写康乐园草坪的美文，是中文系知名学者黄天骥的《芳草年年绿》。这篇美文已经收入很多集子，比如《我们的中大》（中山大学出版社2001年版）、《校影》（中山大学出版社2004年版），以及作者的《中大往事：一位学人半个世纪的随忆》（南方日报出版社2004年版）。

……

我们的草坪，不只是设过竹栏，还拉上过铁丝网。那大约是1984年上半年的事，当时校报发表了乔长句的杂感《耻辱——从草地拉铁丝网谈起》，文中写道：“那条条铁丝网，像座座耻辱碑，让我们抬不起头；那网上的根根铁刺，似把把尖刀扎着我们的心。堂堂的高等学府，为了保护一块草坪竟要拦上铁丝网，这是社会上的人们难以想象的，是我们大学生的耻辱啊！”

“绿茵茵的草坪平静如湖，/已少见‘入侵者’野蛮的‘铁蹄’。”[②] 今天，竹栏、铁丝网俱往矣，我们每个中大人已经深深懂得要像爱护自己的皮肤一样珍爱这片青青的草地（图1）。读校史，你会感到这是中大人一直努力下来的结果。多少个黄昏，就在这里，商承祚一边散步健身，一边挥手制止那些不守纪律横穿草坪的过客。知道商老这件逸事的人不少，而王起专门给校报写过一封信《保护花木——王起教授的建议》，

---

① 徐霄鹰：《往事点滴》，载罗永明主编《我们的中大》，中山大学出版社2001年版。

② 秀雪：《校园新貌》，《中山大学（校刊）》1982年4月1日，第4版。

◉ 图1　芊芊芳草，欣欣向荣　瞿俊雄　摄

呼吁保护校园环境，晓得的人不会太多。让我们走近那张1981年5月7日的老校报：

“我校花木之盛，为国内高等院校所少见。它美化了我校的环境，有利于人们的身心健康。‘文化大革命’期间有人提出‘花花草草会吃人’的过‘左’口号，校园草坪花木遭到严重破坏。每年白兰花开时，都有人上树攀折，不仅严重损伤树木，而且滋长了一股损公肥私的坏风气。还有一种不应有的现象，就是在课室食堂附近，常见有人上树摘花，连枝折断，狼藉满地，而过路师生听之任之，绝少加以劝止。为了改变这一现象，我建议：

“一、在白兰树成林的地方，悬牌禁止攀折，违者以损坏公物论处；

“二、要求校刊多作宣传，提倡爱护学校环境的好风气；

“三、通过附小和家属委员会，对小孩进行爱护学校环境的教育；

“四、要求治保部门加强花树盛开地区的巡逻，防止有人在白兰花盛开时上树攀折。”

胡玉佳是中山大学培养的我国首批博士学位获得者之一。他的博士学位论文《海南岛青梅 Vatica hainananensis 种群生物学的研究》填补了植物生态学的空白，为我国热带植物种群生态研究作出了开创性探索。1984 年毕业后，他留在生物系任教，心系我们的草坪，在《中国草坪》1998 年第 1 期发表《草坪景观的初步研究》（与林泽生合作），长期主讲本科生专业基础课程“草坪科学与管理”，做过《呼唤绿色》的学术讲座，深受学生欢迎。《芳草年年绿》特意提过胡玉佳的草坪学研究，仿佛是要告诉人们：中大人不仅仅要爱草坪，还得善于管理它。

有这么一块中国大学里罕见的大草坪，草坪学就不独值得学者们研究，还值得进入学科建设的行列。草业科学硕士点 2003 年获得批准，这是中山大学当时仅有的两个农学硕士点之一，设有“热带亚热带草地农业系统”和“草坪学与绿地系统”两个研究方向。后来，又开始招收博士生。坐在中区大草坪的边上，读着草坪学的书，正是一种让人羡慕不已的幸福！只是忍不住要请教一下读草业科学专业的硕士生、博士生：草坪上种的草，叫什么名字呢？是叫大叶油草吗？

回到王起先生信上的话题，看白兰盛开的同时，你能不去饱赏美丽的草坪吗？潘汝瑶老先生的《中大杂咏》之七就说：“每到春来花似锦，中区场地草如茵。游心不解繁忙事，几度偷闲看杜鹃。”“拈花惹草”，之于中大人，或者来康乐园的游玩者，真可谓不分你我。

……

倒也不是完全不能走进草坪。这么好一片景致，最适合照相留念。快毕业了，即将挥手告别校园，于是：

“‘黑乌鸦’蜂拥出现在草坪的季节应该是六七月间。即将毕业的学生穿上学士服，站着、坐着、趴着、躺着……总之以所有你能想得出来的身体语言和这里告别。留不住的是‘真他妈’幸福的学生时代，留得住的是这依然在龇牙咧嘴、笑得‘青’脆的大草坪。”[①]

当然不只是穿学士服的，还有穿硕士服的、穿博士服的。拍照时，敬爱的老师站在学子们的中间。拍集体照，一起来合影的还会有尊敬的

---

① 严丽君：《五月，康乐》，共青团中山大学委员会《中大青年》报社编：《挥手轻吟》，花城出版社 2002 年版。

校长，以及邀请来的各界知名人士。怀士堂往往作为背景，定格在一张张永远珍藏在心里的照片上。

广州的毕业季，阳光很任性。有点热了，可到林荫道里凉快一下。盛夏的阳光，把草坪两边那些大树上的绿叶照得无比明亮。那种绿是明亮起来了的绿，是沁人心脾的绿，是“你懂的”“我也醉了”的绿，是毕业生一辈子忘怀不了的绿。

只是这个时候，你尤其应该知道，怀士堂前这块大草坪还有个不该遗忘的名字，叫怀士园。原载《中国国民党周刊》第20期（1924年5月11日）的《总理对岭南大学黄花岗纪念会演说词》，挂在今天的校园网上，题目叫作《孙中山先生怀士园演讲——黄花节的真纪念》，并特别注明怀士园即怀士堂前的大草坪。光凭这个典故，说明大草坪的历史够悠久了。

中秋节晚上，也可以破例走进草坪，一群人围坐在一起，在红色塑料水桶里点上蜡烛，放在中间，说着话，唱着“我在仰望，月亮之上……”风干了忧伤，快乐地翘盼月亮最圆的时分，随便玩到什么时候离去。即便商承祚先生还在世，他也会纵容这种胡作非为。要是选“中大八景”，它的得票率肯定不会低，所以应该有人讲讲它的来历。以下提供徐霄鹰《往事点滴》的版本，仅供参考：

“1987年，中大第一个学生公寓，当时的东22，现在的东5，交付使用。新生在入住时要交150元，换回一套被铺，还有红色的塑料水桶。公寓和宿舍有什么不同呢，就是公寓每一张床上都摆着一样的卧具，每一层的走廊上都放满了一样的水桶。

“1987年的中秋，新生们在湖南军训。1988年的中秋，他们已经是中大的熟人了。那个中秋晚上，公寓的个别女学生们商量了一下，就提着水桶，带着吃喝的东西和蜡烛，到中区去了。我也是其中一员，说自己是这‘中大八景’之一的创造者之一，有些缺乏证据，不过我的确见证了这个‘传统’的形成和普及。这让我觉得自己老了。”

开辟珠海校区和广州校区东校园之前，很长一段时期，这里还是新生入学后军训的主要场地。严丽君的散文《五月，康乐》写道：

“每年九月，新生入学。一堆堆的‘青蛙’会在草坪上做出各种各样的动作：立正，稍息，向左转，向右转……偶尔还趴在上面作射击状。

因为夏天草长得快，不远处，总会有脚踩剪草机的阿姨在微笑：新的孩子又来了。一个敏感的中文系男生在一次练习瞄准中，偶然瞥见教官仰卧在自己身后，晒着九月的太阳，嚼着一根草叶，酸酸地说：‘这些学生真他妈幸福。’因此成就了一篇关于中大的经典之作。”

陈康团是中山大学—牛津大学广东省高级公务员公共管理知识专题研究班第4期学员，也是公务员型摄影家。他的摄影作品集《神驰中大》（岭南美术出版社2005年版）摄下了自己所理解并阐释的中区草坪，取名叫“绿草如茵”。不错，沾染青青草坪生动无限的灵气，然后把它当作挥之不去的记忆，最多的就是我们的校友。

“山中相送罢，日暮掩柴扉。春草明年绿，王孙归不归？”（王维《送别》）只要春风吹得到的地方，到处都有青青的野草。既然你们曾经把无数的故事遗落在这块草坪上，遗落在这个园子里，就该常回来看看。

“嫩杨枝外莺啼晓，联袂归来，又逐惺亭笑。记得绿坪春悄悄，天涯处处怜芳草。 岁月如流情未了，母校恩深，魂梦常萦绕。桃李满墙都俊俏，老师白发添多少？”

这是黄天骥的《蝶恋花·回校日》，写于1979年11月，那篇《芳草年年绿》写于1999年10月。20年、30年以及一辈子，都铭记着“绿坪春悄悄”“芳草年年绿”，你说是不是一份无言而又时常撞击心扉的喜悦呢？

春天的叙事

郝俊

1

长久的沉思凝成笔尖上一滴欲坠的浓墨
落纸的缠绵，像一场不断渲染的情事
来不及细数花枝上的芬芳
我只想躺在一片望不到边的草地里
仔细看一棵棵小草是怎样挺着柔弱的身子
站在大地上

2

我承认，我喜欢小草一样的叙事
一棵挨着一棵，如此绵密的笔法
才不会漏掉珍贵的细节
几只乌鸫在草坪上走走停停，正在
研究如何断句

3

挥手之间，我点燃了枝上的木棉花
哦，春天是用来燃烧的！
春天也是用来较劲的，紫荆花为了
追求完美的舞姿，仅仅一个下落的动作
惹得参加排练的花瓣挤得满地都是

◉ 图 1　以怒放的姿态，喊醒春天　吴慧焱　摄

4

为什么这么多花都保持怒放的姿态（图 1）
因为体内的芳香是喊出来的
春天就是被她们一朵一朵地叫醒的
那些没开的花苞，个个都涨得满脸通红
等攒足了劲，再好好地吼上一嗓子！

5

那些没有大声喊出来的无名小花
只要你愿意俯下身子，她们就会拎起裙裾
踮着脚尖告诉你今年春装的流行款
嘘！来了两只蝴蝶，他们稍稍整了一下
戏服，新版的《梁祝》就开演了

康乐园的草

吴松岳

我一下扑到她怀里，第一眼，
拥抱她，用力拥抱她，
每一寸皮肤，感受她青葱柔软的胴体。
人群里奋起，沉默中呐喊，炮火间穿梭，
踏遍神州疮痍，我终于来到她面前。

窗外狂风暴雨，电闪雷鸣，
阳光里，端坐着，辫子扎着，脸素着，
她请我坐，求我教她学问。
我不坐，我给她种子，要她洒在火里。
大风大雨，前狼后虎，
从南到北，自口入心，
我点燃革命的火。

红砖，绿瓦，蓬蓬勃勃长成一片康乐净土(图 1)，
追寻，索问，莘莘学子苦苦探索振兴之计。

我死了，肉身葬在南京钟山，
我活着，寄托活在中山大学。
而她，依旧青青葱葱，
期待每一个学子扑到她怀里。

◉ 图1　红砖绿瓦，一方净土　康红姣　绘

荷风淡淡

张海鸥

据说康乐园本有十三处湖泊池沼，如今仍存者四。其名不详，园管习以方位称之。东湖有荷，绿树环护，湖畔春情甚浓，书香飘逸（图1）。北门长方之池位置显赫，两旁大王椰树肃立，岭南堂和中大牌坊分立南北，看珠江东去。不知当年修建者是否有“雷池”或“大王池”之用意。西湖临康乐园酒家，有玉色三孔桥与碧水相映，湖边沙明柳暗，是老幼康乐之湖。东北湖楼影湖光，岸曲亭秀，最得马岗山水韵致，水旁有松园，或称松园湖。

湖畔总有人追寻
爱已是往事吗
水边芳草萋萋
多少梦想成真
多少境缘成尘

东湖的荷花西湖的柳
见证多少阅读的晨昏
青春牵手已成垂暮
戏水的儿童
怎知前辈爱的艰辛

春风里木棉花开

图1　康乐园东湖　刘雨欣　摄

秋雨中枯荷残败
谁见过环湖的路有始有终
谁见过湖边的人青春常在

然而康园的记忆深处
湖边总是香飘四季
无论人喧世闹
无论天风海雨
校园纵有是非百变
湖水总是不离不弃

那平静的宽容注定是永远的承受吗
那无言的守望终究是一池寒碧吗
当一场场演出曲终奏雅
明年的红舞鞋又在订做
水面飘来的
依旧是淡淡荷风

本文选自张海鸥《用文学的方式解读康乐园》讲稿“第二篇：康乐风景”

荷塘

冯娜

如果我走得不那么快　荷花有没有可能还在开
水面抬升了　浮起的枯萎是破碎的剧情
如果我走得不那么快
我就是台下掌声最热烈的人

◎ 图 1　夏日荷塘　瞿俊雄　摄

或者你也不需要闪光灯下再次谢幕
最后你捧出了苦心的莲子
我逃去了西湖　西湖有龙井茶
茶里微涩　不加莲心

我不能走得太慢　我和你一样
害怕看见真相荒芜　深澈以后的泥泞
你还是勇敢　开花　结籽
把最汹涌的凋谢　献给台下的我

我们做了相互的看客
我错过了你的一季　你错过了我的一生

冯娜，著名诗人，现任职于中山大学图书馆

午后荷塘

李庆双

很长时间没去东湖了，想看下秋后湖的景象。今天终于得以成行，在一个周末的下午，一人穿过校园，来到东湖畔。说是东湖，其实更像个荷塘，湖面不大，一亩见方，又因夏日盛开着荷花，故为荷塘也恰如其分。中山大学原有十几个湖的，星星点点地散落在校园的四处，既可以调节湿度，也给人灵秀之感。可惜的是大部分湖泊随着学校的发展而消失了，原有的地方被填埋挪做他用了；好在还保留了东湖等几个湖，只是希望它们不会在某一天也没了身影。

东湖有地利之便，坐落在学校东边的学生生活区，紧挨着熊德龙学生活动中心，因此，人气也是比较旺的，在这样一个午后，更显得喧闹了。站在岸边，放眼湖面，竟不见荷的影子（图1），让我有些惊诧，那夏日蓬蓬勃勃的一大片绿的叶和红的花何去了？现在虽是秋日，但日头还暖，总会留下点红和绿吧？红和绿还是有的，只是不在湖的中间，细看之下，湖的边缘还有些绿的叶片和红的花苞，原来那是睡莲的身姿。可怜的是，湖中央原有的大片的荷连枯叶也未曾留下，全被人割去了身子，只剩点枝干的头孤零零地露在水面，浮着些残梦。春去了，夏走了，想在秋日里“留得残荷听雨声”，也是不可能的了，连荷叶都没了，更何况这是个少雨的季节，无论是湿气和诗意都是难寻的了。

朱自清是幸运的，在那样一个月夜，走在荷塘畔，用神来之笔，写下了《荷塘月色》的千古名篇。大师季羡林也曾走过朱自清所描写的荷塘，也和荷花有着不解之缘，他还写了《清塘荷韵》一文，文笔虽不如朱自清的优美，倒也朴实真挚，颇有荷韵。可贵的是，朱自清只是个看客，

◉ 图1　山水故园　李晓岭　摄

借别人种的荷花来养自己的眼和心，而季老则是自己亲手种荷的。他所在的楼前有清塘数亩，原是有些荷花的残影，只是后来不见了踪迹。出于对荷的爱恋，他托人从湖北带来了几颗莲子，外壳呈黑色，极硬。据说，如果埋在淤泥中，能够千年不烂。季老用铁锤在莲子上砸开了一条缝，让莲芽能够破壳而出，不至于永远埋在淤泥里，然后他就把五六颗敲碎的莲子投入湖中，开始了惴惴不安等待的日子。不想，这一等就是三年，才见得投莲子的地方有几个圆圆的绿叶冒出水面，直到第四年荷叶才蔓延得遮蔽了整个荷塘，荷花也接踵而至，有了满塘的荷香。季老最为自得的是，据了解荷花的行家说，自己门前池塘里的荷花，同燕园其他池塘里的，都不一样。其他地方的荷花，颜色浅红；而他这里的荷花，不但红色浓，而且花瓣多，每一朵花能开出十六个复瓣。季老也因此把自己亲手种的荷称为“季荷”，这也算是大师留给世人的一段佳话吧。

在这样一个午后的荷塘边，想起朱自清和季羡林，还有他们眼中和笔下的荷花，心中升起的满是对荷花的爱恋之意，尽管这不是荷花盛开的季节。这样也好，不必独想着荷花，也可享用下眼前其他的景象。午后的阳光正好，暖暖的，我也闲坐在一张椅上，看着周围的人。旁边有几个童子或在垂钓，或在浅水的塘里摸着鱼虾，远处还有两三个大胆的顽童在水中划着一只小船。儿童欢笑的场景把我拉回了我的童年和故乡。在家乡的小山后面，有一个好大的湖，游人可在那里划船、钓鱼和游泳。最喜人的是，每当盛夏，水面上满是绿的荷和红的花，灿烂得令人心惊。我原以为荷花是生在南国的，不曾想在故乡也生长得这般娇艳，也不知晓荷花还有莲花、芙蕖、水芝、水芙蓉、莲和菡萏的别名。我们一边在课堂上朗诵着朱自清的《荷塘月色》散文，一边私下里戏唱着"荷花本是六月开，看人日记不应该"。童年的乐趣已久远了，现在的北国已是冬季了，荷花不但残败了，怕也被雪埋没了，而荷花大概会在冰下冬眠，做着春天的梦。又快年末了，有些怀旧和思乡，还是写下这样一首思乡曲：在故乡，我们向往远方，在远方，我们回望故乡。在故乡和远方之间，我们走完一生的时光！

本文选自《中山大学报》2011年1月6日

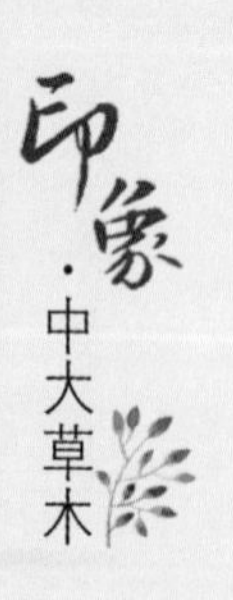

最爱东湖行不足

彭敏哲

一座漂亮的校园，总免不了有山有水。康乐园也是一座有水的园子。据说，曾经的康乐园有十三处湖泊池沼，可如今只剩下四处了。其中有东南西北四湖，而东湖则在校园东区的东门附近，紧靠熊德龙活动中心，面朝着“广寒宫”。

东湖在校园的东边，因此命名为东湖。从东门进来，第一眼遇见的便是这样一座玲珑的湖泊。她不大，却自有万种风情。东湖的轮廓有些奇怪，不是圆的，也不是方的——大概是曲线弧形状的。因为这特别的形状，让东湖多了几分含蓄婉转，她像是掩面遮羞的少女，教人一眼看不到她的全景，总要环湖走上一周，才能看全她的姿容。湖之北有一株大榕树，四季常青，须几人环手才能抱住，而今亭亭如盖，却早已不知是哪一年种下的了。湖之西是棕榈大道，棕榈叶硕大无朋，层层叠叠，又给这古雅的湖添了些西洋的韵致。湖之东有几张小石桌，可以为游客提供短暂歇脚之便。湖之南有一片茂密的竹林，风敲竹韵，常有人牵着手或携着书，步量每一寸晨昏。丛林间还有三尊塑像，分别为冼星海、女大学生和名为“摇篮”的千禧年校友赠送的纪念塑像，寄托着校友们对母校的赤子深情与拳拳爱意。

东湖的四季都有不同的风致。春天的东湖是温柔的，小小的睡莲甫开了几朵，半掩的莲瓣上跃动着盈盈白露。羊城的春雨温柔如母亲的手，悠悠地飘低渐进，猝而酝酿成畅快豪迈，沉实地扑打在湖面上。那么一个瞬间，似乎能看到一首首五言、七律密匝匝、湿漉漉地流于草叶湖莲之间，流在红墙绿瓦之间。东湖的骨子里流淌着雅致，这雅致和烟

◉ 图1　冬日的东湖　刘雨欣　摄

雨如影随形，似乎从春天就有了。六月的夏风有些微甜，循着湿润的气息来到东湖边，那一大片田田的莲叶宛如梳着发髻的江南女子，水面清圆，一一风荷举。夏天的东湖是最热闹的了，鸣蛩阵阵，一片蛙声，那些荷花都像孔雀开屏似地用力绽放着自己娇艳的瓣蕊。晚风拂面，湖边冼星海抚琴的汉白玉雕像只剩下轮廓，遥相呼应的是中山大学海外校友会千禧年募资矗立的铜像。光阴冉冉如流水，浮生半日，坐在这幽静的湖边，一时之间，竟分不清是你偷取了流年，还是时光瞒骗了你。

在东湖，秋天来得很晚。即使是在十一月的深秋时节，还有残荷未落。那时节，总不免让人怀想起什么。人们说，秋是怀旧的季节。这个时候，点点微云淡淡秋，疏疏清荷水间流，那一半明媚一半忧伤的景致，惹得行人情不自禁坐在湖畔的石椅上，默默琢磨起自己的心事来。若是再遇上一番秋雨洗净长天，“广寒宫”前的小径上铺落一地紫荆花毯，雨丝缠绵，情丝更绵，那时节，也不知是雨淋湿了情，还是情湿透了雨？

你若以为冬天必然是萧瑟的，东湖也一定是一派肃杀，那你就错了。岭南的冬天温润可亲，不比北方的落寞萧索。这时候的东湖，别有一分成熟的风韵（图1）。湖畔的水杉依然深绿，枫叶却星星点点地透红了，而樟树的叶子泛着轻黄，榕树却仍是浅碧的，从湖边看去，层林渐染，五色相宜，竟生出一种“姹紫嫣红”的感觉来。这样的冬景，除了在康乐园的东湖，不知还有何处能再觅到呢！

至于清晨的东湖，那是晨练和早读的好地方。老人们在打着太极，慈眉善目；椰树下的石桌上，或许正坐着一位素衣白裙的女子，神情专注地读着书；也或者，是哪位自信的少年，大声朗读着手中的英文。湖边有一圈花岗岩的石椅，恰好给游憩的路人小坐，累了，抬头看看天穹中的流云，似乎下一个瞬间，就能体会到“行到水穷处，坐看云起时”的味道。

夜晚的东湖，又是另一番光景。月上柳梢，人约黄昏，那葱茏的丛间，不仅藏着窸窸窣窣的鸣蝉，还藏着相对忘言的小情侣。浮墙花影动，知是故人来，东湖是赏月怡情的好地方。中文系张海鸥教授曾写道：“湖畔总有人追寻 / 爱已是往事吗 / 水边芳草萋萋 / 多少梦想成真 / 多少境缘成尘 / 东湖的荷花西湖的柳 / 见证多少阅读的晨昏 / 青春牵手已成垂暮 / 戏水的儿童 / 怎知前辈爱的艰辛。”这曼妙的诗句，当是对东湖映月最美的观照。

东湖也有热闹的时候。那是在周末傍晚时分，熊德龙活动中心的舞厅开放了，各种各样的联谊活动、交谊舞会在这里举行，青春的面孔洋溢着热情和理想，这时候，似乎这如沉沉历史一般厚重的校园也多了几分灵动和活力。东湖还有寂静的时候，那是在细雨霏霏、夜深人静之时，小道上一个人影儿也没有了，忽然听到几缕幽幽的笛声，一曲《梅花落》，一曲《折杨柳》，“曲中无别意，并是为相思”，复又挑起几许失落已久的故园愁。

无论是春夏抑或秋冬，无论是白昼或是夜晚，东湖的风景都令人沉醉，浓妆淡抹，它总能与周遭的风景相得益彰，融为一体。“智者乐水，仁者乐山。”倘能驻足看看东湖，或许你能从这默然无语的风景里，读出“上善若水”的智慧来。

最爱东湖行不足，柳絮池塘淡淡风，正是好风景的时候，游湖当及时呵。

本文选自《中山大学报》2013 年 8 月 12 日

还记得在此曾与我相遇吗，我的校园

陈淑华

这几天，深秋萧索离去，寒意凛然逼近。南国的冬天来得特别晚，夏装还没有来得及更换，猝然就到了十一月，寒风骤起，这仿佛在酝酿着一场阴谋，也是一场有关缘分的盛宴。东湖畔现已花落人怜，你还记得在此曾与我相遇吗？

不知不觉来这里已有三个来月，时间的步伐总是那么急促却又悄无声息。曾经东湖上朵朵的夏荷早已在秋风中萧败，留下的是翻香的泥巴，东湖畔繁盛的紫荆花正飘然落下。回忆与你初相见时，还是百花争妍的盛夏；如今与你相伴时，已是万物凋残的严冬。有人说："前世的500次回眸才换来今生的擦肩而过。"我深信前世曾与你修成深厚情缘，才换来今生的与你结缘。

与你的第一次邂逅是为了结缘。还记得那一年夏天，伫立在幽绿的东湖畔，荷花娇艳风拂面，鱼戏玉叶涟漪开。在那里，第一次见到了你，周围弥漫的是午后清爽的阳光，你的一切都是那么的清新而甜美，没有过多的寒暄，我们一起穿过丛林中的小道，停步仰望前人的故居，幻想着前人是否和我们一样也曾经在某一天的午后，漫步庭院思考人生。一栋栋拥有厚重历史感的建筑，蕴含着古老的气息，却又散发着学术特有的蓬勃生机与活力，唤醒了那渴望求知的灵魂，一颗立志深造的理想种子就在这里埋下，等待着下一个春天的萌发。携手漫步在绵长的逸仙路，步伐却是从没有过的轻盈，是那尚待发芽的种子给予的力量吗？郁郁苍树下，斑斑树影摇曳，我似乎看到了种子在发芽，在成长……我坚信我会再来的，你说你会等我的。

与你的第二次相遇是为了续缘。九月，又是一个夏荷盛开的季节，我遵守了当初的诺言，带着满心的欢喜来到了这个洋溢理想芬芳的康乐园。我们再一次相遇在竹色绿塘畔，你依旧微笑地向我展开怀抱，谢谢你的等待与鼓励，在过去的一年，是你带我消除了我那埋首苦读的疲惫；坐在窗下，是你带我远眺远方的树巅；是你一直坚信着我能够实现东湖畔的约定。

翻过岁月的日历，来到今天。虽然如今寒流从遥远的荒原漫卷而来，吹乱了梦想的发丝，把那清贵的紫荆花一朵朵从枝头打落，但是那一地的碎紫不正是紫荆花生命价值的最好诠释吗？“生命每天都在死亡。”我们哪怕抓住生命释放的那一瞬间，都已足矣。回首这三个月，每一天都在你的陪伴中度过，如饥似渴地吸取学习的养分，于中文堂领会了千年以来非物质文化遗产的精神篇章、倾听了昆曲中婉转悠扬的旋律，于文科楼学习了古典文献学的神韵、品尝着古老的曲本传说……充实而又浪漫，因为还有你相伴。

曾忆起多年前东湖畔的邂逅，你阳光又细致，飘香的荷花、凝绿的竹色；与你相伴时，你谦顺又博学，富有文化的底蕴，阐释知识的真谛，这一切都带着你的温暖。你还记得在此曾与我相遇吗，我的校园（图1）。

本文选自《中山大学报》2011年11月30日

◉ 图 1　相遇，在秋日的校园　瞿俊雄　摄

心灵·花园

庄晓寒

循着冬日午后林荫下的光斑，不知不觉又绕到了东湖边，造访那椰树下的石桌，湖岸边的青草，还有那只剩残枝败叶的晚荷。风过处，对岸的紫荆树飘飘洒洒地摇落一地淡紫色的花瓣，一切温暖如昨。一泓碧水，倒映出石椅上发呆的女孩。

那年大一，对于南校园，我们既陌生又熟悉（图1）。

春雨淅淅沥沥，带着珠海的氤氲前来。年轻的身影，三三两两步下歧关车，踩在湿漉漉的康乐园土地上。离会议开始还有两小时，我不想在闷热的室内窝着，只身一人步出，游荡在宽敞的校园中。不刻意去找寻，也无所找寻之处，只是循着自由的气息，漫无目的地晃荡。

拐过热闹的球场，第一眼就喜欢上了这片天地。绿树环绕，隔开喧杂的声响；睡莲婉立，闪烁着晶莹的泪滴。偌大的校园好像只有这一块小天地与我情投意合。寻得一张石椅，背靠着坐下来。一直很喜欢这种静，静得放任思绪飘飞。湖中浮水植物的叶就这么恹恹地贴着水，没有花的婀娜，亦无树的挺拔。偶尔飘下几滴水珠，打着滚在绿叶上摇曳。蓝色的伞下，我望着湖中不觉发起了呆，唯有身旁时不时有一位老者轻轻地走过。半年的喜怒哀乐一点点在脑中如幻灯片般闪过，嬉笑怒骂一晃而过，剩下的还有什么呢？

“每个人的心灵中都有这样的暗流，无论你怎样逃避，他们都依然存在，无论你怎样面对，他们都不会浮现到生活的表面上来。”或许如周国平所说，生活的意义本不该被争夺。如眼前这位已经绕着湖多圈的老者一般，不停地去寻觅本身就是一种收获吧！

◉ 图1 心灵花园 瞿俊雄 摄

起身抬眸，持书的优雅姿态，微笑的清秀脸庞，坚定地远眺目光，那是湖边的女学生。

小荷才露尖尖角，早有蜻蜓立上头。

在一夏的秀波中结束了一岁的蜕变，夏末秋风渐起，与友人再次游南校园，取景框中定格最多的却是那些天真灿烂的笑脸。

彼时天气晴好，暖洋洋的阳光洒落一地。宽敞的水泥广场，照片定格在推着粉色滑板车的小男孩脸上，咯咯的笑声银铃般回荡在耳际；绿草地上，含羞垂眸又似在用尽全力踢足球的女孩，与发着呆坐在皮球上的小男孩，也被镜头静静定格下来。

长长的康乐路两旁满树满树绿色的精灵在微风中跳动，路上光影斑驳。微风拂过脸颊，一转角，一池生机勃勃的碧水又将我吸引。白的，粉的，含苞的，盛放的，还有那隐在荷苞中的蜻蜓，曼舞着的蝴蝶，一场欢快的舞蹈在湖面悄然跳动，呈献给倒映在湖面的人影，全然不扰动岸边聊着天的青年。

春华秋实，湖岸边冼星海先生优雅地抚着琴，仿佛在用音乐呢喃细语：忙碌充实的生活之外，不要忽略身旁的美景。

东湖边，落下的，存留的，也许就只有那一串串脚印。

风吹过，湖岸边冼星海先生抚琴的汉白玉雕像只剩下轮廓；遥相呼应的是中山大学海外校友会在千禧年募资矗立的铜像——“摇篮”。两年的时光转瞬即逝，回归期盼已久的康乐园，东湖自然成了课前饭后晨读散步的亲密伙伴。

每当天色渐暗，湖边白色的熊德龙学生活动中心总会飘来或深沉或低哑的曲调，仿佛轻雾为黄昏中的东湖披上了一层薄纱，东湖的上空，如梦如幻；环绕着黄色光晕的街灯不觉也亮了起来，间或鱼跃扰动的水波卷起灯影，倒映着垂暮老人结伴而行的身影；低垂的树下，隐于林中的石桌偶有三五学子围坐游戏，或轻言耳语。

翻开相册，才发现曾经湖边的风景已成为一方心灵的后花园。湖光倒影中留下的，许就只有那一串串或深或浅的脚印。

本文选自《中山大学报》2001 年 11 月 30 日

隐湖荷影

苏晨

记得高中课本的第一课就是朱自清先生的《荷塘月色》，我背过这篇课文，也曾跑到未名湖畔去“受用这无边的荷香月色”。所以当“这几天心里颇不宁静”的时候，我想到了去隐湖看荷。

隐湖（图1）是中山大学珠海校区的一个标志景点。其名意为“淡泊而容与”，因为它位于教学楼脚下，所以当年来为它命名的几位君子用这个“隐”字寓意“心如止水，学自进焉”。我在隐湖之畔晨习暮读已有两年的光景，看过了荷花开了又谢，谢了又开，但只有这个蒙蒙细雨的月夜，我是为看荷而来。想到唐代王子猷雪夜访戴的故事，我乘兴而来，不必非要看到朱先生笔下那样的人间仙境，只要能够乘兴而归，足矣。

今夜的雨似有还无，当真有“烟笼寒水月笼沙”的意味。隐湖在山脚下，荷在湖上，白天的时候，可以看到山的苍翠，水的碧绿，荷叶的浅绿，像是一泻而下；而在这个夜晚，确实不分明的，只能看到薄雾下的山若隐若现，微风下的湖波光粼粼，细雨下的荷兀自摇曳。没有船，我只能走上湖中心的小岛，说是岛，其实是棵庞大的榕树，树下只能容两三个人，正应了周敦颐那句“可远观而不可亵玩焉”，荷在湖的一侧，我只有远观的份了。不过对于我来说正合适，白天像陀螺一样不停转、不停转，没个时间能闲下来。说来我大概是那种无事忙的人，自己给自己找事，却又不胜其烦，可是我爱清静远胜于爱热闹，爱独处远胜于群居。

“采莲南塘秋，莲花过人头。”这句怕是不太恰当了，隐湖的荷花太过羞涩，矮矮地长在荷叶的下面，或是刚刚与荷叶并头而立，大概这还

◉ 图1　隐湖风光　康红姣　绘

是叶嫩花初的时候吧，我只能绰约地看到荷花的影子。月色从雾中渗出来，风恰好吹起了荷叶，只见荷花像是刚洗过澡的小女孩，双腮红润，猛地被人见到，又生出了一份羞涩。它的纯情，欲掩弥现。自古以来文人们不就尚“犹抱琵琶半遮面”的美吗，今日我所见也。此情此景不由得让我想到了晁补之的一句词：“听乱菱荷风，细洒梧桐雨。午余帘影参差，远林蝉声，幽梦残处。”

白日里我见这花的颜色并不是映日的别样红，而是我最喜欢的粉，而且到了荷花的底端就有些发白了，愈加娇嫩欲滴。都说西湖是看荷花的好地方，未名湖的荷花也因为朱先生的一篇文章而名声大噪。隐湖则固守隐字，远居南国，隐湖之荷也深悟中庸之道，自是出淤泥而不染，濯清涟而不妖，却从不仰慕亭亭玉立的高傲，只为有心观荷之人绽放。隐湖虽小，池荷虽稀，其景之妙却在不可意会之处。

雨下得大了，大有“雨声滴碎荷声”“萧萧疏风乱雨荷”之势，而荷叶是一把把伞，为荷花遮住风雨，荷花只是把幸福的脸庞侧影在水上。

哎，若荷花是个女孩子，我当真要佩服她啊，它竟懂享受平凡带来的幸福。这幼小的荷花，总是有人为它遮风挡雨，我也曾像它一样幸福，但是我无法改变地长大了，荷叶不再为我承担风雨。

我本乘兴而来，景不负我，为什么我又生出那么多的感伤呢？隐湖荷影，却一脸幸福。我的一厢闲愁如何语与荷花？

本文选自《中山大学报》2007 年 11 月 16 日

第五章

开枝散叶，清香溢远

◎ 硕果累累，开枝散叶　瞿俊雄　摄

康乐园的花木

文珍

一晃到北京定居竟也已10多年了。相较曾负笈4年的羊城而言，这城四季寒暑分明，城墙俨然，花木别样。但有时偶尔走到林木格外葱茏的地方，会突然停下发呆，觉得仿佛信步穿越回了旧日的南方。再仔细一想，我所最熟知的南方，却也只是一个不大不小的园子，名曰康乐园（图1）。

在离我此刻所在的办公室2134公里的地方，就是"新港西路135号某著名高校"——读本科时看本地报纸，只要见到这称呼总忍俊不禁，知道是影射自家学校，估计全广州市民也都知道，不知为何永远要欲盖弥彰。再文雅一点的略称，就是康乐园，因元嘉时康乐公谢灵运获罪流放至此而命名。南北朝时的珠江南岸据说还是一片汪洋，唯马岗顶是江心孤岛。后来的马岗顶，却变成康乐园中一处世外桃源，种种现代变迁仿佛与之无干，无论外面怎样大兴土木，此处永远草木葳蕤、古树参天。绿荫深处不时可见一两座红砖西洋小楼，那是美国教会在民国初年兴办岭南大学的遗存。现中山大学广州校区南校园正建在岭南大学原址之上，而我就读的正是岭南学院，和后来搬迁至香港的岭南大学也有渊源，是故一见岭大遗存，便分外自豪——其实也不过和其他院系的同学一样，同是铁打营盘里流水的小兵，况且书又读得不怎么好，更不知这自豪从何而来。

就读岭南学院几乎是上个世纪的事了——而那时的广州是怎样的广州呢？十几年前，还没有提出"一年一小变，两年一中变，三年一大变"口号的广州，高架桥倒是已经修了许多座，还有好些正在规划中。

◉ 图 1　康乐园的美丽异木棉　瞿俊雄　摄

比我们早两年入学的师兄表情极尽夸张地告诉我：你知道两年前中大北门什么样子？土墙上开了一扇木门，珠江里还飘着死猪！

死猪我没有亲见。但那时北门确然简陋，离后来广受附近居民尤其是广场舞大妈们喜爱的北门牌坊拔地而起还有两年。

当时亟待发展的何止中山大学。

大一刚入校，就听过学长对广州市容市貌的夸张概括：航拍广州城，大概 50% 的绿色在白云山，20% 在中山大学。剩下 30%？整个广州城均分咯。

这真是“春色三分，两分尘土，一分流水”最特别的变体了。

就是这样的广州。就是这样的中山大学。

然而，这也从另一个侧面说明，在广州城尚未完成整体绿化改造之前，中山大学早已以环境秀美、林木茂密著称。

我至今仍记得自己第一次乘车驶入中山大学南门报到的印象。先经过一片常春藤风格的美式大草坪，草坪两侧是某种南国明信片里常见的大树，齐整，巨大，树冠不知是修剪还是天然形成的完美椭圆；隔了一条校道就是同样美式教会风的红砖房子，九月的阳光碎金子一样从浓阴中簌簌而落，隔着车窗都仿佛能听到如金粉金沙一般的倾泻声。四处的颜色都强烈、鲜明，无论是砖的红，树的绿，阳光的金赤，校道上迎面走过的年轻学子脸上洁净的光……张爱玲《倾城之恋》写白流苏第一次到香港，“那是个火辣辣的下午，望过去最触目的便是码头上围列着的巨型广告牌，红的、橘红的、粉红的，倒映在绿油油的海水里，一条条，一抹抹刺激性的犯冲的色素，窜上落下，在水底下厮杀得异常热闹。流苏想着，在这夸张的城市里，就是栽个跟斗，只怕也比别处痛些”。而我进中大，只是觉得一下子进入了一个满眼深深浅浅明明暗暗的绿色主调调色盘，调配得赏心悦目，颜料也充沛得让人狂喜，在这远近高低各不同的绿里，偶尔闪过图书馆、食堂、上课自习的教室，人工建筑反倒成了标点符号的点缀，顿挫有致地隔开这妙手天成的绿。

入校几天之后，才知道那片草地叫中区草坪，而四周遍植一圈的大树，正是华南地区最著名的榕树。据说其中一棵树冠特别完美，亭亭如盖，毕业后数年，每次说回学校看看，还都有人特意请我拍“那棵最美的榕树”。说来惭愧，回去打听却众说纷纭，到现在也不知“那棵最美的榕树”究竟是正数倒数第几棵。也许在每个人心目中，都有自己的意中树，却并无一定之论。这样想来，却也更合我心意。

于我，康乐园中最爱的树，却是马岗顶深处一株不起眼的栀子。在别处，栀子都是矮灌木丛，唯在此园，竟在春雨秋露中施施然长成一株树的形状，树干不及女子手腕粗细，枝条却蓬勃向上，蔚然成荫。我也喜欢桂花，但每次都是先闻到香气，这才循迹去找，只能找到数丛，却说不出来向人多蕴藉的是哪棵；换言之，桂花之香，是一种集体的胜利。若歌之颂之，只能笼统地称赞“何须浅碧深红色，自是花中第一流”。而这棵栀子却有若佳人遗世，独立于马岗顶山坡一隅，一到四五月间就开满一树洁白如鸽，清沁入心，风姿如画，尤其在雨水中香气殊胜。在树下仔细去闻，则每一朵都自顾自发出浓淡各异的芬芳，倘若左下这朵刚开，香便浓郁些；右上枝头开得久了，边缘显出一种欲旧的米黄，最初的馥郁便渐渐浮动散至于无，但仔细嗅闻，花蕊深处又有一种冷水的芬芳。也有是说，虽然一树灼灼花开，似白衣女子合唱，却各有各的声部，各有各的音色，各有各的动人心魄。

此外，康乐园里还有什么植物让人印象格外深刻？外校考过来读研的中文系师姐，一进校就满园找红豆。我问学校哪有这树，她更是一脸茫然：不是红豆生南国吗？这当然是个不好笑的冷笑话，但传说真有有心人觅得，我却怀疑只是以讹传讹。

还有紫荆。中山大学的紫荆除了华南常见的紫红色之外，还特有一种白色的——与紫红色者为红花羊蹄甲相对，学名是为白花羊蹄甲——就在学五食堂一带，一年四季常开不败。但每年春夏之交花是新开、叶是新绿，两相辉映，总教人忍不住抬头细看。

印象中广州一年到头总是有花，多数没有香味。少不更事时还刻薄地取笑过市花木棉。“世人多喜其殷红如血树干如戟，称之为英雄树，然而我却常常被它的落花惊吓。‘啪’一朵完整地掉下，不像美人沉重的叹息，倒像从高处跃下，落在地上一团血肉模糊，是触目惊心的自杀。一生再没见过这么笨重又丧气的花。”好在木棉在本地极受欢迎，还不光是英雄花的名头，主要可以吃——甫一落下旋即有人过来为它“收尸”。林护堂门口到下渡的路上种了好几棵，一到花季，总有在树下逡巡不去守株待花等着回家煲汤的老太。我始终不知道那汤是什么滋味，想象中呈一种猪肝红色，诡异而并不好闻。

还有一种红花就是凤凰木。这花虽然也高大、鲜红，顶端绿叶如鸟羽展翼般盛大，每一朵花却都细小，成千上万簇生一处，有如云蒸霞蔚般壮丽，升腾在烟树之上，真当得“凤凰”二字。毕业后第一年春天偶生莼鲈之思，在网上反复问一位当时还在校读双学位——双学位要多读一年——的朋友“今年的凤凰花开了没有”。问了几次，他每次都肯定地回答没有。过了一月，眼看花期将过，心中疑惑，偶遇另一位刚去过学校的同学，才知道凤凰花早盛放多时，即将谢了。问那朋友，他一时无话可说。过一会，在MSN上讪讪发问：凤凰花什么颜色？我说，红色。他又过了一会儿才答：那怪不得了。我是红绿色盲。

因为爱花，无意中得知了朋友的隐私。而关于凤凰木，也就从此有了一个啼笑皆非的故事。

说到林护堂，又想起从东12走到林护堂的小路上，从春到秋总开满了牵牛，红色，白色，还有一种淡如晨曦暮霭的绯紫。大二下学期期末考试之前，全年级最小的婵玲和我成了好友。我那年未满十八，她却“丧心病狂”地比我还小仨月，也不知道她父母是怎么想的。我们友谊的坚实基础大概是金融都学得吃力，又都全然不切实际，每逢大考分外忧愁，又无可逃避，只能晚饭后一起晃晃悠悠地去教室自习，读天书一般的宏观经济、微积分、统计学。有天黄昏，就在那条小路上，婵玲突然郑重地告诉我：牵牛的日本名叫作朝颜呢。其实这个我早就知道，但当时仍笑着点头：真的，这名字好美啊。

婵玲便满足地笑。她向来比我更担心挂科，而那瞬间相视而笑的喜悦却如此真实，多年后依然没有忘记。随后她便轻轻地唱起歌来，歌的名字我不记得了，只记得婵玲会唱很多歌，唱得很好听。现在的她已是一个八岁男孩的妈妈了，不知还那么爱唱歌吗？还记得牵牛花又名朝颜吗？

记忆深处没有大树。只有一些非常私人的花与叶，残存的根与茎，果实与种子，将散未散的香气，留在略微发黄的故纸堆里。微风吹过，一切又都在失去的时间中再度青翠欲滴。关于植物，或者更具体一点，关于康乐园的花木，我们总是能够想起很多生命的秘密来。比方说，夏天傍晚从二教自习室里出来，如果刚下过雨，暮色中的草坪远处会有极淡的彩虹，近处则是一种无法形容的蓝绿色，像金龟子翅膀的微微反光，又像一泓幽碧的深潭。这个秘密我从来没有和任何人说过，只是屏息静气地站在那里，明白自己正在目睹一生中难以复刻的美。因无人可说，不免有点怅然。

那正是写诗和做白日梦的年纪。

是过了10多年后，才更加怅然地知道，那些原来都是真的。花落了会开，叶落了会生，人去了不回。而一年一年的青涩、喜悦、惆怅和惊奇，都将不复存在，但却曾经确凿。

文珍，青年作家
历获第五届老舍文学奖、第十一届上海文学奖、第十四届十月文学奖等

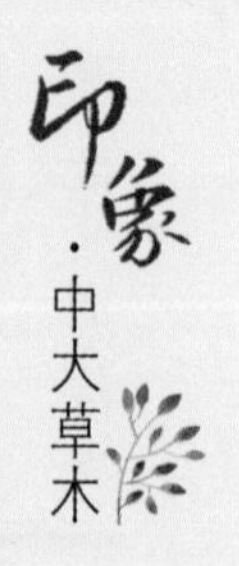

母亲树

冯娜

有一次我在家写作岭南植物记，母亲在一旁收拾家务，我便信口问她，她印象最为深刻的岭南植物是哪一种。自从写作这个专栏以来，这个问题我问过许多人，大家都是歪着头想来想去，犹疑地说出那些常食的蔬果：杧果、荔枝、火龙果、波萝蜜等等。没想到正在擦茶几的母亲脱口就答我：印象最深的是榕树吧。

我感到好奇，停下手中的书写问她，为什么会是榕树呢？虽然岭南一带确实榕树成荫，许多绿地都遍植榕树；但正因为它太普通常见而容易让人忽视，好比长久朝夕相处的人，很难生出灼热的情愫。母亲缓缓说，因为她送我去念大学的时候，坐在校巴上环绕学校，看见校道上长满了榕树，有些古老的大树须根都拖得老长老长。母亲说，看见那些古树被保护得很好，就让人想到这是一个有历史积淀的学校；再看看绿树底下总有学生在默默读书，就觉得这里不仅学习环境好，学风也很好，把孩子送到这里念书感到心里踏实。

我第一次听母亲说起她的岭南植物印象竟然缘于10多年前她送我求学的心情，这印象让我怔愣半天。这么多年后，我留校工作，每天都要走过榕树荫庇的校道，夏日蝉声喧哗、热气熏蒸，只想往荫凉的绿叶下躲藏，也懒得留意那些须根是否又向地面延生了一尺。

也常常在清晨赶去上班的途中遇见一对母子。儿子坐在轮椅上，母亲在身边陪护着赶去教学楼。因为多次遇见便知道这是特招的残疾学生，由家长驻校陪读。母子俩每天都从榕树夹道的生活区走过，有时他们一路小跑，有时悠闲下来，有说有笑。通往教学区的路上要过一座

◎ 图1　母爱　瞿俊雄　摄

天桥和红绿灯，有时遇见他们急匆匆从身边走过去，便想着在天桥处搭一把手让男孩子的轮椅安全通过红绿灯，未想到母亲轻车熟路、十分有力，一个人像张开翅膀的大鸟稳稳当当地将孩子送过马路。于是，站在他们身后目送他们一如往常去向教学楼，觉得也许只是平常人一样问候他们早安，并不上前去帮手才是真正的尊重吧。

几年来如一日，母子俩的身影在绿树的掩映下温馨动人（图1）；如果男孩子能站起来，应该比母亲还高了。而母亲的心啊，像那一棵棵高大茂密的榕树须根，无论在何处飘荡总向着大地的方向，铆足了力气将它们植入泥土，长成独木成林的景象，遮蔽着孩子头顶的一片天空。

在广东新会的一个小岛上，一株五百年生的大榕树须根丛生遮天蔽日，成就了著名的“小鸟天堂”，众多鸟群在其间安然栖息。这种植物就好比母亲树，它拥有一切母性的力量，坚韧、宽广、温暖久长。最重要的是，她为了庇佑孩子，只顾着生长生长，全然忘记了自己的年纪。

谁的阿勃勒

冯娜

学校菜市场入口有几家水果店。其中有一家开了很多年的夫妻档，水果看起来新鲜、品种多，夫妻俩也热情谦和。我是他家的常客，每次进菜场，就会听见店主拿粤式普通话招呼你："老师，买菜啦？今天的山竹刚到的，很新鲜。"老板娘则在里间的杧果堆里抬头冲你笑："老师，今天早啊！"夫妻俩都是敦实身材，扛起大箱小箱的水果来一点也不含糊。老板笑起来咧着嘴，活像一只圆乎乎的招财猫。

通常我会先进菜市场买好菜，出来时停在他家水果档口等着拿水果。老板已经亲自挑选好应季的、当天最新鲜的水果等着过秤。因为熟稔，我一般就站在外面，也不搁下手里东西。用头指点方向，这个那个，一斤两斤。老板娘动作麻利把袋子绾好交到我手里。不赶时间的话，会站在那儿和他们聊几句。他们是广东湛江人，有时会告诉我新买的鱼清蒸几分钟最合适、哪种水果可以拿来煲汤调个味儿。

盛夏，大树的树荫正好落在他家顶篷上，老板摇着蒲扇招呼你："老师呀，今天这么热，要不要吃冰冻西瓜？"

我抬眼看见那金黄色的花穗悬垂下来，忍不住问他们："这是什么树啊？天天路过也不知道呢。"

老板嘿嘿笑："老师都不知道，我们怎么知道哦，就是这时候好看。"

确实，几十米高的大树在南方并不鲜见，如果不是炫目的金黄色花穗像汲取了过剩的阳光垂落下来，我们又怎么会关心这树木的来历。

就像路过这个熟悉的水果档，我对这棵树也一样，熟悉而无挂碍；我甚至忘记一探究竟它是什么花树。很久以后，我在台湾遇见了同样的

◎ 图 1　阿勃勒　肖晓梅　摄

花树，夏天的晴空衬出发亮的金黄，它们在天上舞蹈，好像要倾倒无尽的阳光来驱走大地上的阴影。我向台湾友人询问这是什么花树。它的学名叫阿勃勒，也有一个单纯为花而名的小名——金链花（图1）。它是泰国的国花，树皮里含有单宁，可作为红色染料；种子则可以作为泻药。我暗暗笑起来，原来我要在异地才了解一种几乎每日路过的植物，就好比隔开一段时空才能更好地去理解一个人、一段往事。

阿勃勒在海洋性气候的土壤中欢快生长，在无遮拦的阳光里，它的花穗密实，像急雨覆顶。我回到广州后去菜市买菜，老远就听到水果店老板笑意盈盈招呼我："老师呀，你好久没来啦，出门了咩？"我笑着回应，仰头就看见阿勃勒花还在怒放，我突然觉得好像它们日复一日把光华倾倒进店家夫妻的心里，他们永远那么灿烂地笑着，好像心里没有阴影。

我琢磨着，哪天闲聊时是否要告诉他们，这棵花树也叫腊肠树。因为再过一段时间，我们都会看见它的果实掉落下来啦，像一截一截不均匀的腊肠。

地标树

冯娜

康乐园从东区通往西区的路上有几棵高大的大叶子树。心形的叶子真真硕大，把脸往叶丛中一凑，那叶子就立刻衬得人脸瘦小起来。有时与人约见面，会说："哎，在大叶子树那儿等啊！"彼此心照不宣地走到大叶子树下，见约者还未来，就眯起眼抬头看高大的树干和一张张大叶子将天色漏成翡翠玻璃。夏天，若是等的人久不来，脚边低矮的花木丛就要贡献几个大蚊子包给你了，让人懊恼，不得不低下头来看这大叶子树底下还有许许多多的野花杂草。

小花小朵自有它们的灵秀（图1），大树则有大树的风致。高大的树木就好比人类的"地标"建筑，容易识别和描述。有次和北方友人走到大叶子树下等人，友人仰头不无感慨地说，南方的树木即使高大，也会让人有秀气、安静的感受；而北方的树木即使只是灌木，也常常给人野蛮、粗犷的感觉。然后他问我，对了，这是什么树啊？一下子问懵我了，大家都会说"大叶子树"，但大叶子树只是一个对它叶子的形容啊，又不是它的名字。我挠头半天问其他朋友是否知道大叶子树到底叫啥，好几个人"哦"了一声，都知道是那棵经常路过的"地标树"，可是就是没人知道它的名字。

几经查验，终于可以像交卷一样告诉北方友人：这高大又秀气的树木叫作柚木，也叫胭脂树、血树。友人再问，就是柚子树吗？我笑起来，"吃"才是很多人的普遍经验，对植物的认知大多数人都是从吃开始、从吃而终。柚木可结不出那么酸甜可口的果实出来，它最金贵的部分就是它的树干，木质坚硬，纹理优美，有较好的抗腐蚀性；如果含有金丝的

图1　冯娜倩影　徐原　摄

柚木，可谓珍贵。在缅甸，柚木被称为国宝。唉，可惜在这儿，我们目不识珠，一直把它唤作“大叶子树”，也未曾想过它峻拔的身姿里是否有金丝缠绕，也不知这样一棵柚木可以制成多少高档的家具。人们将之命名，也必将让其为我们所用。据说它的花果、茎叶都可入药，利尿通淋、宣肺止咳。也许不命名才是对植物一种本真的认知和保全吧，北方友人就曾欢喜地调侃：“哎，你说你的脸吧，还没手机屏大，藏在大叶子里人家以为是树在打电话呢！”

有时快递小哥和送水的大叔也会骑着车飞快地穿过大叶子树，我们隔三岔五和他们打交道，也不知道他们姓甚名谁，但他们用自己的工作和提供的服务为自己打上了标签。这是人类社会默认的一套命名系统，我们只管攫取那功用性的一面，管他们到底是南方的大树还是北方的灌木。

有时翻看专业的植物书籍，发现那些拗口的命名很难懂，气急败坏地跟友人商榷，人家在北方闲闲地说：“还真的要当植物学家啊？光记住一些名字、特征有什么用呢！”

凤凰相送

冯娜

6月下旬开始，就会陆续收到毕业生的邀约，参加他们的毕业摄影留念。骊歌唱响，蝉声阵阵，这是一年之中学校最热闹明丽的时节。如今，年轻的毕业生们不再满足于穿着黑袍学士服拍照，还会身着民国风、潮流装在校园各个角落凹造型，整个校园神采飞扬。

凤凰木也不甘寂寞，仿佛知晓熟悉的人儿将要离去，便迫不及待点燃了所有枝条（图1）。这种热带树种只生长于霜期不到十天的地方，高温高热的岭南热土是它的乐国。绿化带上经常可见它纷披的羽状复叶，盛夏时，花朵炽烈，仿佛可以把太阳烫伤。

我曾想，有什么树能配得上“凤凰”这样的美名呢？当我见识过盛时的凤凰木后，我觉得除了“凤凰”再没有任何辞藻可以将它命名。高傲、霸气、纯粹、彻底，仿佛涅槃之凤凰，浴血于火。

每次学生邀请我拍毕业照的时候，我都会想邀请他们在凤凰木下留影。这耀眼的花树几乎就是岭南的烙印。毕业生像一群群候鸟要飞往天南海北，有的会去往寒冷的北国，我想凤凰木一定会成为他们记忆里一团南国的热焰，在想念校园和故人时感到温暖和慰藉。就如我想起我的童年时，常常会想起初夏的湿地里一片片紫色的小花。清晨上学的路上，它们的小脸被风温柔地翻动着，让我的心也颤动着，直到今天。

因为和学生的年龄相差不太大，有时他们会找我谈心。有些是少年维特式的烦恼，有些是源于家庭的苦闷，还有的是对于未来的迷惘。有时和他们说着话走过一排排凤凰木，花期未到的凤凰木是寂静的，被风梳过的叶子仔细筛下缕缕阳光。树木听见我们的谈话，会不会也和

◎ 图 1　凤凰相送　赵婷　摄

我一样叹息：年轻真好啊！我也曾和他们一样年轻、懵懂迷茫又充满着渴望。岁月让我们像树木在日照下看到自己的影子，也知晓，明明我这样告诉他们，他们依然会循着自己的步伐前进、试错、再次尝试……就像我们的前辈告诫过我们，而我们也曾一意孤行。想到这些，我会笑起来，望向高处的枝条；对于他人的生命，我们最好的角色也许就是一个倾听者。谁能知晓一个人的旅程呢？就好比在初春，谁能想象那些羽毛一样轻盈的树枝会开出那么璀璨的花朵呢？只是，这样的花木承受了曝晒的天气和热带的风暴，选择在最为炎热的时分绽放是需要一种精神的。也许，这就是为什么它可以被称为“凤凰”的缘由。一个人成长和成熟、光华绽放也是需要一种精神的。虽然不一定是凤凰浴火一样的重生苦痛，却也需要一种内在的强韧。

现在的毕业生，也许不会知道歌手张明敏曾唱过一首《毕业歌》：“蝉声中那南风吹来，校园里凤凰花又开……”但他们肯定会在漫长岁月后怀念校园，曾以凤凰相赠。愿他们能像凤凰木一样开放，不负此生。

象草何处

冯娜

今年7月，NASA公布了新视野号探测器飞掠冥王星时拍到的清晰照，住在地球上的人类终于在距发现冥王星85年后第一次目睹了它的真容。据说新视野号历经了9年多的长途跋涉，才在浩渺宇宙中首次造访了冥王星。作为一个“伪科学迷”和“真科幻迷”，我看到这则新闻的时候，比身边的人还要兴奋和激动，同时也想到了我的老朋友：象草。

“象草”当然只是一个笔名。这个署名曾经占据了我大学时代图书馆七楼的一本留言册的很大篇幅。当年，每当我在七楼人文书库泡馆的时候总会翻看一本社团留言册，同学们在上面自由书写，有读书体会，有心情记录，还有各种胡乱抒发。这其中一个人的留言字迹俊秀，文辞练达，想法新颖，很值得人玩味，文末总是潦草而飘逸地署着——象草。有时我也会在上面记录一些文字，末了大笔一挥也署上自己的笔名。现在想来觉得真是一段值得纪念的经历，在那个可以远眺伶仃洋的图书馆七楼，不写点什么还真是对不起青春年少啊。

某日，在学校论坛上居然看到了一个ID名：象草。于是，“笔友”顺利地在网络上会师，变成了“网友”。那时候的论坛叫作“理想论坛”，特别契合我们当年的状态，一大堆人谈论文艺学术、人生理想。有时深夜断网了，打嘴仗的网友们还意犹未尽，觉得改日应该再大战几百回合。这时候，“象草”的形象更加丰富起来，是一位大二的师兄，学生物爱科考，还有一颗文艺心。我是纯文科学生，一般他们在讨论技术型话题时就完全插不上话，只好又跑到七楼写一篇读书笔记。

第一次见到象草，是2004年6月8日。之所以记得这么清楚，是

◉ 图 1 象草青翠 刘雨欣 摄

因为那一天象草师兄邀请朋友们和他们社团一起在学校操场上观测“金星凌日”。这是一个神奇的天文现象，但之前我对此一无所知，只记得当时象草师兄一边指导别人使用天文望远镜，一边让我们用胶片蒙着眼对着太阳看，“看到吗，一颗小小的黑子，那就是金星。”说实话，我根本不确定我是不是真的看到了这一粒芝麻状的金星正从太阳的轨迹划过，我只是把“象草”落实到了一个瘦高个、眼睛大而鼓的大男孩身上。

8 年后，金星再次凌日。从前的朋友早已各奔东西，我想起“象草”。我曾好奇这个名字的由来，他告诉我学校（珠海校区）的后山上漫山遍野都是象草（图 1），叶鞘光滑，用手捋过去还有可能划一道口子。我每次回到和朋友们一起生活过的校区，总会想起后山的象草，如此容易生根散叶的植物，像年少时的朋友们，他们现在又在何方生长。

在与冥王星照面后，我获知了象草的近况并通过微信和很多当年的朋友重新联系上了。想想，青春、友谊、梦想，也许也是一个类似探索冥王星一样的奇迹呢。

植物情书

冯娜

校园西边有一片樱花林，据说是校友们捐种的。校友们思恋自己的母校通常会采用这样的方式，捐楼捐树。记得当年我和同学们离开学校时也在校园里捐种了一棵紫荆树，当时每个人象征性地铲了一铁锹土将小树苗种在了空地上。时隔多年后，我返回老地方寻找当年的紫荆树，发现原来的空地已经众木成林，枝繁叶茂，完全无法辨认哪一棵曾是我们手植。十年树木百年树人，树木的成长速度确实更让人感到时光的力量，也容易让人滋生物非人亦非的感伤。

天气好的时候常沿着横穿校园的河流散步，会绕过西边的樱花林。不知不觉间，发现那一片从别处移植来的孱弱樱树已经生根抽叶，甚至有枝头露出粉嫩的花苞，丝毫不顾这是冬天。也许今年是暖冬的缘故吧，岭南天气朗澈，映照着植物蓬勃的生命力。

更美妙的是一棵棵樱树上挂着小牌子，我原以为是记录捐种者的姓名，凑上前去细瞅才发现并不像我想象的那么俗气。每一棵树上挂的都是“三行情书”(图1)，小牌子上写满的全是向学校的师生们征集的三行短诗。早在但丁的笔下，三行韵律的诗歌成就了著名的《神曲》，在当代日本，“三行情书”也十分风靡。据说日本经常会举办“三行情书”大赛，参与者众多。这个有着俳句传统的国度樱花遍开，这种东方式的诗意，如今被我在中国的校园里遇见。

三行情书让我在樱花林中流连许久。恕我不援引那些文字，有的抒写爱情之思，有些是对故土、亲人的怀念，有些是青春励志的胸臆；有的笔触稚拙，有的云淡风轻。一棵树一棵树地看过去，像风翻动每一

◉ 图 1　樱花树上的三行情书　田英荣　摄

片树叶，我读出那些心意，想象着隐藏在三行情书背后的脸庞。也许我在校园里曾经遇到过他们，但我们互不相识，也不会相识。也许他们也会很快忘记他们写下这些情书时的心境，但樱花林替他们保留了它们。往后的岁月，还会有更多的人像我一样走过来，读取、思量、淡忘。

风吹过来的时候，樱花树相互致意，三行情书也在风中轻响，犹如低声倾诉。不知遥远的人儿能否听见这些心事？现代人还有谁会灯下捉笔写一封情书给他人呢，能点一下鼠标寄一封邮件倾诉心声已经不容易。只有樱花树，一遍遍翻阅三行短笺中那些炽烈、落寞、辗转难寐的故事。

无独有偶，日本有一部著名的电影《情书》，同样讲述了一个青春的爱恋故事。茫茫雪地间，女孩向逝去的爱人一遍遍大声喊道："你好吗？我很好。"有意思的是，影片中同名的男孩和女孩，名字里似乎都有一个"树"字。也许冥冥之中的巧合，才让人们相互听见，但也有一些声音不知道该怎么样让人听见，所以我们把它们写在了树上。

杜鹃

冯娜

◉ 图1　杜鹃　瞿俊雄　摄

我不爱说话 尤其是花开的时候(图1)
就像繁花有时突然把春天打扮得寂静

粉红是左心房 乳白是右心室
鹃鸟一扑打
我的肺要吐出与这清浅 不相称的馥郁

啼血的事 自然不该在春天提起
我不爱说话
尤其是能穿上素净的袍子
不必戴着帽冠 做一朵花的时候

九月的蓝

——写给中大

洪艳

九月的晨光
俏皮地从树叶间的缝隙窜出来
欣欣然扑倒在脸上、
草间、猫咪的胡须边缘
滑入康乐园的每一寸土地（图 1）

温润的光线
带着九月天空的高远
挑起我向上的目光
连带青春时向往的青涩的勃勃朝气
凝成了天边白云朵朵

我从更南的南方来
彳亍在梦想的边缘
记忆的水纹荡起一圈又一圈，折出了岁月的皱纹
似乎九月的浅蓝
就如此碎成了一地的青草依依

洪艳，岭南师范学院中文系教师，曾在中山大学中文系进修

◉ 图 1　校园掠影　康红姣　绘

九月鸭跖草

洪艳

九月，从更南的南方来到中山大学。

从在这里最初的那个清晨忆起，最忆的是中文堂侧前的鸭跖草（图1）。它激起了我的归属感，它就如我般渺小，但安静自在地汇入这一片茵茵绿草和森森古树中生长，也自有姿态吧。

第一天上早课，从宿舍提前出了门，早早到了中文堂。晨光里，隐在草丛花间的竟是鲁迅先生的塑像，这是我之前无数次来中山大学从未注意到的。那时，还有一只黄斑小猫端坐墙头，专注地舔洗着爪子，无意间瞥见了我，只“喵……”的一声，似在嗔怪我打扰了它，也似在与早来的我打声招呼。与它对视间，忽而看见那随着攀缘上矮墙的青翠藤蔓间点着些细碎的蓝花，哟，竟然是鸭跖草！这让我惊喜莫名。这长在乡野路边的小草，却在这样的校园里自由自在地生长着，真是可贵得很！

我也就索性凑上前，蹲下仔细端详起来，这也属于我记忆中的植物了。城市里的绿化规整得很，难得容忍这样的杂草蔓生。最爱它的蓝了，那是花瓣的颜色，两片直飞如翼般的湛蓝，这是象征自由、宽厚天空和大海的颜色，纯净无比。仔细瞧来，其实花有三片瓣。一片近似透明的胶片状的东西端在下方，便是它的另一片花瓣！再细细看去，蓝色花瓣下，还有些许未褪去的花萼，薄而透，带着浅至无的绿色作为底色。这些花萼才真正算作是花的“护花使者”，在花朵未开放时，就柔柔地保护着整个花冠，犹如坚硬的蚌壳一般，以整个胸怀护着整朵花；待花朵整个绽放，它们却退作了最不起眼的衬托。

给蓝色花瓣作衬托的便是黄色的花蕊了。在蓝色的衬托下，有如

◎ 图1　鸭跖草　洪艳　摄

花中花的样貌。四朵黄色的“小花”，是雄蕊退化后的状态，它的顶端裂成了蝴蝶状，玲珑得可爱。雄蕊退化是鸭跖草科植物一个颇为重要的特征。但仍有两根长长的、顶着黑咖啡色花药的发育中的雄蕊，带着花粉，有着一股强劲的生命气息。不爱它真的很难。低微如它，却在自然的一处绽放着自己的鸭跖草，用它的姿态诉说着生命的哲理。你看，鸭跖草的花序很是讲究，有人称其为佛焰苞状，但我以为并不是典型的佛焰苞。只是因为花外部包裹着绿色的、形似苞叶的叶鞘。叶鞘夹围着茎干基部下延成膜质鞘，可能叫“抱茎”更妥帖些吧，犹如抱团取暖之意。想它们常被当作招人厌恶的杂草，除之而后快，但这样的生长姿态，又使得它们竭尽全力地展现自己的美好之所在。难得的很啊！

鸭跖草的茎直立或匍匐，有明显的节和节间。老茎略呈方形，表面光滑，带着纵棱。《本草纲目》如此记载：“四、五月开花，如蛾形，两叶

如翅，碧色可爱。……巧匠采其花，取汁作画色及彩羊皮灯，青碧如黛也。”古人用棉，收其蓝色花瓣的青汁，化作羊皮灯上的图案，想那如水夜色，有青中带橙黄的烛火，凉夜便有了温情。古人也拟“夜色”为颜料名，指称其为一种微浅偏至蓝的紫色胭脂，用“夜色”命名，既浪漫又含蓄，拓展了人的无限遐想。在唐以前，鸭跖草染色的技术即传入日本。在日本，鸭跖草唤名“露草”或“月草”，染将出来的颜色称为“露草色”。如此定名，大概缘于鸭跖草花开放于清晨的晨露中，过午即收。鸭跖草染色在日本好像颇受欢迎。在《金谷上人行状记》中写到当地人采集鸭跖草花染色的盛况：“这一带村中，七八月皆摘露草花染纸，相与兜售诸国。此云青花，七月初以来，连小猫儿也要帮忙采花，何况雀跃忙碌的人们呢？”江户时期著名的本草学家岩崎灌园在《本草图谱》中也记叙道：“大和及近江栗太郡山田村有种植。苗叶大，高二三尺，直立。花倍于寻常品。清晨摘此花绞汁染纸。染家用于草稿，或灯笼等画具。”日本作家德富芦花在《绿花》中细致描述：“露草，又名月草、紫竹梅、鸭跖草等。该花外形不怎么打眼，只有两个花瓣，乍一看不大完整，仿佛是小孩子恶作剧揪下的碎片，抑或是一只小小的碧色蝴蝶暂时驻足在此。它的花期很短，就如它的名字一般，只有露水存在的那短暂的瞬间。”

看来鸭跖草是很古老的物种了，故事想必也很多的吧。鸭跖草其实有更雅致的名字，比如“碧蝉花”“翠蝴蝶”等等，格调上比起鸭跖草更清新小巧，但好像所有人都更爱唤其作鸭跖草。此名最早见于唐陈藏器《本草拾遗》。宋时杨巽斋作诗《碧蝉儿花》：“扬葩簌簌傍疏篱，薄翅舒青势欲飞。几误佳人将扇扑，始知错认枉心机。”“碧蝉儿花”便是鸭跖草花。清人张淏子的《花镜》，也说鸭跖草：“其花俨似蛾形，只二瓣，下有绿萼承之，色最青翠可爱。”这倒是记载了鸭跖草花的外形，被张淏子描绘成蛾状，取色为青。这样的情怀真真是诗意满盈。不能否认的是古时的人与大自然多亲近，衣食住行，都有植物的影子与精魂附着，成了最好的颜料、食材、药草或衣料，自然而然地融合进了人的生命里。

抬首远眺，不禁思绪蹁跹，就在中山大学的校园里，又一次作为她的过客行走在每一条古朴又安静的小道上，遇见这些个小花小草，心底那份不胜尘嚣烦扰的心，在她的宽厚中如不知觉的夜幕垂帘般一点点地安静下来，直到宁静得听见了自己的声音。幸运的是，这个九月的到来，于我而言，多了一重身份——中山大学访问学者，多了一份可以更近距离端详她的停留。成就这个身份的是我的“女神”——中文系现当代文学教研室的郭冰茹教授。初初只是与她邮件往来，怯怯地以自己近年来关注的学术前沿和研究的成果，探问是否可以来跟随她学习一年。她几乎是秒回了我的邮件：“洪艳，欢迎你来！”我那雀跃的欣喜真的无法用任何言语形容得清楚，以至于对这片神奇的土地有了更说不清的缱绻之情。短短的一年时光里，伴随着郭老师的叮咛、勉励，和她在治学上的悉心启蒙、引导，“中山大学”——这个名字带着滚烫的沸腾潜入了我的生命，激荡的是一种踏实又能引以为傲的归属感。

其实，在这菁菁校园里待一年，可敬可叹可回味的事情太多太多了。学养丰厚的老师自不必说，更何况他们身上闪耀出的为人品性、治学态度不胜枚举，必定在往后的日子里继续影响着我。我只愿，我在这校园中濡染到的颜色，也让我长成自己的姿态，哪怕只是一棵小小的鸭跖草，也是好的！

第六章

桃之夭夭，灼灼其华

◎ 桃之夭夭，芳华满园　练金河　摄

那些故事：桃之夭夭，灼灼其华

吴谢

《说文》曰："桃者，果也。"桃，除了食用，却不是文人墨客吟咏抒怀的对象。而桃之花，命运就截然不同了，灼灼然，博得不少性情中人投其怀中：或书写自我胸怀、感受命运，相信"之子于归，宜其室家"；或感叹世间无常、独善其身，追求"酒醒只在花前坐，酒醉还来花下眠"的神韵，放浪形骸而俯仰天地；或徜徉自然、寻觅春踪，惊喜于"人间四月芳霏尽，山寺桃花始盛开"的自然身影……

《说文》曰："花，荣也。"欣欣向荣者，灿然而招蜂引蝶。每个人都是一个故事，不尽存在于宏大叙事中，生活的点点滴滴，与身边的每事每物，总有千丝万缕剪不断、理还乱的关系。隐湖边上三月的桃花，岁月湖畔的蒲桃树花，图书馆旁的杜鹃，都是关于珠海校区花的记忆。

对于珠海校区部分学生而言，我们的大学生活就是重新书写一部"双城记"。在静谧的珠海校区，可以亲切感受海上云天的自由，认真地挑选逸仙大道旁林林总总的海报上有意思的活动，无需有任何负担地去参加；也可以关掉手机，一个人"泡"上一天的图书馆，待夜渐深，方背上书包，惬意地沿着瀚林路，回到宿舍。

对于珠海校区，回忆总是很美。周末到了，我们约上几个好友，驱车前往。时唯三月，隐湖岸边的垂柳该吐出嫩绿的新芽，桃树应放出鲜艳的桃花了吧？而最让我们惦记的，是桃李园中我们亲手种下的桃树。一年了，我们常常念起的桃树，是否已经茁壮成长，灼灼桃花是否已经着其枝头，花不求多，有零星则足矣。对于桃花的记忆，回到了最初对隐湖桃花（图1）的记忆。

◉ 图 1　隐湖桃花　弓亦弘　摄

2005 年，我初到珠海校区，对桃花的记忆从 11 月份就开始了。11 月按照节令上来说已迈入了冬季，但天却还是暖洋洋的，秋天始终不肯离去，似那耍赖的孩子，留恋着这一片故土。阴历十月被称作“小阳春”，阳光依然明媚，桃花开得依旧灿烂。本该万物凋零的冬天，在南国有了桃花的点缀，温和的粉红色掀起了冬天的流动，也留下了我对珠海校区桃花的最初印象。

时隔一年多，适逢一年一度植树节的“树苗认植活动”，我们商量着：夏季将离开珠海校区，总想留下点东西，不如，我们认植一棵树苗吧，正好记住我们在珠海校区的日子。李树，桃树，还有火焰木，选择什么树种呢？桃树。认植之时，据说还要在每棵树上挂上牌子，在牌子上写上一两句话，以作留念。我们一笔一画，认认真真地在登记本上写道："执子之手，与子偕老。"选什么号码呢？我选了102号，因为我清晰记得这号码与她的生日联系在一起。

种树那天，甚是热闹，集体、个人都认植了树，希望在珠海校区留下自己的心情。我们把桃树扶正，用铁锹，把树坑边的土，慢慢地铲进树坑里，或许说，种树，是对我们珠海校区生活的一个纪念，一种回忆；盖上土，浇了水，桃树命运如何，期待它生命的复苏了。至今，我们依然记得，那棵桃树就在桃李园，树牌是102号，具体位置记得，树状也清晰。

珠海校区这块净土，寄托了我们太多的回忆，回来看看，看看我们的桃树，看看隐湖的垂柳、桃花，观望若海，回忆当时的情景。当我们拉着手走近桃李园时，发现树还在，可已经被虫蛀损，牌子不复存在。我们在桃李园里留影，按下相机快门，咔嚓一声，留下永恒的一刻。

桃李园里，树不复在，而隐湖边的桃花依旧。崔护有诗曰："去年今日此门中，人面桃花相映红。人面不知何处去，桃花依旧笑春风。"他借桃花怀念远去的伊人，桃花依旧人已非，看着一个个熟悉而陌生的脸孔与我们擦身而过；春风送暖花更红，一年半载，树与花，都未能成为参天大树。

听师弟师妹说，三月，隐湖的桃花又开了。桃花，更多地意味着一种回忆，寄托了我们大学生活"双城记"中的一座城堡。

"桃之夭夭，灼灼其华"，三月的春雨，淅淅沥沥，吹打着桃花，吹打着往事；"桃之夭夭，有蕡其实"，夏日的阳光，灼热地映照着躲在树叶下的桃子，映照着收获的甜美；"桃之夭夭，其叶蓁蓁"，秋风吹过，果熟蒂落，枝叶葳蕤，焕然一新去迎接冬的脚步……

珠海校区的三月桃花，凝聚的是我们的回忆，点点滴滴点点。

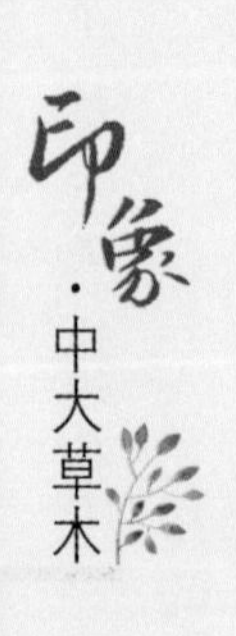

康园·漫步
——访中文系罗成老师

蔡博

一、“风景这边独好！”

罗成老师第一次来中山大学，是2009年冬至的那天。给他留下最深刻的印象是，刚从北京过来，一下火车，第一件事就是赶紧脱去北方厚重的棉衣，那天广州的气温是26度。

初入南校门，“我就被迎面而来的两排高大茂密的树木震撼了，遒劲如行书，”罗老师说，“但这还不算什么。缘林荫道继续前行，至外国语学院处，已是满目的紫荆花夺目盛开，直令我心花怒放。隆冬季节，第一次感受到这么显眼而热烈的景致，但这也没有之后景色给我带来的冲击大——复前行，欲穷其源，忽见一座小楼亘立道中，前置中大校训，仔细一看，原来还是在小楼背面。复行数十步，豁然开朗，绿茵平旷，诸堂俨然，有红墙蓝瓦绿地之属。枝叶交通，人声相闻。其中往来行者，男女衣着，异如北人，自是一派南国风度。又有黄发垂髫，并怡然自乐。”康乐园的冬季，少了北方严冬的肃杀，多了份盎然的生机。

二、“流眄沟通之际，微笑会意之时，却是我最喜欢的中大一景。”

就中山大学广州校区南校园而言，其实很多地方都很美，或者可以说，任何一个地方都有好几种美。因为，中山大学很“大”。尽管不少人都说任何一个地方待久了就会审美疲劳，任何“大”都可以慢慢变成“小”。但是，按照这种说法本身来看，美与不美、大与小之间的差距恰

◉ 图1　漫步康园　练金河　摄

恰不是绝对的、客观的，而是由观看者是否“疲劳”引起的。罗老师说：美，或不美，是由审美主体的审美判断决定的。你的心灵如果足够丰富，你的情思如果足够敏锐，你的眼睛如果永远充满好奇，那么映入你的视野的景物必定多姿多彩。中山大学之“大小”，映照出的是观者心灵的“大小”。心灵不疲劳，审美怎么能疲劳？

古人说，情往似赠，兴来如答。最重要的莫过于自己的内心世界是否足够丰富而有情，初春时节的苔痕，仲夏竹影的斑驳，深秋嫩叶的新绿，隆冬紫荆的夺目，在在都是“美”的见证。同一处的美，当你变换一个视角来看，又会呈现另一种构思或者意味。一心便是一景，一思便是一景，一情便是一景。心动，思动，情动，便风动、景动、物动。

但是，这些还不是罗成老师眼中最美的景致。“最美的景致永远是那一颗颗活泼的心灵，以及他/她们所代表的自由与梦想。课堂上下之间，流眄沟通之际，微笑会意之时，却是我最喜欢的中大一景。”

三、“不要仅仅背靠历史，而要学会创造历史”

漫步康园(图1)，给心灵留下的第一印象便是——“学院风”。罗成老师说，这种感受，可以用《诗经》中的一段来“创造性误读”：关关雎鸠，在河之洲。窈窕淑女，君子好逑。具体来说，就是外面的世界如同喧嚣引诱的斑鸠鸟儿，一墙之隔的大学校园则如同河中分开的水中绿洲。莘莘学子静静待在象牙塔中冥思细读，培育幽深而又扎实的学养，等待有朝一日破壁而出。沉潜、涵泳、透彻、包容，既通于学理，又不忘事理，还保有情理。无论为学，还是处事，抑或待人，给自己树立一种“完整的人”之境界追求，或许，这才是社会真正需要的大学精神。如此“窈窕”，“好逑”也就是顺其自然之事了。

南校园的树遮天蔽日，有着历史的厚重感。前人种树，并不仅仅是为了后人乘凉，只有每一代人都能种下一棵属于自己的树苗，才会有真正恢宏气象的森林，而不仅仅是某一株百年老树。所有，不要仅仅背靠历史，而要学会创造历史。

本文选自《中山大学报》2001年11月30日

你不是客人

刘楠

当我离开家乡来到中山大学的时候，活脱脱一个风尘仆仆的客人形象——拖着大箱小箱的行李，对眼前的一切好奇也茫然，欣喜于一个新的开始，也明白迟早要离开。

“你知道我现在像什么吗？”我问身边的老爸。

“说什么胡话？”他当我在玩笑。

“像树。”我说。

有人说，树是城市的客人；那我也是中山大学的客人，并不生于斯，也非一直生长于斯(图1)。这种想法一旦冒出来，就一发不可收拾，也不自觉地对这校园里的树有了莫名的亲近感。

印象最深的就是一到春天就开得红红火火的木棉。“隔墙红遍千株数，何日能来看木棉”，百余年前黄遵宪一首《春夜怀萧兰谷》着墨于木棉花，借其来邀请远在他乡的友人。时光流转，中山大学用一纸通知书，点缀着大片大片的木棉花，邀请各地的学子相聚于此。时间变了，布景变了，故事却于不同中透露着不经意的相似。木棉花，俨然成了学校主人翁“请客”时必不可少的代表性元素。

那满心的热情，恰如那满树的火红。

可是花儿为什么这样红？

木棉先开花，后长叶，于是放眼看过去，入目便是密密匝匝的火球，几乎容不下其他任何的色彩。用上一年积蓄的能量，开一树瞩目的红花。那挂在树梢似火般耀眼的样子，让我不禁想用“怒放”来形容这浴火重生般安静又盛大的场面。

◉ 图1　你不是客人　瞿俊雄　摄

而最震撼的还是它落花的时候。那是在五月的雨天，南国炎热的空气中罕见的裹挟着一丝清凉。我见完外教从看书吧出来，偏头看到楼前那棵木棉。我被那雨水冲刷下显得愈加明亮的鲜红一下“抓”住，不知不觉就站到了窗前。

雨中朦胧而晦涩的世界，缠绵交错的雨声，都让我有一点不知所措的迷糊。

我呆呆地看着那几棵缀着迷你灯笼的木棉，想起三月里它们灼灼地开遍那一片天地，高傲而又不可一世的模样。如今五月里，木棉花虽然依旧亮眼，却已不复那花团锦簇的盛况，渐渐变得稀稀落落。

目光游离着，最终定格在枝头的一朵娇嫩的红色花朵上。它亭亭地立在那里，高高地昂着头颅，无言。一阵风萧瑟地吹过，雨也配合着骤然变大。我甚至似乎可以听到豆大的雨点斜斜地落在花瓣上的声音。它颤抖着，踉踉跄跄，下一瞬便跌落了。不似桃花的轻飘飘，它的落地要利落许多，直直地掉落在水泥地上的水塘里，泛不起涟漪，溅起了水花。

然后周围的一切都安静下来，雨声、风声都似乎不存在了。脉脉的，仿佛沉浸入一种远古的梦幻。

那朵红映红了那一方的水，接着似是幻化成可以传递的笑靥，染醉了周遭的一切，也染醉了看风景的我。

忘了，忘了自己所看到的是一场死亡，没有回头的死亡，走向黑暗的死亡！它干脆地迈出的每一步，是那么的坚定，不曾有一分一毫的停滞。雨天里的红色身影那么美，却无法断言是壮美还是凄美。

第一次察觉到，原来有一种生命的完结竟可以演绎得如此如诗如画，可以消逝得如此静默深沉。原来，死亡不一定是撕心裂肺的哭泣，亦可以这般用宁静打动人心，这般如梦，这般唯美，甚至可以无视一切，坦荡荡。再想起二月里的它，那种美似乎如它死亡之时一般，目空一切的高傲。它曾轰轰烈烈地绽放出最美的自己，于是不再有遗憾，有了种“这世上不再有我却又无处不是我”的释怀，有了“化作春泥更护花”的情怀。内心油然而生出一份敬仰。

真正的美，浑然天成，美得肆意妄为，收获万千人的爱，但岿然不动，狂蜂浪蝶中，只骄傲地走着自己的路，傲然离去。正如它，看似不过姹紫嫣红中平凡的一抹，却不动一声一语，用刹那一瞬，便足以震撼人的心灵。袒胸露背迎接万箭攒心，犹能举头对苍天一笑。这样的美，容不下一点的狼狈，不允许掰一块尊严，只为了妥协。

古人称它为“英雄花”，国人赞它为“南国第一枝”，中大人立它为“校花”。它的确担得起这些称号。

那满树的火红，仿若满腔的热血。

也是从这次起，我开始觉得木棉不是这个学校的客人。它被人带到这里，在这里扎根。扎根的意义是特殊的。它要将自己所有的“血肉”融入这片土地。这更多是一种交融的状态，而非简单的附着。

那么我呢？

雨停后，我从楼里出来，一个人走在逸仙大道上，不近不远的小山印入眼帘。不经意间，便想起这首诗：“我携一摞 A4 白纸，蓝色圆珠笔 / 闯进剩山冷艳之气 / 落叶萧萧，我亦萧条 / 剩山将老，我亦将老。”念头出来的时候，着实让人有一点点害怕，觉得自己实在是没有达到可以和母校缠缠绵绵终老的地步。却又颇有一点“存在即合理”的小确幸，似乎有什么东西也一点一点地融进了我的思想。

我突然觉得，自己也不是这里的客人了。

四年，结果不过是毕业，成为千万个学子中平凡的一个。我的四年，相对于学校的90余年也的确只能说是一个小数字。可是在这里的离散非摆席后的人走茶凉。过程中的精彩，也是一纸毕业证书所不能概括的。青春里走过一阵子，记忆里收藏一辈子，中山大学之于我大概就是这种心情吧。就像那抹鲜红，那个挺拔的身姿，仍在各个不起眼的日子里，被我不经意地忆起。四年，校园里依旧会迎来一批一批的新人，我亦远远到不了所谓的“冷艳”“萧条”，却仍旧相信在这儿的所有让我受益匪浅的故事都足以让我在面对未来的时候更加从容自若。

恰如一方水土养一方人，有些东西是悄无声息地融入你的骨子的。譬如那满树的火红，让你心情愉悦、热情似火，也让你斗志满满、热血难凉。身为学子，身为国民，经年累月，热情不灭，热血仍在，一息尚存，便是奋斗不止。

今年九月有一场不小的台风。台风天后，我匆匆跑去看那棵红棉。

它安然矗立在那里的样子，真好看。

我在中大的第三年

李蓉

楼下的木棉树，总是在初春的时候才舍得开花。除了那些时日，便只剩下一片一片的绿与我的窗台对视。

在北纬30度的地方，木棉只存活在想象中，所有关于它的念想，都只剩下红砖绿瓦，或者是诗人笔下不吝啬的笔墨。以至于当我看到那一片又一片跟柳絮无异的木棉时，久久不能平息那份惊讶与想念。木棉带给我的惊异与中山大学带给我的是一样的，就好像长久的离别之后，偶然回头见到了旧人那般的欣喜。

每次来到这海边的城市，总会在绿铁皮上晃荡24小时。满车的烟味、泡面味以及不停歇的孩子的哭闹声与窗外的林田树屋格格不入。五湖四海的人操着一口不熟练的普通话努力与身边人搭着讪，我乐意把这种旅途当作伊斯兰人的朝圣之旅，终点便是我的学校了，那是离开家后唯一让我熟悉的地方。

在中山大学珠海校区的四季中，秋天成了我日日心系的季节，免去了炙热和凉意，也侥幸躲开了春季的黏腻。秋天的南方似乎夹杂着一种不情愿，因为学校的树仍然缀着一簇又一簇绿叶，这个季节少雨，所以树叶总有一种灰蒙蒙的距离感。偶尔下的那场雨，又多是阵仗惊人，少了些秋雨潇潇的柔情。在图书馆的第七楼听雨，从雷鸣听到鸟鸣，偶尔也会听到台风在玻璃上的一阵盲奏。窗外没有康乐园的高树林深，反而是大片大片的海，是没有渔船没有海鸥的海，只一座孑然的小岛隐隐约约地浮在水面。但恰巧是那座小岛总是陪伴楼层里一页又一页的翻书声。所以，黑夜便也消退了自身的特质。

◉ 图 1　中大图书馆吉祥物——猫头鹰　康红姣　绘

中山大学的湖，是落日能够最美地呈现自己的地方，隐湖旁的飞鸟也总是见证着石椅上虚设的爱情，抑或是长长久久的信仰。海子曾为他的青海湖写过诗，有关爱情、青春和生命。而我们的湖没有得到过诗，却总是静悄悄地为我们留住某些值得吻别的事物。夜晚蝉鸣之后，汾水湖的天空毫无顾忌地向山那边延伸下去。映在人脸上的是一片又一片的绯红，像少女初见心仪之人的羞涩。相比于康乐园细细碎碎的日光，汾水湖的夕阳倒别添了一分勇敢和静谧。而岁月湖因了一大池子的荷花，便越发大胆和炽热了。在没有晚课的时候，总是会不由自主地在岁月湖边的椅子上坐坐，好像是一种仪式感，又更像是一种无意识行为。每晚的景色大抵一样，除了入秋时节，愈加疯猛的秋蚊子不一样外，兴许也就是坐在湖边的人形形色色了。当夏天的风吹过，湖里的鱼也会随着摇荡的荷杆游动，如果这个时候猛然想起了朱自清先生的《荷塘月色》，那不免会多一些读者与作者的共识了。

转而，念及康乐园的中文堂和那古旧的隐于林深处的楼，以及陈寅恪先生永远定格的目光，林徽因的四月天也不免逊色几分（图 1）。对于一个或多或少对文字有感情的人来说，古旧的东西总是能够触动自己心中的某块林地，使其自我耕耘，自我繁衍。在不同时间维度里，自己也曾在那一栋楼里翻翻书、喝喝茶，做着与自己敬仰的先生一样的事情。好像门前的花还是先生的花，门前的树还是先生的树，就连树上聒噪的蝉鸣也和先生某个傍晚听见的一样。这种跨时空的契合，便足够使自己长久地沉醉了。

人总说花草树木是人与这个世界不可缺失的沟通渠道，不得不说，从北方到南方的那一段路程中，我确实见过了许许多多的树木。家乡的松针树，北方的白桦树，以及纸上得来的迎客松，这许许多多的树木均是各人的心头好。但巴金《小鸟天堂》中落地生根的榕树一直以一种童话的存在形式保留在我的记忆中。在只有文字的那段时间里，我对于榕树的想象便也止步于此，包括后来的图片、影像都不能完全契合我在巴金老先生笔下拾取的榕树形象。而现在，逸仙大道上那一排又一排的细叶榕以一种不可置疑的姿态站立在我眼前时，之前所有关于榕树的想象都土崩瓦解了。自此以后，便倾心于那自由散漫地垂下的根须，喜欢那一种顽强且坚毅的生命力，也喜欢它永不停息地向外延展的拼搏气。

南方，总觉得一定是有关大海，有关渔船，有关父辈下海记忆的区域名词。但真正来到之后，所有有关的东西，似乎都是自己在乎或者想象过的东西。以至于每次向外写信，最后提笔写下学校地址的时候，总是会涌起一种似明晰又毫不犹豫的归属感。

我想，归属大概就是偶尔提起时的那种不经意，以及多次提起时的刻意。而我于中山大学的花草树木、长湖落日的欢喜，便也是一种归属了！

与冬共生的烈火与冰雪

詹莞

和她初遇，是在中山大学度过的第一个冬天。在萧瑟的北风中，我的目光追逐着一片落叶，远去，上升，然后远处的她便撞进了我的眼睛里。她像一团火一般燃烧在深绿清冷的树端，巨大的裙摆红艳张扬，没有一丝隐藏自己锋芒的打算。她向我笑着，又像是朝着天空笑着，在冬日午后一片薄薄的阳光中闪烁着光芒。

这是预想之外的一场格外温暖的初遇。在我家乡的城市，冬天从来不是明媚的。炮仗的粉尘和阴郁的天气一道笼罩着死气沉沉的树杈，或灰或绿，那绿却也总是冷冷的，和冬天一道拒人于千里之外。我曾听闻南国的冬天是不老的，却也没意料到冬天也能见到这样的花儿。此后，我行道时便时时留意，期待着在校园中再次邂逅许许多多的她。几天之内，东湖边、“广寒宫”门前、文科楼旁边，还有数不尽的大大小小的道路边，一团团火愈燃愈烈。这是对生命力最好的阐释。她们是冬天顽强的对抗者，倔强地在这摧折了万物的时节展现出这般的身姿。我胸中燃起了共鸣的热情，有她们燃在树头，那几天的天气仿佛也不那么寒冷了。

不过我也有担忧。人们之所以最常把火当作生命的象征，是因为它的炙热和激烈，也同样因为它的短暂。死亡是我们努力想遗忘却又时刻悬在心中的命题，和火、和这花儿一般，消逝都是她们无比灿烂后躲不过的命运。即使在这样温暖的广州，她又能这样火红地燃烧多久呢？

对，正是因为她的红太过热烈，我才会担心她终会面对凄惨异常的摧折。我附会在她身上的角色是顽强的对抗者，因此她在我的心中便站上了古希腊悲剧的舞台，顽强的神性寄寓在她必死的肉身中，借由她的热烈的红向可憎的冬发出怒吼，挑起她单方面的小小的战争。然后，这火会慢慢变弱、变小，直至熄灭。落幕时，或许会伴随着一场大雨，遍地凋零的暗红像是英雄冷却了的血液；又或许只是无声无息地失掉她的最后一点颜色，在这个她曾战斗过的世界留不下一点痕迹（图1）。

在我现实中经历的冬天里，社会上发生了许多道不清缘由和经过的事件，但都无一例外地令人沮丧。我宁愿把那些眼泪、哀号、火光、欺骗、暴力都归咎于冬天，这样境况就显得总有一日能得到好转了。我如一粒沙被淹没在浩如烟海的文字中，面对种种被揭露出来的社会的不公不义显得渺小无力，这就是我如此期待一个热烈的、不会畏惧的战斗者出现的原因。我在这样的冬日幻想那些红花做了我做不到的事。

从别人口中，我终于得知她的名字叫红花羊蹄甲。在物种信息库中，我得知她还有许许多多的变种，在花型和颜色上竟然都大相径庭。很快我便在康乐园中发现了她的姐妹们——宫粉洋紫荆和白花羊蹄甲。宫粉洋紫荆重叠的粉色花瓣像是少女充满小心思的洋服，她在树梢跃动的是和火焰完全不同的节奏。而那一树白花羊蹄甲呢？发现她更像是一个惊喜。一树白花隐匿在半包围的寒林中，皎皎如白雪，盈盈若细纱，纷繁的花瓣层层堆叠在枝头。她太美了，这美却和同种的红花不同，周身萦绕着令人沉静的力量。古人吟诵的“千树万树梨花开”的奇景，我从未目睹，却在这里亲眼见到了一株开得似雪一般的花树！

鲁迅先生曾在文章中对北方粗犷的雪和南方粘连的雪做了对比，他和我一样试图从大自然中找到一个目指前方的先驱者，寄寓他心中所崇敬的某种神性。可这花呢？由花组成的雪又该是什么品性呢？我不知道。我所能做的仅仅是在去教室的路上远远地望她一眼，在她身上我所能安放的形容词仿佛只有“美”而已。她不似火，虽然同样让人无法靠近，火却能给人以振奋的力量，降以仿佛能带来救赎的令人安心的光明。冰雪却始终都是冷酷的。

这样不同的她们，却是一对姐妹吗？我有时会偷偷地感到疑惑。

寒假过后再回到康乐园，已经是春花醒来的时候了。曾经张牙舞爪的冬默默苍老，像是宫崎骏动画播到尾声时的反派，脸上甚至也露出了一些堪称慈祥的颜色。在春的柔抚下，我们和冬慢慢地和解了。

图1　与冬共生的红花羊蹄甲　瞿俊雄　摄

冬象征性地败了，图书馆拐角的一树火焰却仍然热烈，运动场旁边的一树霜雪也并未消融。看来，貌似是我的自大赋予了她们过重的负担，那红花的热烈只是为了生命，那白花生来的目的也不过如此。她们从未树敌，也从不想用她们的热烈或冷峻去对抗什么东西。质本洁来，那纯粹的火焰与冰雪，和冬的关系或许用共生这个词会更贴切。

我心中默默地有些怅然。长久以来我所理解的人类历史，就是在不断的压迫和反抗之中迭代发展的。我们赞美着英雄，因为他们用一个形而上的信念打败了另一个，用有限的生命换取了无限的人类进步。但或许，他们不仅仅是如此简单就能被概括的几个单薄的文字。在他们的胸中，火焰与冰雪同样自然地共生着，他们的人生不仅仅是一个单纯的，名为"战斗者"或"先驱者"的身份。他们被尊敬，是因为他们为改变世界作出的努力，是因为他们的某个义举或品性，他们却同时也是怀抱着矛盾和人类无法摆脱的缺陷的人。冰和火、严冬和生命，从来不存在我们想象中的敌我关系，一如我们和这个世界。

坐在故居前的陈寅恪先生，眉宇中有沉思也有不甘；草坪上左手高举的孙中山先生，默念着的不仅有“杀敌”也有深沉的爱；永芳堂门前围立的十八先贤，胸中同时怀着对死的不惧和对生的不舍。于是，我们脑海中的他们逐渐丰满成真正的“人”，他们不再遥远，而是能与我们对话的前辈、尊师。我们不再畏惧自己胸中的冰雪，不再畏惧寒冬，既已知晓它的存在便是自然。

伟大的人不是超人，他们和所有人一样，会迷惘，会悔恨，他们同样怀抱着矛盾，但这并不有损于他们的伟大。知道生命于邓世昌心中同样有着极重的分量，我们才能透过薄薄的“壮烈殉国”四个字，由衷地敬佩他临死前的气节；知道母爱在鲁迅生命中有着多重的痕迹，我们才能透过薄薄的“反对礼教”四个字，理解鲁迅在横眉冷对的同时忍受着怎样的挣扎和痛苦；知道失败对于孙中山而言同样沉重，我们才能透过薄薄的“革命先驱”四个字，珍重他将理想交付给青年人时那一句句肺腑之言。走过这样立起来的我们的历史，“博学、审问、慎思、明辨、笃行”的校训才不至于在唇齿中匆匆化为几个短短的音节，而是与现代的我们建立起深厚的联系，得到我们真正的尊重和珍惜。我们今天获得的一切，不是某个神随意的创造，而是由无数个历史中的我们在广袤的大地上一点一点挖掘出来的。

为身份而活，或者活成一个身份，都是悲哀的。红花羊蹄甲和她的姐妹们仰望着天空，绽放着她们的生命，不屑于在我的剧场中扮演一位英雄。我选择尊重她们，也选择尊重从前的一切历史和人，尊重共生着的烈火和冰雪，尊重一切应被珍视的和不应被忘却的，尊重我以人的形式存在这一事实本身。

预期中的大雨不久就到来了，颜色暗淡了的花儿们被打落在地上，我却不以为这景象凄惨堪哀。我能为她们做的，不过是记住她们也曾活过，以及她们曾带给我怎样的感动，仅此而已。

问君何所之，绿柯与相思

陈艳林

康乐园的日子走得仓促，宛如碧沙上淹留的一切都无痕。有时在图书馆里临窗而坐，粉箪竹的摇曳便洒下几滴苍翠来，疏影斑驳，颇有意趣——风过成文，岁月就淡淡地附着在泛黄纸页上，了无声息，不禁引人遐思。想数月前，再见康乐园。伴着岭南淅沥的夏雨，本没有更多期许，三年于我，或许也是如大学的那四载般惊呼岁月之遒而已。住进康乐园后，我蓦然发觉是我错得彻底。虽然一年前与康乐园结缘我是亦步亦趋，谁想那到底也成了我的不可自拔。有赖于骨子里的这份幽寂，我总和草木托契最深。甚而可以说，我对康乐园的葱郁是一见钟情的（图1）。初来乍到之日，与友相伴从主干道漫步过来，只记得阳光煞好——友人忆起那时却是小雨婆娑，九月的最后一天。一切希望都在遥远中依约酝酿着，无所谓有，也无所谓无。袅袅几缕青烟在一声清啭里破碎，流目是一线贯穿的青草地，恰似含情湖水，南北川流却脉脉不语。抬首乍见枝枝蔓蔓的老树——“既含睇兮又宜笑，子慕予兮善窈窕”。自然地烙在康乐园的第一忆中：始终不忘那片温柔的荫，覆在肩头倏尔化为薄薄的凉意，在莫名中被蘸了一身绿，我竟有些迈不开步子了。只知道那一刻她远胜于流光溢彩万紫千红。光阴似水，物是人非，至今还能轻易击中我的那些大树依然安稳，连同巍峨的逸仙先生铜像、古雅拙朴的惺亭，都将我的记忆激荡了千百遍，亦时常在我梦中辗转。立冬之后，中文堂时闻落叶跫音。白千层散着浅浅的香，细腻的芳华弥漫到二楼、三楼的课室里，窗台还不自知地被书声笼罩。虽然伴着每一堂课的朦朦胧胧的草木香惹人，可焦灼的种子仍旧蔓延到我骨血中。今

◉ 图1　识君康乐园，与草木繁华共居　瞿俊雄　摄

夕何夕，见此邂逅？从我佯装自己沉醉的时候开始，注定要为自己的无知而愧怍。幸而岁月待我不薄，在这三年伊始就告诫我，自己可能变得多糟糕。乃至感到身体的每颗细胞都在革命，虽然蠢蠢欲动在缅怀那个安逸的我，抛却辛劳，步出书斋，和草木繁华共居。转念一想，又会把"逸豫可以亡身"椎入脑中，不觉捧起手边一卷书来长读。从当时的懵懂，就这样一步跨入了亘古的长河。始知这世上处处珠玑，需活在日日弦歌中，才不枉一身烟火之外，竹杖芒鞋轻胜马，到头来好为自己寻个"平生去处"——眼见着书架上的书渐渐多起来，往返图书馆的次数愈发频繁，经史子集便如春风寓目，与草木盛香联翩而来……

11月的康乐园，草木寂静欲意胎息，这也让我把自己化为康乐园的一柯。想来宿舍楼与逸夫楼再远，也不出她的东西怀抱；中文堂与春晖园再远，亦无非她的南北腰肢。就像主干道旁的老树再芊绵，康乐园的天地也够生长，可愿自己长化作康乐园的本心草木，春夏秋冬，沐甚

雨，栉疾风。子曰：“加我数年，五十以学《易》，可以无大过矣。”我想若许我以风尘仆仆，三年可以无大过。只因康乐园的一景一物于我都那么生鲜动人，所以才有克制不住的逸致闲情，所以才会被康乐园中流露的那种书香之气濡染，所以才急着把曾经的自己还给过去——给康乐园未来的我一份坦荡襟怀。古人总有孤芳自赏的雅致，好比那“江南无所有，聊赠一枝春”——岭南天地或许亦别无所有，但总有一粒相思子不会忘，何况是苍翠欲滴的康乐园。许是千百年前南国某位诗人遗下的夙缘？一时倒叫人不免嗟叹：今生何其有幸！识君康乐园，伴我书日夜，共我读朝暮。

本文选自《中山大学报》2018年3月5日

康园晴翠

彭敏哲

康乐园的晴天，适合缓步，适合偷拍，适合把草木折成一段心事。

年年岁岁，杜鹃把春天开成花的海洋，芙蕖把东湖扮成西子的模样，洋紫荆让冬天也不言凋敝，但常绿的，却是岁岁年年陪着我们的草木（图1）。

我第一次来康乐园，就被逸仙大道上的细叶榕打动。它们整齐地分立两侧，穿越其中，仿佛穿越了久远的历史。南草坪一片片，把康乐园分割成不同的画卷，移步换景，步步赏心。爬在细叶榕上的石韦，根茎横长，如披鳞片，给大树增添了一种18世纪的年代感。而另一侧，永芳堂前的大王椰子直插云霄，挺拔的气魄令大堂有一股不可侵犯的盖世威风。它的附近，却耸立着停车坐爱的枫香，和令人遥想的红豆。仍记得第一次进入诗社时的社课作业，题目为“咏红豆”，悄拾起地上散落的红豆，埋入手心，却不知道，要把相思寄给谁。

东湖是草木的天堂，黄金间碧竹下藏着窃窃私语的男孩女孩们。每个年轻的生命都有一份月夜的情怀，在如水的月色里收集着竹影翩跹，收集着热烈的欢喜、疯狂的脚印、突如其来的诗情、莫名其妙的悸动。在鱼尾葵和桂花的丛林里，也收集着我对于往事种种美丽的记忆。因为有草木的遮掩，有月光的陪护，那些美丽的记忆，也就蒙上了朦胧的面纱，遥望，是烟雨氤氲的过往。

沿着图书馆东门的斜坡下来，地上飘散着月牙形的树叶，拾起它们，宛如拾起一朵月光。有一天，一个干净的男生拾起一片叶，擦拭掉上面的灰尘，放到我的鼻尖，对我说：“你闻闻。”我凑近了些，淡淡的柠檬香传来，“这个是？”——“柠檬桉。”这貌不惊人的枯叶，却带着属于青春的味道——青春的味道，是柠檬的香味，酸酸甜甜，三分清新，四分甜蜜，还有三分，是微酸的苦泪。若有一个词称得上“岁月静好”，那是阳光灿烂的时节，躲在图书馆里的浮生半日闲。有人说图书馆是天堂的模样，我说天堂前要加个定语——“草木天堂”。无论从哪一楼哪一扇的窗户望出去，都是树木藤萝，郁郁葱葱。东门一侧，有四季常绿的台湾相思，也有木纹通直的海南红豆，都暗通着古诗词里销魂入骨的情愁。我尤爱坐在中庭里剔透的落地玻璃旁，数着庭院里直入云霄的木棉花，爬梳绿萝的藤蔓。看久了，倒也诌出过一首歪词，说木棉“岭表年年，映照朱颜久。飞絮为衣天下覆，不似杨花，嫁与东风瘦”。后来才知木棉也有“雄雌”，中文堂东侧，有树干像怀孕了一样的美丽异木棉，凛冽寒冬花始发，满树姹紫，它的别名，是与“英雄树”相对的“美人树”。

◉ 图1　康园晴翠　瞿俊雄　摄

曾听说人分为植物气质和动物气质，喜欢植物的人，安静朴素，简单清静，热爱自然的味道。草木的力量是伟大的，古人云“宁可食无肉，不可居无竹”，竹林摇曳着姗姗的月光，摇曳着诗的梦境，也摇曳着草木的情怀。一株小小的绿萝，爬在宿舍防盗窗的阑干上，她的翠绿，为局促的天地，添了万分的风情。草木浸染，令植草的人，有了清冽的外表和热烈的内心，对凡尘的细碎美好，愿笔直地跌落进去。我们平淡简朴的生活，也因此充满了春情和秋意，也因此有了温润的湿度和自然的清香。

若逢晴天，别宅在宿舍，这样的好天气，适合缓步，适合偷拍，适合听着风，抱树而眠。

本文选自《中山大学报》2016 年 4 月 25 日

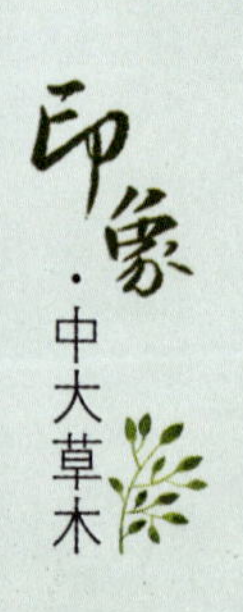

花城锦色

彭敏哲

来广州几年了，从最初的疏离到如今的熟悉，对于这座众人评价褒贬不一的城市，我也有了自己的体验。种种情绪，欢喜怨憎，都融化在我对这城市花的眷恋里。

广州有一个别名“花城”，是来自它一年四季花开不落的景致。春流到冬，这座城始终在花的怀抱里吐露馨香。我住在中山大学的校园里，对这里物候的变化尤为敏感。于我来说，一个人的狂欢，就是在四季的流转里，穿过一条条小径、一座座花园，听一朵朵花开的声音。

时常在日落时分走过细叶榕繁茂舒展的逸仙大道，一个人，静静地感受着春天的到来。春暖时节，却是落叶纷飞的景象，峭立的树枝，飞旋的落蕊，还有那穿过湖面的杨柳风。偶尔枝条的尖端泛出两片新叶，算是旧岁对新春的礼赞。细雨鱼儿出，微风燕子斜，这时候，路边的三角梅开了，早春的桃花红了，窗前那株半死的绿萝，也忽地生出了新芽。在落叶纷飞的春天里，我就从那些微小的讯息里，感受到春意。

早春时节，杜鹃花会开遍整个马岗顶（图1）。这个时候，康乐园也迎来了一年之中游人如织的时刻。徜徉其间，我时常燃起一种美好心情。此时，华南农业大学的杜鹃花节也开幕了，素有“小武大”之称的华农，就像一个偌大的植物园，里面亭台楼阁，姹紫嫣红。当杜鹃花次第盛放之际，湖光水色，琉璃瓦顶，三者相生相映，比起武汉大学樱花的景色，更加玲珑娟秀。

去年秋天，我路过陈寅恪故居，看到一株吊灯扶桑，那朵花开得有些怯懦，似一盏倒过来的花灯。即使在秋天，也依然有这样那样的小花

◎ 图1　杜鹃开遍了马岗顶　瞿俊雄　摄

满布在城市的角落里。走过人行天桥，方井里有一年不落的三角梅，错落着丛丛的满天星，为这座拥挤繁华的城市送来了日不落的春。但，秋天的风雨也残忍，一场稀稀落落的夜雨下过，满园荒径就被紫色的紫荆花毯铺上了。跫音悄吟，那是脚步与落花的窃窃私语、窸窸窣窣，满是迷离的叹息。“肠断未忍扫，眼穿仍欲归”，若要惜花，也只能掬一捧残蕊，散入江湖。

在我的家乡，冬天是凛冽的寒风，枯干的树枝，没有绿意的城池。但在广州，你几乎丝毫感受不到冬的气息。日暮时分，一个人走到珠江边，对岸的二沙岛，依然郁郁葱葱、一片绿意，更远处的白云山，在层立的高楼间若隐若现。刚来广州的那一年，我和朋友去看“萝岗香雪”。香雪，就是梅花。“昨日绮窗前，寒梅著花未”，几点梅花就能勾勒出冬天的意象。冬天太短，所以梅花的花期也不长，元旦之后，是赏梅最好的时节。万顷的原野，都开出星星点点的梅，红白相映，间有粉黄。此时，独自一人站在梅树之下，砌下落梅如雪乱，拂了一身还满，真有种穿越时光的古雅隽永。

后来我知道，广州和“花”一直有着深厚渊源。在广州的历史里，有一个很美丽的词汇：花田。珠江南岸的村落，人们以种花为生，百亩花田珠悬玉照、琳琅胜雪。城西的芳村有花田，烟水十里，赏花人络绎不绝。西关的荔枝湾一带，被称为“小秦淮”，原是南汉国苑囿所在，素有“水上花市”的传统。卖花女端坐船头，垂钓一溪烟水，也垂钓那岸上的爱花人。

花事未了，花城锦色，赏一生也未必够。

本文选自《中山大学报》2015 年 4 月 27 日

写给我的百草园

李素云

为君望断江南路，天道凯风自粤来。曲径青鸟勤为探，无上佳期厘棘开。且奉轻歌袅袅曲，一片冰心旧如怀。我辈壮志须砥砺，雄关迈步自兹去。

在9月之前你甚至不知道我的名字，而我期盼暗恋你已有多年。终于在这个万物葱茏、生命奔腾的夏天，我结束了自己游子般望尽飞鸿栏杆拍遍的等候与苦恋，在经历了漫长的独上高楼深耕书、为伊无悔甘憔悴的蛰伏后，在壮志向南名榜首的宣言中，在无数搔首踟蹰、辗转反侧的午夜焦躁后，冲过“山重水复疑无路”“黑云压城城欲摧”的迷茫重围，我终于迎来了“柳暗花明又一村”“甲光向日金鳞开”的华丽转折。喜不自禁像个孩童般开怀欢唱我们生命的正式订交，我爱你，中山大学！我来了！你是我的百草园，是我的三味书屋，是我梦想升华的开始！你以你的光荣历史为我的生命刷出新的底色，你以你崇高悠久的家国担当塑造我更坚实的骨骼。在你的怀抱氤氲中，我愿磨砺自新，成长壮大；我愿做你的信徒，遵道并礼赞。

在你93华诞这样一个美好的时刻，百草园沸腾，而我却感觉到你的内质是这般沉稳安详如素日，像慈祥的母亲，默默注目并享受着孩子们的热闹欢腾，而没有停下手中的针线；又像恬淡的智者，饱经风霜而于井喷似的节日祝福心领神会，报以平和的微笑；又像古老的钟表安静地迈着自己的步子，片刻无休，无声融合而又超脱于外界的尘嚣。走在阳光下的草坪边，远处的大榕树像一朵从土地里拱出来的大蘑菇，又像一朵饱满绽放于地表的绿色花朵。动听的诗歌、欢快的音乐、无数欢声

◎ 图1　绿衬书香　肖晓梅　摄

笑语的你的游子，他们从四面八方盛装集结，为共庆你的华诞而来。耀眼的阳光凑热闹似地，从树叶的缝隙中跳跃出来抖动在人们的肩上，点缀着这一场盛大的聚会。在这美好的节日氛围中，我缓缓漫步品味欣赏思索着你——我的百草园（图1）。

从北方远涉而来，迈进校园的第一天，我便被南北草木强烈的反差冲击了认知，“南有乔木”名不虚。挺拔笔直的巨人——大王椰，如同肃穆的士兵，我常常猜想它是为着“守护”的使命才拔高强硬了自我，树高半空远眺近俯无阻，树表圆润坚硬，整个树体简朴庄严。我常常疑惑是人杰地灵钟灵毓秀的缘故，是中大人的家国精魂浸润到百草园所有风物的缘故，以至于品读百草园的风物时，常常从中看出前辈的影子。站在大王椰的脚下仰望，它仿佛是一本读不尽的哲学书，有担当者的坚定与引领，有大师的崇高与庄严。而那粗糙高大的、裂开肌肤盘旋而上的白千层，总让我产生沧桑涅槃与成全坚毅之类的词语。第一次触摸它的表皮，原以为会坚硬刺手，不期而遇的柔软让我惊叹不已，树木早就懂得“柔软胜刚强”！相比大王椰的刚毅，树叶的细碎，花朵的点缀，旋转而上并最终登高望远的柔软白千层，以另一种强烈的生命张力展现了沧桑坚韧与柔软丰富完美结合的生命气质。还有树冠丰富充盈的大榕树，像内涵丰富、平易近人的长者，而那极其发达绵延融通的根系，像极了学者藏不住才华，千万条丝丝缕缕的气根，在烟雨迷蒙的日子里，在和风吹拂的夕阳下，别有魅力。还有修长成簇的箭竹，还有优雅如静女的凤凰木，还有樟树、杉树、紫薇、扶桑……在这块人文宝地上，在大师辈出学养炽盛的百草园中，不知这些驻守百年的老木是否已经被中山大学浓郁的学术精魂浸润。我固执地认为，百草园的树必定是不同于别处的树。我常常想，不知这些百年为邻的老木们，在风起的夜晚，树叶哗哗为声，他们是在绵绵追忆百草园陈年“老皇历”，还是在诉说百草园峥嵘岁月稠风流在今朝，或者是你一言我一语谈论一天所见：那个读书痴迷废寝忘食的女孩，那个逃课去打球被老师叫回的少年，那头没有按时栖息的猫头鹰，那只生了一只仔仔的乌鸫，那位身材更加臃肿的猫夫人……

在百草园中有我的“三味书屋”和诸位“先生”。“士之读书治学，盖将以脱心志于俗谛之桎梏，真理因得以发扬。”秉承着前辈的治学传统和谆谆教诲，永芳堂里一位位学养深厚、治学严谨、平易近人而又育人严厉的教授，如一座座蕴含丰富的大山，在书山学海中渡人迷津。他们在课堂上掏出追踪多时的“私货”无私分享，并甘做“靶子”，包容异见；或将数年的学术积累倾囊抖出，以飨后生助其攀登；或将各自最新的前沿研究拽到课堂，冲击并开阔我的眼域。他们或深入浅出抑扬顿挫，或率性犀利幽默风趣，或孜孜不倦针脚细密……以风格迥异而质优高能的方式，无私传道授业解惑启蒙引导，如缤纷的万花筒，为我提供一场场思想独立、自由碰撞的学术盛宴，为我的学术探索保驾护航，为我的人生修炼树杆立尺。

百草园中有我的宝藏般的大书房。在绿荫葱茏中，图书馆如谦逊的长者，以“退避三舍”之姿更显出清幽宁静之美，而其中别有洞天，藏着百草园中最美丽炫彩的珍珠——“学人文库”。其华丽的装潢、炫彩的花窗、柔美的灯光，以及四围象征“书山通天之大美”的高大书墙……共生、酝酿并散发出来一种与书籍相融配的优雅格调，这种书籍之外的阅读之美深深吸引并征服了每一个踏入者的心，让人萌生沉醉其中、坐拥书城、静开昧眼、甘做蠹鱼终老的冲动。于是，每个闲暇时光，躲在这间屋子里细细读书爬坡成为我最美的享受，此生但闻书墨香，甘做蠹鱼又何妨？古人是深谙读书之趣的，其云：“读书之乐，莫过闭门读书，得一僻书，识一奇字，遇一异事，见一佳句，不觉踊跃，虽丝竹满前，绮罗盈月，不足喻其快也。”而今，这座百草园中的大书房无私地将这些隐秘的经验传递给每一个渴望被知识充盈的心灵，给每一个捧起书来阅读的孩子最饱满的幸福感。在这座大书房中，我喜欢自己像蚂蚁一样在一排排书架间丈量和搜索、搬运，在一张张纸页间以阅读的姿态栖息、思考和积攒，用一本本书搭建拼出堪称自我武装的知识储备。大书房以其丰富的藏量和便捷的服务技术满足了我的知识渴望，垫高了我的学术路途，在纸页间让我以书为田，耕耘播种，收获了莫大的幸福与成就感。图书馆，你是默默的蜡烛与春蚕，你是无涯的知识储备库，你是默默的奉献者和忠诚守护的战士，为着我的每一次需求，你都全力以赴做好最好服务的准备。怀着感激，我愿栖息于你的纸页，做你虔诚的观众，在你书的宫殿里欣赏你的付出，喝彩你的渐变……

草长莺飞，倏忽岁暮，而岁月流金。历史上百草园在时代海浪的涌动中，以担当和引领芳名远播、独树一帜。而今，在新的时代浪潮里，中山大学的前辈披荆斩棘引领时代的壮怀与担当，依然辐射照亮并指引着百草园未来的继承性发展。其如同镌刻于百草园历史上的耀眼车轨，循着这条车辙，新的中大人以家国担当自砺自重，必将打造出百草园更加美好的明天，祝福百草园，祝福中大人！

童子何知，躬逢盛典，任重道远，惟当弘毅。

本文选自《中山大学报》2018 年 3 月 5 日

未闻花之名

黄思婷

不曾见过如此灿烂的花，黄澄澄的一片，开满了枝头，犹如风铃般轻盈，在风中悠悠晃着。家乡的路边俱是一片长青，虽显繁盛，却少了那一抹鲜亮。不料来到广州，于无意间，邂逅了那片娇妍。

是离家最久的时节。自幼娇养在家，未曾独自出过一次远门，原以为是无法学会自己生活的，没想到一切顺利，迅速地习惯了中山大学的一切。然而午夜梦回，总是看见生活了10多年的家，看见自己走过无数次的楼梯拐角，傍晚时昏暗的灯光泛着温暖，那些碎片式的回忆犹如泛黄的胶卷，在梦的罅隙中闪过，零零碎碎却正中人心。那些思念的细节慢慢渗透，溶解在逐渐变冷的空气里，在冬日荡漾的风中。

走在冬日的街道边，总是想念家乡的风，家乡的日光，家乡的一切。所幸来到中山大学，遇见不同性格却同样温暖的人。起初的怯意在关怀中退去，想念家乡的情怀也因那些笑脸淡开。并非没有迷茫失意之时，偶尔也会看不清方向，只觉前路漫漫，不敢迈出一步，生怕走入迷途令自己后悔。然而中山大学的安稳与包容，令我不再因迟疑而畏惧不前。

邂逅那棵开满黄花的树，在广州的冬季。不曾听说它的名字，只是立于树下，就这么抬头望着，那片耀眼而明艳的花儿簇拥在枝头，一朵朵一簇簇，在阳光下招着手（图1）。那一瞬间，仿佛连心也被花儿占据，洒满了大片大片的橙黄，犹如阳光般温暖动人。莫名在花中感动，在寒冬中冻僵的心也湿润起来，氤氲着豁然开朗的清明。

直到后来，我才知道，那棵树叫黄花风铃木。巧的是，黄花风铃木

◉ 图 1　黄花风铃木　李其友　摄

的花语是感谢，正像我对中山大学怀有的心情。中山大学给予我的，不仅是学识，更是独立与自由。如风铃花之灿烂，绽开于冬日的阳光里。

本文选自《一路花开》，中山大学出版社 2015 年版

杏林春秋

徐奔

谁在这里踏过足迹，
积淀医科凝重。
谁在古道上下求索，
领悟杏林真谛（图 1）。
如今漫漫曲径通幽，
往昔过眼云烟。
仿佛枯木又逢新春，
不逊风采当年。

那个属于苦读和疲惫的夜晚，
纵然风雨，
担负一份义不容辞的责任，
民之康健与国之富强。
宛如这小苑点点灯光，
孕育希望，
春去秋来。

那个属于荣誉和神圣的殿堂，
昏暗路灯下，
几代名医辈出，
多少故事流传。

◉ 图 1　杏林春秋　董晨　制

美言和佳话，
陶醉了风华少年。

花谢花开百年校园，
人来人往千番感喟。
樱花依然四月悄然绽放，
秋菊不敛十月孤傲面颊。
与君同饮，
古老榕树下酌一杯酒，
品味历史老窖的醇香干冽，
用心续写杏林明日芳华。

本文选自《中山大学报》2008 年 11 月 10 日

草木葱茏里，与万物相拥（节选）

彭敏哲

中山大学生科院有两处特别的风景，与陈寅恪故居、乙丑进士牌坊这样的人文景观不同，它们蕴含着生命的奥秘，与大自然相融合。在绿丛掩映下，一个个优美的标本展现着生命的光辉，那是生科院的生物博物馆；在草木葱茏里，一丛丛竹影横斜，那是生科院的竹种标本园（图1）。天地有大美而不言，万物皆成理而不说，在这些妙趣横生的动植物面前，我们且默然驻足，寂静欢喜。

……

有着90多年历史的中山大学竹园，是国内种类最丰富的竹种标本园之一，现在华南植物园中，有近半数的竹种便取自中山大学竹园。“竹”是中华文化中一种极有深蕴的植物，人们常说“可使食无肉，不可居无竹”，而这一大片竹林为整个康乐园增添了一种别样的文化情趣。

“凡花之妙，在于香色。而竹则无色无香，独妙于韵。盖香色易知而韵难知，宜赏韵者鲜矣。”昔年竹林七贤的放诞风流，被一山碧竹衬得逸兴遄飞。《红楼梦》里，最怜惜竹子的是黛玉，她居住的是“有千竿翠竹遮映”“凤尾森森，龙吟细细”的竹林精舍“潇湘馆”。在诗社中，她的别号是“潇湘妃子”，又恰与湘妃竹呼应。一处寻常的地方，因有了几竿竹子，便显得隽秀幽眇，因有了一片竹林，便有了深蕴风怀。

但大多数人不知道的是，比起隽永的文化意味，竹园更重要的身份是一座生态保护园区。在康乐园，竹园静谧地存在了90多年。它的前身是岭南大学竹种标本园，由植物分类学家莫古黎（McClure）主持，冯钦维护。1935年，麦古礼和冯钦在茂名、德庆等地采集到一种从未被记

◉ 图1　竹种标本园　刘雨欣　摄

载过的竹子新种，这就是后来被命名为“冯钦竹”的沙罗单竹。鼎盛时期，中山大学有五个竹园，许多竹种是华侨学生利用寒暑假探亲时引种回来的。园内用水泥池把不同种的竹子隔开，收集了很多奇异的品种。竹园中，最高大的车筒竹，高达20余米；最奇特的是佛肚竹，节间鼓起，像有一个大大的肚子；最美丽的要数黄金间碧玉，竹竿鲜黄间以绿色的条纹，好似一块金镶玉立于草木间。一年又一年，竹园的竹子愈加繁茂，在岭南的温风细雨里，摇曳成一派诗意风情。

许多老一辈的学人对这片园子都有许多美好的记忆，我的老师张海鸥教授曾送给这片竹林一首美丽的诗歌，仍时时为人传唱：“如今的康园竹林 / 没有往日的酒香和琴音 / 依旧是风敲竹韵 / 常有人牵着手或携着书/步量每一寸晨昏。”而我们呢，也有着属于自己的小记忆。在沉寂的夜色里，盈盈的月色铺洒在竹节翠叶上，我曾经在月下读笛，有种梦回青山的恍惚。流淌于岁月中的点滴往事，也随着这清澈的影子摇曳生情。一片竹林，既是生物学者眼中的生态奇观，也是诗人学子们心中的诗意国度，这样的所在，无论何时想起来，都觉得熠熠生辉。

本文选自《中山大学报》2014年11月5日

第七章 枝繁叶茂，根深蒂固

枝繁叶茂　刘雨欣　摄

草木小札

刘姝贤

一

在广州校区东校园（图1），棕榈是最常见的树之一。宿舍楼间，图书馆前，教学楼旁，一排排棕榈枝干挺直而修长，宽大的叶片搭成伞状，迎风簌簌。

棕榈是经不起近看的。走近时，眼前唯有包裹树干的一层厚厚的棕皮，其中虽不乏风雨的痕迹，但总不及樟树、榕树那似耄耋老者的面容的枝干外观的沧桑与深重感；仰头望叶，单叶形状并不出奇，聚合时成一片略显稀疏的深绿。单这样看来确实乏味，而当棕榈树与其他景象同时出现时感觉则大为不同。

在有关海岛的照片中常见碧海青天、海天一色，一排排棕榈立于细沙上，影子落在沙滩上，或是傍晚时分剪在晚霞里。在满幅接近融合和透明的颜色里，它们是一道并不突兀的界限，以可触的生命力赋予着画面层次。有时候仅仅只是一棵棕榈，也能对辽阔如海与天的背景进行巧妙的点缀，因其样貌的简约，一切的修饰都仿佛自然而成。风、水和光在照片中流动，迷人的气息四散。人们常常把棕榈和海边、岛屿生活联系在一起。的确，热带地区的自然环境造就了棕榈树，而它同时以自己的姿态带给这里的景色一种独一无二的风格，并与之融为一体。

下午有课时，下课后我通常不急着回去，为着看晚霞。图书馆旁通往学院楼的那片楼梯上欣赏晚霞的视野更开阔，而我却偏逗留在公教楼的一角，因为在那里，图书馆前的那排棕榈才得尽收眼底。薄暮时分，远处天空似水彩画，颜色互相晕染，棕榈树的颜色逐渐加深，直至成为一片剪影，在我眼中画面上那个恰好的位置对绚丽的晚霞进行着它的诠释。傍晚的风吹过，棕榈的叶片轻轻摩挲，剪影微微晃动。那一刻风里似有海水的味道，不远处楼梯下似有潮水正在慢慢退去，海边的气息自那里漫溢而上，带着潮水卷起的泡沫，在我的眼皮底下徘徊。

二

距上次去荣光堂已一月有余，我依旧对那个夜晚念念不忘。我所怀念的并非荣光堂里装潢和音乐的怀旧格调，也不是离开时门口那盏幽幽亮着的满月似的灯，而是在不经意间走进的，两边长着榕树的路上的那段时间。

夜色已然降临，路灯下榕树粗壮的主干上皱纹深凿，宽窄交错，皆是生命的沟壑；树枝上棱节更加分明，比白天多一分冷峻感，但丝毫不狰狞。榕树枝茎都长而坚实，来自地下庞大根系的营养本可供其向穹顶攀缘，但枝叶却在不高处向四方缓缓舒展，平适而举，托出一顶葱郁的冠，垂下绵密的气根，似长者之须髯。而榕树枝中那一股强韧而温蓄的力，树顶那一道柔和的弧线，总让我觉得一株榕树如同一只眼，并不是睁大了朝上探寻的眼，而是朝下安静俯视的眼，气根便是半闭合的眼睑垂下的睫毛，来自地底的滋养使这俯视的目光格外阒静，又藏暗涌。我站上台阶，手指划过树干的纹路，感觉被温和的目光包裹，突然想起阿方斯娜·斯托尔妮的诗句，“当我的灵魂在你的胸口平息”。夜晚的榕树犹如一尊巨大的雕塑，看着它又像是在与神明的雕像对视，空眶盲瞳间自有一种崇高的洗礼。许多原始部落曾把树奉为神祇，时至今日不少地方仍以树为神，我对于树的神性的感知，应该是那晚细细打量了榕树后才有了雏形。

往前看去，不见路的尽头。路面上铺着榕树斑驳的影；头顶，两边榕树的枝叶相错，遮蔽了夜空，路上所见，唯有树、路灯、影和三三两两衣着朴素低声交谈的行人而已。脑海里荣光堂中萨克斯的余音刚过，又不自觉地轻哼起《从前慢》的调子来，每一步都比前一步走得更慢。夜色渐浓，偶尔听得几阵脚步声，灯光昏昏，眼前景象愈发暧昧，很多年前的人走到这里时，所见景象大概也是相似的。也许重见这些榕树时会

◎ 图1　草木葱茏的东校园　练金河　摄

发出“树犹如此”的感叹来，但树在，回忆就在。我曾说荣光堂不适合太常去，应至少有一回，相邻两次去是时隔几年，甚至好几十年，这条路在我看来亦是如此。它仿佛是落后于现实的地方，走近去时便被搁置在时间之外，所有岁月的痕迹都要去向榕树寻找。

不知不觉走到了尽头，城市的霓虹和喧嚣灌入眼和耳中，人就像突然被绊了一脚，骤然清醒。转过头再看一眼，榕树高大而平静，往远处次第缩小；而尽头依然看不见，就像来时一样。

三

对杉树的特殊的感情，始于《雪落香杉树》这部小说。

小说中故事的发生地圣佩佐岛长满香杉树，为群山染上寂寂青黛，男女主人公年少时也曾在一棵杉树的洞中秘密相会，每次约会他们身上都会沾上香杉树的香味。渐渐地，他们之间萌生了懵懂的爱恋之情，但意外不断，世事弄人，结果远非如年少时所愿。

读完小说后，在我的心里，杉树多了一分隐秘的故事性，它不掺杂

质的清寂中保留着易逝的纯真。在得知南校园东湖有一种叫落雨杉的杉树时，欣喜之余更被这个名字惊艳。遗憾的是去东湖时还不知道湖边有此杉，知道时人不在南校园，无法奔临东湖去看看，但好在及时问南校园的友人要来了照片，借着照片，和着对东湖的印象，暂且安慰一下思慕之情。

落雨杉的枝干笔直修长，一块块干燥的树皮末端微微卷起，呈剥落态，深褐色的表皮看起来十分粗糙；再往上看，与主干比起来，其他枝条都过于纤瘦，复杂地交错，阳光被筛了又筛，仿佛是被绣在枝叶上。树顶处，从枝叶最为密集的角度看去，只有一隙亮光，意外的明净，让人幻想目光如果能够穿透，是不是可以抵达天空的另一面。交错的枝叶又像极了细密的神经网络，那羽毛状小巧而秀丽的叶片即为敏感的神经末梢，一缕风，一滴雨，一片雪，一句稍稍大声的话，都会引起震颤。

另一张照片里，沿湖而立的一行落雨杉中有一张长椅，一对已年老的夫妻坐于其上，执手相依，面颊含笑。我清晰地记得第一眼看到他们时的感动。树冠庞大的树常常成为乘凉之地，杉树没有那样的荫蔽。它有一树蓬松的绿意，光和影都是碎碎的，质地极轻，适合单纯的甜蜜和欢喜，适合净化了的记忆。这一对与杉树相伴的夫妻，他们的故事我无法了解，但可以断定此刻他们心里都充满着很纯真的情意。

有一天夜雨绵绵，想起落雨杉来。它当不负它的名字，落雨，再骤狂的雨打在它的枝叶上也会温软下来，雨声淅沥如絮语。我总想着在东湖边、落雨杉旁听雨，或是看月。东湖，落雨杉和月光，这般情景该如莫泊桑的《月光》中那个月夜一样动人。在他笔下的月夜给人间的爱情披上的那理想的面纱，到那时，也会覆在我的心上。

中山大学校园里花树繁茂，每每路过，我的眼睛留在树上的时间往往多一些。

观一树，实为谈心。

观树人与树走近彼此的生命，听彼此的故事。这是一种无可替代的慰藉。

一木一浮生。

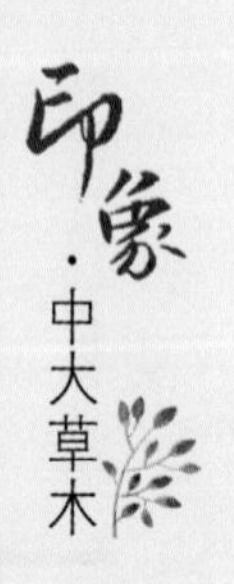

花·雨·秋

唐逸瑜

岭南的秋总带点倔强。当凉意穿过窗缝来到床头，与定在六点四十分的闹钟一道将我唤醒，手机日历向我提示十一月已经过半，我便知深秋，或者说初冬时节已然来临。伴随降温的还是雨，淅淅沥沥或大或小总之一刻不停的雨，阴沉的天色让人一整个早上提不起精神。然而每当读书倦了往窗外望，却总能看见一片缤纷：那株洋紫荆所在的地方从上到下是夹杂着深绿的紫红色，花和叶在凄风冷雨中一并摇曳生姿。

从东校园出发，穿过一侧冷清一边热闹的青蓝路，挤过高峰期的地铁来到南校园，步过两侧植了参天柠檬桉的大道，眼前是两排盛放的洋紫荆，散发着我所熟悉的香气。趁同行的伙伴不注意，我从地上捡起一片纤瘦的粽叶形状的枯叶揉捻，令其破碎在指尖，好让紫荆花香和柠檬桉的独特芬芳杂糅在身边。我抬起头，看见银色的日光透过云层、透过繁茂的花与叶射出，雨停了，而眼前的花开着，叶翠绿欲滴着。刹那间我以为自己正身处冬末春初，并即将迎来所有广州人都无比憎厌的回南天，日日为洗完的衣物无法干透而烦恼——直到扑面而来的凉意让我认清现实。

在过去，我偶尔会思考这种倔强印象的来源到底是岭南秋冬的天气还是眼前所见的花草树木，如今看来许是二者兼而有之。今年的秋季可谓是亚热带的“度日如年”：一天之内能体验到一年四季的感觉。秋天像一位叛逆的少女，不情不愿地被天文规律往冬季拖拽，却又无时无刻不想着反抗，制造出气温的偶尔回升作出无用的挣扎。一言以蔽之，这种上下浮动又不至于冷到极点的气温留住了我身上的短袖，也留住了我身边的叶绿花红。当最后一只夏蝉停止鸣叫，当最后一只蝴蝶坠地不起，生命终止的铡刀无情落下，不冷不热的天气和随处可见的绿意盎然、生机勃勃的树丛仿佛依然坚定不移地表现着对时间推移的倔强反抗，拒绝枯黄、拒绝委顿、拒绝凋零，彰显出顽强的生命力。在晴天，秋便如在至善园安家的猫，懒洋洋地睡在地上沐浴阳光，触摸上去像猫咪细长的毛一般柔软温暖；在雨天，她又寄居在那些在风雨中挺立的花草树木当中，不惧潮湿与阴冷，坚守着这土地上的每一片绿。

谈及猫和花草树木当中的南国之秋，我更愿意将岭南的秋比作一位气质奇妙的女子。她的本质使她不可避免地倒向寒冷肃杀、万籁俱寂的冬，但她偏偏具有一种抗争的个性，不管不顾地想要回到骄阳似火、虫鸣聒噪的夏，因而她呈现出异乎寻常的倔强。这样的特质叫人对她又爱又恨，具体而言，便是这时雨时晴的天气叫人又爱又恨：当阳光普照，我漫步在光影斑驳的红楼群，却又被突如其来的大雨打乱阵脚。我眼看着草坪凹陷处里的水迅速涨起来，漫过新生嫩草的尖尖，与此同时，被雨淋湿的泥土的芬芳冲进鼻腔，带着一股未经修饰的天然气息。在榕树下等了好一会儿后，我终于向这看似绵绵无绝期的雨投降，撑了伞让自己不至于被淋透——可就在这时，雨停了。我收伞，在我豁然开朗的视野当中，出现那边红砖砌成的矮墙上泛着的一片紫红：原来是今日的三角梅开得正好（图 1）。

三角梅，又叫勒杜鹃，既有杜鹃花之名，而无杜鹃花之实，本是不起眼的藤蔓，唯一可辨识的是它木质化枝条上的尖刺，每次不慎碰到都扎得人生疼。然而这粗生的藤本植物于颓圮了的砖墙上自在地疯长，竟也成了气候，虽不及紫藤花瀑布一般动人心魄，却也在砖红色上又覆盖一层显眼的紫红。这紫红和常见的杜鹃花色颇有差异，倒是与园艺杜鹃中的一个品种有些相似。听说南校园亦植有真正的杜鹃，偏偏我此次在秋日拜访，也就无缘得见。听同行的学姐说，杜鹃是种在陈序经先生的故居；在红楼群中穿梭时我们也曾路过，却因错失了花期而错过了直观辨认这幢红楼的最佳时机。我不再盯着颓圮的红墙，而是抬眸观览全景：在远处洋紫荆正迎风盛开，而近处三角梅也不甘示弱地绽放，紫红色和深绿交错，便是独属于秋的色调；在秋天这个微妙的季节里，只有这两种花还红艳艳开着，细看还有星星点点的蒲公英散落在草丛间。除

◎ 图 1　三角梅　钟昊伦　摄

此之外，其余一切都是令人感到凉爽、舒适的深绿。

仿佛，要将久久凝视着这番景致的人吸进那段无声无息的岁月里去一般。

我就这样站在原地，直到一团黄白相杂的色块跳进视野。那是一只身形匀称的中华田园猫，有着浅橄榄绿色的眸子，见我盯着它看，便摆出警惕的姿态。不愿吓跑了这无意闯入风景的生灵，我索性蹲下来屏住呼吸，继续观察着这优雅造物的一切特征。它四足雪白，背上花色错杂，胡须上吊着一两颗水珠，小小的黑斑挂在左眼之下——我出了神，它却动了：不紧不慢、优雅端庄，一步一步从我面前经过，向那堵开满三角梅的红砖墙走去，留我仍在原地，想象着它腹部米白色绒毛的触感，一定是纤细的、柔软的——就像晴天的秋。

天色渐晚，却不得见夕阳的金红。天空仍是一片灰白，只有渐暗的天光无言诉说着时间的流逝。在我一边心心念念着至善园的猫一边回东校园的路上，雨又滴滴点点下起来，引得行道树的叶子落了几片，纷乱点缀在柏油路边。岭南的秋，这位倔强的女子，此刻用这种方式宣告着她本质的存在；而我则裹紧大衣走在去鹭江地铁站的路上，想着明天出门一定要添多两件秋衣。

花木晨昏

刘雨欣

一、8 时

晨光熹微中，永远不乏赶路上课的学子，道旁的花木亦在艳艳却怯弱的初阳中，轻轻抖开自己的明丽与鲜嫩。最爱是人间四月天的清晨，广州仍徘徊在光与风迷茫的不确定间，东校园篮球场旁的树却早早吐芽（图 1），缀着金碧嫩叶的树枝张开手臂拥抱蓝天，经过了漫长压抑的冬季，春天开始在调色盘上涂抹自己的颜色。

◎ 图 1　缀着金碧嫩叶的树枝张开手臂拥抱蓝天　刘雨欣　摄

◉ 图2　新奇可爱的红千层　刘雨欣　摄

“笑音点亮了四面风，轻灵，在春的光艳中交舞着变”，几片嫩叶不过是按出了一个和弦，却定下了春日明媚的基调，那是希望的颜色。

二、12 时

三者的红色，是不一样的红。若说红千层的红新奇可爱（图2），三角梅的红明媚多情，那么木棉的红热烈却深沉、骄傲又克制。我最喜爱的木棉，活在舒婷的《致橡树》里：“你有你的铜枝铁干，像刀，像剑，也像戟；我有我红硕的花朵，像沉重的叹息，又像英勇的火炬。我们分担寒潮、风雷、霹雳；我们共享雾霭、流岚、虹霓。仿佛永远分离，却又终身相依。”木棉的美，是有棱角的坚韧的美。王安忆说“好看”是温和的，“美”是有拒绝性的，木棉便是红色的色谱里，最特殊的存在。

三、16 时

当北方已进入肃杀飘摇的深秋，广州的秋日仍是花木丛生、风姿旖旎。南校园校道上古木参天，秋日里的洋紫荆、美丽异木棉依旧争奇斗艳。明艳的光斑洒下来、洒下来，带着琥珀色光晕。我也想像虫儿一样懒懒地蜷起，甘心被蜜糖般的琥珀包裹，封存在这最好的时光。

有一次坐校车从东校园去南校园，行车路线正好是沿江。原本打算趁着下午的困意打盹，却被江岸大片大片灿烂的繁花所惊艳。入目尽皆粉红与金碧，花与叶都在太阳下闪着透亮的光，远处是珠江潮涌潮落。那位司机或许也是有闲情的雅士，我此后再搭过无数次校车，都很少再看过这沿江的碧树繁花了。

四、17时

夏日的午后却不是这么可人。广州的夏天是个顽皮的孩子，且不说火辣辣的阳光，有时以为是个可以散步的悠闲午后，瓢泼大雨却会不期而遇。

在我无数次前往南校园的行程中，有许多趟都是为了看这个季节开得正好的稀奇花木。我看见过黑石屋后的禾雀花（图3），像玲珑剔透的水晶葡萄，精巧地悬满一树；我看过红艳艳的凤凰花，比起脆弱易折的花瓣，我更爱她肆意张扬如羽毛的枝叶。南校园参天的古木历千万祀，诚然比东校园的花木更具一种沉郁的美感，引得散步的人们都不经意放缓了步伐——那是润物细无声的精神滋养。

◉ 图3　含苞待放的禾雀花　瞿俊雄　摄

图 4　盛放的鱼木花　刘雨欣　摄

这一个下午的造访，我是为了寻找陆祐堂前的鱼木花。鱼木树因木材质地轻软，可雕刻成小鱼状，用来钓乌贼，故而得名。由于和金银花一样，开花时序有所差异，鱼木花同样有着金色和白色的脆弱花瓣（图 4），像蝴蝶的羽翼。在陆祐堂草地上有多株鱼木，开花时满树金银，甚为壮观。

正在欣赏之时，不意突然飘起了雨。一阵大风刮来，鱼木花顿作群蝶纷飞，摇落飘零着薄如丝绸的娇弱花瓣。我被这壮阔的凋零震撼到移不开步伐，满园的瓢泼大雨，只有我一人还站在雨和花的交融之间，贪婪地用镜头捕捉光景。

拍摄得心满意足之后，方觉雨势太大，匆匆跑到陆祐堂檐下躲雨。好久没有这样了，静静地看着雨幕模糊世界，耳边是淙淙的水声。雨水很快地灌注在陆祐堂的水沟里，融着飘零的花瓣，酿成一汪绝美的花酒。大风吹送着花瓣，在我眼前覆盖出浅浅薄薄的花毯。而陆祐堂也在我身后默默地望着，坚实地站着。“游丝软系飘春榭，落絮轻沾扑绣帘”，《葬花吟》中最美的意境，不意今日竟能邂逅。

一花，一屋，一人。足矣。

五、22时

前篇叙述的风景，许是大家惯看了的春花秋月。而我偏爱的，还有夜风中松叶不为人知的飘零。

后山是寻常不会光顾的处所，总觉得那山太矮，无风景也无雅致。黄庭坚有言："清风明月无人管，并作南楼一味凉。"即兴的一次登临，却让我久久难忘那无人管束的清风明月。

当时已是初冬的深夜，有烦心事郁悒在心头——那是纠葛许久的一团乱麻，其中又牵扯着这一学年种种工作、学习、生活上的不如意。微信上试探着问友人，是否方便陪我出去走走散心，他欣然应允。

去后山是未曾规划的巧合。我们在楼下散步谈心，抬头望天时，天空竟是难得的澄明，星子出奇的多，或散或聚，都在遥远的寒冷中颤抖地眨着眼睛，扑朔迷离。于是两人一拍即合，想去后山寻个黑暗开阔的高地看星星。

后山当真一盏灯都没有，步着白石阶向上绕，枯枝碎叶铺了一地，不过五分钟便登顶了。我们原本设想的山顶是：安宁开阔的大草坪，像教学楼前那片郁郁葱葱的芳草地一样。然而后山在黑夜里却野性得很，高大的乔木密密地直指高空，天空被切割成细细的碎块，树叶的纹理在月光照耀下却甚是清晰，我可以分辨出好几类不同的树种。

星星是看不见了，我们索性就在白石阶坐了下来。正前方就是操场，同样被密密的树隔了，只透出各色的灯光。头顶是半轮皎洁，那是天上的月亮；眼前是学校的白灯，那是人间的月亮。更远处是珠江新城和广州塔的霓虹，那是微茫几不可见的星光，却是身边许多人追逐的方向，也是许多人毕业后的归宿。

而我贪恋着松叶的阴影，那是包容一切的黑色：是凡·高《乌鸦群飞的麦田》上渡鸦阴影的黑色，是梦中压抑的恶魔爪牙的黑色，是古井无波的眸子里温凉如乌龙茶的黑色。

风继续吹，整座山都是我们的。我们絮絮谈了很多，从我的童年阴影，到这一年的纠葛与成长，到我们对于一些事物的定义，到文学与追求。友人提到木心的一首诗。木心看见五月黄昏的光景，看见知更鸟、白屋与鸢尾花，他置身在无端美好的大自然里，于是写道："天色舒齐地

暗下来 / 蓝紫鸢尾花一味梦幻 / 都相约暗下，暗下 / 清晰 和蔼 委婉 / 不知原谅什么 / 诚觉世事尽可原谅。”

如果看人看累了，不妨放逐自己去看天，看那大自然。去教学楼顶看看夕阳也好，去谷河边看看三角梅也好，去宿舍顶楼看看月光也好。天似穹庐，笼盖四野，在大和谐中，渐渐就会达成与一切的和解。这种治愈的力量，像母亲的摇篮曲，却又比摇篮曲壮阔神秘百倍。

无端地开始感恩生命。我是极其情绪化的人，大学以来更是容易情绪失控，然而每每在我自责自弃的边缘，总是有朋友愿意走过来拉我一把。当我得以重新睁开眼睛看这世界，我由衷地投入生活，倾上全副身心——我喜爱这最极端的、最鲜活的感受。

我和友人顺着四下无灯的白石阶回去，两侧是宿舍楼恍若月宫的白灯，眼前是蜿蜒倾泻如瀑泉的小径，横路上有三两同学走过，我们又从精神世界回到了现实。

花木为经

蓝恺鑫

直到北国的冬都唤来了粼粼寒潮，第一场冬雪后，南都的秋才不过慵慵懒懒，做个姗姗来迟的样子。在这个小渔岛以南的城市里，每一个如期而至的四季交迭，都仿佛是北回归线的恩赐，浸满了在羊城者换冬衣的渴望。

久居东校园，出小谷围就觉得如同出离郊远行，至于寥寥去个三五次南校园，便更觉着有朝圣的意味。从前的三五次经访，有时是自广州美术学院看展归来，有时则是打鹭江吃了肠粉、揣了凉茶，一路信步而骋，陶潜“策扶老以流憩”的滋味，颇能意会个十之八九。只那些时候多是斜阳半倚西山了，能路见不少近旁老城区偕家带口来游者；或干脆阴云霭霭，枕去了皎月轮，人清物寂，自在于妙悟间。只是南校园之旅总去不逢时，当欲唠嗑时，心底最先浮现的还是东校园的风光花木。便想着掇花木为经，人皆可听（图1）。

黄蝉

黄婵，夹竹桃科，黄蝉属。

有人说，雾里看花，最是逍遥。雾里看花的滋味如何我不曾体会，可赏花雨中的经历倒有。记得是初来乍到时，八月下旬总晴雨不定，在一个缘河闲逛的午后，小雨窸窸窣窣便扑面来了；雨势不大，可继续不紧不慢地沿着既定的路线走就不免要湿透了鞋。于是，自然而然地，谷河旁的另一条路成了足印的选择。

邂逅总是在不经意间到来的。在漫漫若无休止的细雨中，明亮的

◉ 图 1　花木为经　瞿俊雄　摄

颜色就容易从湿漉漉的雨汽中脱颖而出，譬如娇嫩的鹅黄，譬如清朗的翠绿，再譬如黄蝉——那一排雨中犹在自赏的芳华。从前只觉得娇艳欲滴是夸大其词的说法，娇艳再甚，何以欲滴？只是那些想法在雨中黄蝉前倏然便烟消云散了——半大的雨珠落于黄蝉的花瓣上，便不再落下，而黄蝉仿佛一位风姿绰约的罗马公主，身着缀满水晶的长裙便是她的本分，花枝带露，当真是娇极艳极、含蕴欲滴！那时候我就痴痴地矗立在黄蝉前，数着花瓣，细嗅着空气中不易觉察的芬芳，在等待雨珠漫长的滚落过程里，期候着下一个赏花的人。

归来时，微润的雨珠仍斜斜拂来，沾衣欲湿；只是在那个独自游荡的午后，回至善园的路上，我却不由得想起江南春夜里待我的杏花了。

再后来，我还曾无数次在前往图书馆的路上，从那条花径走过，初次邂逅的澎湃心潮逐渐消散了，黄蝉花也终于在某一个初冬的午后凋零殆尽，等待着下一个相逢的轮回。

洋紫荆

洋紫荆，豆科，羊蹄甲属。

我向来有随处看展的习惯，而贝岗在城郊，故乘地铁便也成了家常便饭；而至善园去地铁站颇有些距离，其中连绵的上下坡即是必经之地。只这一路龤龤地走着毕竟无趣，左顾右盼，于希冀中寻一些风景，聊胜于无；正是这左顾右盼的习惯成全了我与洋紫荆的初遇。

遥想千年以前，当叶绍翁笔落《游园不值》以后，“满园春色关不住，一枝红杏出墙来”的描绘便为无数人所津津乐道，红杏倚墙，春色难遮，其境如此。当我自青蓝街走过时，十一月的满地落红，便也无声指引我抬头四望，蓦然间，那株攀出围墙的洋紫荆便映入眼帘，恍惚间带我跨越千载光阴。他年红杏，今时紫荆，冥冥之中轮回的，人物交融的异曲同工。不过洋紫荆的枝梢实在过高，教人踮脚、拍照也不能看清枝上盛放的紫荆花隐藏的馥丽。与其意兴阑珊，不若另辟蹊径，我便从那人行道上拾一朵五瓣的来观览，一边于脑海中回溯这几瓣花自含苞至凋谢的过程；渐思忖，渐感怀，花之生，花之死，竟不由地嘟囔起《葬花吟》了。

后来洋紫荆见得多了，我也知道了它羊蹄甲的别名。只是后来再路过青蓝街时，我还是会在那几株已然随冬渐歇的洋紫荆前逗留，有时驻足，有时也不。

以杜鹃之名

去了南校园数次，才知晓中山大学的校花，原来是杜鹃，而看花最妙的所在，就是康乐园。只是十月底的康乐园里，尽是些教人怃然无趣里的秋枝，全然不见前人口口相传的国色，至于“断崖几树深如血，照水晴花暖欲然”的境界，目前也仅能于想象中一窥了。古人从游，务求能循之一度春秋，想来金秋已度，红楼碧瓦，说来还是我犹负她一轮春游。

松下

头顶高悬着半轮皎洁

那是天上的月亮
眼前透出学校的灯光
那是人间的月亮

他的影子被分割成无数片
藏在树杈间
他的影子是不转石
是我思绪与话题的河流
绕不开的阻碍

你低语
像朔风吹奏了枯叶
把断根的草卷向天边
一切渐变清晰
如土地呈现了原本的面貌
你找到来时的痕迹
和步履的方向

白石阶串通了
前因
后果
直至回到了起点的终点
直至两团月亮会聚的地方

后记

键盘敲击的声音息没后，冬至的夜清寂随缘。偶尔南风乍起，终于也在徒劳了三月后换了一曲落木无边的协奏。月光蹁跹，给这贝岗村灯火覆了一屉如银浇头。

人闲桂花落，只是他乡的案头前再没有桂树了。

回来之后，便一直心心念念《记承天寺夜游》。承天寺不仅是意境极美的水晶宫殿，亦是写出了人与友人、人与自然之间相处最融洽舒服的状态。我忽然需要你，而你义不容辞地在这里。平日里相互欣赏，有难时相互支持——与挚友应当是如此，与大自然亦是如此。平日我们与花草树、与自然并无频繁的交流唱和，然而当你对不顺遂的生活心灰意冷，那在阳光、月光、风雨中辗转百般的大自然，依旧在你最触手可及的地方，付以安静的倾听。

花木晨昏，是未完待续的陪伴与交流。

何夜无月，何处无竹柏？

但少闲人如吾等两人者尔。

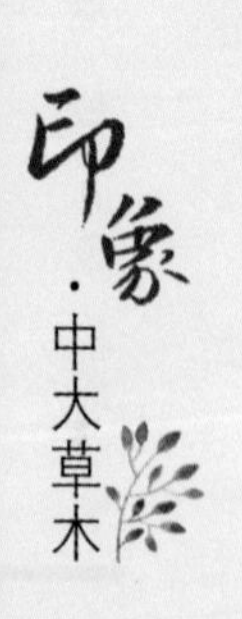

松　下

——在中大明德园后山

匡梓悦

我们聊起纳博科夫
他用一生，奔跑、捕蝴蝶
我们也逆着被松叶割碎的月光
翻开每一块阴影的背面
和他一样，我们或许会找到
已完成的片段——

你说看到一个怕黑的小女孩
拍响了父母的房门
而我回想起明媚的走廊上
两只僵死一处的黑鹂
遗落在隧道口的一火车冲动
和在捕捉的一瞬飞走的
爷爷双眼闪过的最后一片阴影

生活是琐碎的，琐碎如
鞋尖的草，对风收紧的秘密
我想你也会继续翻找下去
只是不再翻译成语言
此刻松叶挡住了所有的星星
但我们知道
星星就在那儿

◉ 图1　松的舞姿　刘雨欣　摄

瞻我康园，绿竹猗猗

孙晓颖

如果用一种颜色来形容广州，形容中山大学，那一定是绿色。这个绿，是校徽与所有官网主页的标准绿，是红墙绿瓦的绿，是绿山绿水、绿草如茵、绿树参天的绿，是嫩绿、新绿、芽绿，是翠绿、深绿、墨绿，是所有的你叫得出的叫不出的绿。我的大学如同一个襁褓中的婴儿，被包裹在如此多的绿色当中，学子们虽身处繁华都市，常感如徜徉山中，被花鸟树环抱，亦有攀林涉险之奇趣。

人们常说，中山大学的美在于红楼和古木。建筑与植物交相掩映，使康乐园成为完美的存在。这里有大草坪，有榕树，有数不尽的奇花异草，但独一无二、必不可少的一定是竹林。竹子是最传统、最东方的美的象征，它清瘦挺拔，最有君子之风。中国人对竹的喜爱与欣赏早已根深蒂固，成为融入骨血的特质。文人墨客不遗余力地赞美它，为之挥毫吟咏，绘画抒怀，形成了独有的竹文化。譬如先秦时期的人们栖居在这片土地上吟唱“瞻彼淇奥，绿竹猗猗。有匪君子，如切如磋，如琢如磨”；譬如魏晋竹林七贤于山阳竹林之下喝酒、纵歌，肆意酣畅；再譬如《卧虎藏龙》中玉娇龙和李慕白在一片竹海中或翻腾打斗或立于竹梢……这些都是无法复刻的东方记忆。陈寅恪先生认为，中国文化是“竹的文化”；英国的李约瑟博士也曾指出，中国被称为“竹子文明的国度”。

古人云“宁可食无肉，不可居无竹”，作为一个不能免于俗套的传统的中国人，在我看来，一个传统的校园，竹林必然是不可缺少的。康乐园的早期建筑毫无疑问是中西建筑文化交融的代表，园林设计也不免

◉ 图1　康园竹林　刘雨欣　摄

对西方风格有所借鉴。幸运的是竹林仍有立足之地（图1），人为地巧妙地改变了整体风格。

一

第一次见到南校园的竹林，是在《泣血红楼》舞台剧的宣传片里。一部红楼梦，曹公把种满竹的潇湘馆给了黛玉，将他心目中最高洁的形象配了他最爱的人物。四分钟的视频，全以南校园的竹林为背景，是对林妹妹的偏爱，也是对竹林作为中国传统象征的肯定。共赏《牡丹亭》、“金玉良缘”、宝玉砸玉、晴雯撕扇等经典画面一一重现，最终雪落了片白茫茫大地真干净。宝玉的衣服红得触目惊心，身后的翠竹也绿得扎眼。惊鸿一瞥，这片竹林便让人念念不忘。

这之后，再有机会去南校园，我便有心去造访它，心里揣着念头不与人知，在偌大的康乐植物园里兜兜转转，可爱的绿见了不少，却始终碰不到魂牵梦萦的竹林。或许是“有心栽花花不开，无心插柳柳成荫”，一次迷路的定向越野，竟让我偶遇了这片竹林。时值仲夏，竹林正处于一年中最有活力的时期，毫不掩饰它的蓬勃的生命力。沿栈道入到竹林深处，刹那与外界的炎热隔绝。风吹得绵软，枝叶层层逐浪，演奏出美妙的乐声。我许久未享受到这种静谧与清幽，一时间不愿离去。如今闭上眼睛，耳边仍会响起那时的枝叶婆娑，仿佛还能听到鸟声与蝉鸣。

二

很久以后，我才知道那片竹林是有名字的，它叫作竹种标本园，抑或称为“竹园”。竹园始建于20世纪20年代，已有近百年历史。最初由岭南大学植物分类学家莫古黎（McClure）主持，竹类研究专家冯学琳的父亲冯钦负责维护。上百竹种是生科院的师生不遗余力从各地搜罗而来，许多甚至是华侨学生利用寒暑假探亲时引种回来的。这些竹子除美化环境、供教学研究之用，还常常馈赠异地，华南植物园、广州晓港公园、广东省农科院植物研究所等许多竹种取种于此，四川成都望江楼公园和浙江杭州植物园亦不远万里来此引种。中山大学作为一座桥梁，将海外竹种传至国内各地，在植物学上无疑具有重大意义。

其实不光是竹种，生科院建立之初筚路蓝缕，是一大批热情的师生前赴后继，才有了如今满园的奇花异木。我们后人享受着这份绿意的荫庇，便不可不知草木所根植的历史。

康乐园生活的人对竹的喜爱，大概以张海鸥教授为最，他曾描画“康园八景”，“风敲竹韵”是瞩目的第一景。是否康乐园曾有七片竹林和七位仙人呢？这是文人的烂漫情思。如今的竹园，如诗中所写，“依旧是风敲竹韵 / 常有人牵着手或携着书 / 步量每一寸晨昏”。

三

东校园也是有竹林的，还是相当大的一片，就在图书馆东侧。

我曾与同伴在校园中闲逛，走遍了每一个有树有草的角落，因而很幸运地发现了它。在一个温暖的冬日的夜晚，我们追寻着两只萤火虫来到竹林的入口，很隐蔽的一个入口，我的内心霎时间充满了纯粹的喜悦。在极尽现代化的东校园，发现这片竹林，就像是找到了一个入口与过去相连。夜色浓重，路灯发出清冷的光，竹林在夜色的笼罩下异常安静与神秘，沿小路深入，竹径通幽，“入之愈深，其进愈难，而其见愈奇”。夜重灯诡，我们最终放弃了这可能的“奇伟、瑰怪，非常之观”，归途的话题便多了这片神秘的竹林。

而我仍不甘心地又寻了一个热闹的白日去探索这片竹林，内心隆重得像是去造访一位好友。图书馆两侧的道路人来人往，竹林却独享一片宁静。或者应该说我见过的所有的竹林，都有着天然独享宁静的气质。走在石板路上，能听到落叶被踩碎的声音，耳边没有一丝风，空气似乎都停滞了。两侧一直是浓密的竹叶，突然间视野开阔，我来到了竹林的中心。一个凹凸不平的小丘周遭环绕着石板路，呈圆环状通过几条小径与外界相连，这更像是与世隔绝了。我沿着圆环走了一圈，愈发感觉林子的破败，许多竹枝已七倒八歪，忽觉“凄神寒骨，悄怆幽邃”，体会到“其境过清，不可久居”的感觉。硬着头皮去到另外一条路时，内心已有些忐忑不安，来不及细细品察。钻出林子听到熟悉的喧闹后，才仿佛又回到了烟火人间。

竹林是不会现代化的，它即使装上五彩的霓虹灯，只需沙沙叶响，便能把人的思绪带到千年以前、先民们唱“瞻彼淇奥，绿竹猗猗。有匪君子，如切如磋，如琢如磨，瑟兮僩兮，赫兮咺兮。有斐君子，终不可谖兮”的时光。

中山大学的芳草在植物史上都堪称一绝，执着于竹，实在是因为一点文人的情怀，用这种植物来坚守自己信仰的传统的高尚品格。如乐声与美景，都是精神寄托和情感慰藉。

瞻我康园，绿竹猗猗，有斐君子，如切如磋，如琢如磨。每个学子心中必定都有一片竹林，正直，挺拔，坚韧，长青，每个人对竹林也必定都有自己独特的理解。自然之物生长于此，我们欣赏它、赞美它，一枝一叶，总是关情。人生于天地之间，本就该怀着赤诚与喜悦，若能让生活添些温度，让生命多些驻足与思考，倒也就足够了。

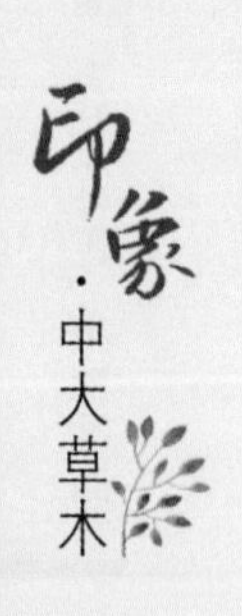

中大的绿树，岭南的秋

余淙竞

来到岭南之前，我不曾料到在秋冬时节，大地也能繁花似锦、绿草如茵；而来到中山大学之前，我从没想过绿色也可以这样丰富而充满画意。在我看来，中山大学的树的绿，要比花的斑斓色彩更有趣味（图1）。

在秋冬时节三四点的下午，你若坐在湖畔餐厅外的藤椅里，便能发现河畔的草地是青翠的，而教学楼旁的草是青黄的，灌木丛的绿色带一点灰白。玉兰树的叶子从树冠洒洒落落地垂到半身，一团团浓密的绿色里，有星星点点的墨色阴影。远处高大的杉木是垂立谷河岸边的王子，它挺拔笔直，树枝优雅地舒展，深沉的绿意里夹带着尊贵的暗红色。羊蹄甲像个流浪的诗人，它没有明显的主树干，随性地在地面就撒开树枝，微醺似的在和风里摇晃着那大片的、泛白的绿色的叶子，以湛蓝的天空作背景，树梢垂落几朵孤零零的紫红的花。串钱柳是乡间的牧羊女——深绿色的叶子配大红色的毛刺花儿。这本是难看的配色，用在植物上却透着一种原始野性的美。

但在东校区最美的要属洋紫荆。常常是你转过一个路口，便看见一株紫荆静静地立在芳草之中，与世无争地落着它一树的花。将飞更作回风舞，已落犹成半面妆，这是树哀而不伤的哭泣。花瓣如同粉白的眼泪簌簌掉落，而阳光温和地托着花瓣，使它更轻柔、更轻柔地落地。漫天满地的花瓣向树投去深深的最后一瞥，百转千回的留恋在树叶的青绿中也晕开粉色。但我们无法揣测树的情绪，只能看见它比任何落花的树长得都要笔直。树枝不曾颤抖，却有满身温柔的神色，如此安静地立在金色的阳光中。

◎ 图1　岭南的秋　赵婷　摄

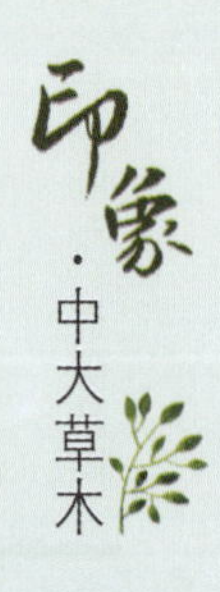

每次经过这棵树我都不禁驻足，粉与绿的结合是岭南的秋最惊艳而不落凡俗的色彩。这样的惊喜与静美，仿佛《红楼梦》里宝琴立雪的那一幕：佳人静立在大雪之中，悠悠转过身来，怀中抱一束红梅与朱颜交相辉映。而在岭南，便是金箔般的阳光代替金陵纷飞的雪。美人持花，紫荆落蕊，静与美的气魄不曾改变。它漫过眼睛，越过千万重绿色的遮拦，直闯进看花人心间来。

虽然岭南秋冬的绿树有如此多样而美丽的色彩，但实则多半是靠阳光渲染。秋冬日落早，常常是走进食堂选个菜，再端着一碗热乎乎的面出来时，便猛然发现金灿灿的阳光已经消散了，天边有一层淡淡的云。这时草木便会暗淡下来，被覆上灰蓝的颜色，垂首而立，等待谢幕。

昼夜的更迭如同四季的轮回，也让人想起春雨里树木们绿得清新，夏日里绿得纯粹而张扬。一日，一年，绿色这样轮回变换着，让人惊奇，一种颜色能有这样千百般的形态。它似乎在与中山大学建筑的红相呼应。就像是山与水的智慧，树的绿色多种多样，轮回流动，而砖石的正红色亘古不变，凝重庄严。在这百年校园里，前仆后继却始终生机勃勃、丰富多样的，又何止是树的绿色呢？年轻学子们朝气蓬勃，各有风采。如同绿色春秋流转，守望红墙，一代代人用各自的方式追逐共同而永恒的理想——关于家国，关于民族，关于责任。这是中山大学如诗如画的风景里蕴藏着的家国情怀。

月上梢头，教室里的灯光纷纷亮起，在黑夜中闪烁。绿色被染上夜的浓黑，树木纷纷坠入曾在土壤里做过的梦。明日朝阳升起，它们又会用别样的绿色，装点这座美丽的校园。

中大古树

王朔

初到康乐园，是今年八月，学在东校，也想看看百年中大的精神传承。正值盛夏，广州的天气也还是闷热的，红墙外的大街上车来车往，远远地望见南校门，我加快了步伐。

甫一进校园，目光便被道路两旁的树木吸引了去，这样高大而又苗条的树，在北国是极少见到的，树上的叶子也是一团一团地聚在一起，不似杨树那样分明。我只能站在树下仰望，看着这不知名的树向天空伸

展，遮住了蓝天，留下一抹绿色。树皮一片片地裂开，树身像是被雕刻上各种镂空的花纹，承载着守卫康乐园的记忆。后来听学姐说起，老一辈中大人还曾有着采集树皮当柴火的习惯，不觉对这些高高瘦瘦的精灵有了几分敬意。

逸仙路旁除了大树，还有成片的竹林，高矮胖瘦，形态各异，争着舒展自己的竹节，竹香溢出竹林，沁人心脾。竹林掩映下的小楼，显得格外风致。沿着逸仙路一直走，便到了怀士堂，这里才算进入了树的海洋。大草坪旁边的林荫道上长满了各种各样奇形怪状的榕树和樟树（图1），此地的樟树却不像门口的树那般保守，全都铆足了劲向上向外生长，曲曲折折地伸展枝条，迎接阳光和雨露。站在树下，自觉阴凉，这全是古树带给我的好处了，我于是久久不愿移开脚步。

仔细端详这岭南的大树，便觉他是个活脱脱的人一样，那遒劲的枝条像是在诉说自己百年的风雨，又像是在骄傲地炫耀在自己荫蔽之下走出了多少栋梁之材。如此张扬、不羁地生长，百年老树，风华正茂。我

◉ 图1　逸仙路旁的榕树和樟树　肖晓梅　摄

拿起相机，想留下一些纪念，母亲却在后面说："这些老树都成精了，可拍不得！"我惊觉过来，是啊，可要尊重这些老朋友呢。阳光透过树枝洒下来，如同斑斑点点的星光闪烁，落在地上，像满天星斗。

沿着中轴线一路上都是这般妖娆多姿、恣意生长的树，一直到北门牌坊——那里便种上了光滑挺立的椰子树，直直地立在湖边，显得庄严威武，神气活现。我把他看作中山大学新一代的青年近卫军，昂扬向上，不知疲倦。

遗憾的是未能看到传说中的紫荆花、木棉花、凤凰花等花次第开放的场景，想来能陪伴这片园子的主人度过春夏秋冬的也只有古树了。岭南多树，一株小树苗，只需几年便可成材，为人们遮挡阳光、风雨，此后便是漫长的寂寞。忽然想到一句话"十年树木，百年树人"，康乐古树见证着中大学子的成长，也在每一位学子的生命历程中留下了一些影像，传递着大师、先贤的教诲。一代代中大人来来去去，精神便留在这古树上，代代传承。

陈寅恪先生曾在这树下走过，他是以怎样的毅力完成《柳如是别传》，又是以怎样的定力拒绝诱惑，坚守"独立之精神，自由之思想"，我们不得而知。但古树见证过，见证那二层小楼夜夜亮起的灯光，见证先生双目几近失明仍坚持教学，大师风范，山高水长。先生故居旁，望着那古树，深深地惆怅。

还未开学，路上三三两两的多是游人和带小孩的老人，甚至还有一些家长推着婴儿车。走在校园的林荫路下，只见一位老人对孩子说："别哭别哭，这是读书的地方，可不是让你哭鼻子的地方哦！"古树在一旁，什么也不说，默默见证着。

草丛里，花都开好了

黄皓

看着身处长江流域的昔日同窗们分享在朋友圈里的色彩斑斓、草长莺飞的江南春天，柳绿花红，梨花、桃花、杏花纷纷窜上枝头，仿佛能嗅到下一季的香甜，我真是羡慕不已。我总期待也能在水汽氤氲、灰蒙暗淡的岭南回南天里逢上一树繁花，枝头攒拥、花骨朵朵、姿繁色艳。春天，本应该就是万物盎然、姹紫嫣红、万花争艳呀！

图1　南国的春天，在细微如末处　黄皓　摄

可是，我发现我错了。

如果不是一次偶然的相逢，透过镜头，我不会发现南国春天的生命力，不在树上，而在脚下，不在光彩夺目处，而在细微如末处（图1）。

难得的放晴，春雨倾洒过后的早晨，阳光的暖意撩拨着我的心弦，虽然天色仍旧灰蒙，可我再也按捺不住，抓起相机，骑上自行车，便在校园里寻找起春天的趣味来了。

珠海校区的山很多，绿意盎然，映入眼帘的山花却少。即便是图书

◎ 图2　星星点点的黄色小花中点缀着白色絮状花球　黄皓　摄

馆后的小山坡上，人工栽植了好多株杜鹃花，紫红烂漫了整个山头，虽然繁盛，却还是难掩人工的生硬，一株株排布在整齐的泥坑中，像在布满皱纹的老太太脸上硬生生地抹上浓妆，插满了整头的银钿朱钗，只带来了满眼的视觉冲击，却难以有直击心灵触及灵魂的美的震撼。

直至我奋力地踏着咿呀作响的自行车蹬上榕园四号楼后面的山坡，转过一栋红砖青瓦的建筑，蓦然侧首，一只身披白色纱衣的小蝴蝶就这样闯进了我的眼眸。视线追寻着蝴蝶飞出来的地方，一丛丛杂草星星点点地缀着黄色的光芒，又有白色絮状花球点缀其中（图2），莫非是阳光的细屑？又如繁星点点，远远看去，好不美丽！定睛一看，才发现枯藤根蔓上片片绿色的小叶交错层叠，不过十几厘米高的野草擎着或黄或白的小花，理不出层次，道不出顺序，却又因为不期而遇的野趣满心欢喜，只能呆呆地任由这恣意的烂漫融进你的目光，化在心头，挪不开脚步。

这些成片的小野花无人打理，没有妖娆的姿态，不具耀眼的颜色，无人倾注目光，却独自开放，只要有草丛，便可以随意蔓延它们的灿烂。如此野趣，竟让我一时无法拒绝。为了配合这场隆重又微型的演出，我唯有蹲下身，与花草齐高，从它们的角度拍下它们所呈现的花世界，感受它们努力传达的春意。点滴色彩装点着墙隅下这份不为人知的春意，在和煦的春阳下，低调从容，不失光彩。

“你未看此花时，此花与汝同归于寂；你来看此花时，则此花颜色一时明白起来。”

此后每天，我都能在随处可见的草丛中与各种不知名的野花相逢，用我的目光向它们瘦小却不简单的声影致以亲切的问候，这是我赴南国春天无声不成文的花样盛会。

你看，在那不显眼的草丛里，花都开好了，你知道吗？

生生不息的康乐园

林冰倪

初识康乐园，是在老师的组织下，到南校园的特藏图书馆参观。

而后来因为多种原因，多次往返于东南两校园之间。地铁线路始于大学城北，中转于万胜围，一路沿着8号线，可在鹭江下，亦可在中大下。红砖围墙里的康乐园，跨了两个地铁站，可见占地之大。

红砖围不住浓浓的绿意。初到康乐园，下了地铁站，沿着围墙走，望不见园内建筑，却能看到郁郁葱葱的树木。康乐园的树木数量多，品种更是多。《广州植物志》统计，在当时记载的180种植物中，中山大学康乐园的植物即占了其中的80%。

总感到幸运的是，那天活动时间早，贪睡的我也只能在太阳初升之时就抵达康乐园，也因此才看到了最美的康乐园。夏季清晨，微风拂面，走在校道。遥想1979年的植树节，莘莘学子挥动锄头，种下校道这两排大叶榕。如今已成老树，仍生生不息。抬眼，看到枝叶闪闪发光，阳光一点一点浓烈起来。不论人与物，初次印象总是特别重要。在往后的回忆里，最先闪现出来的画面都是那一天所见到的康乐园，一个蝉鸣此起彼伏的康乐园，一个阳光下金色的康乐园（图1），一个枝条摇曳的康乐园。

而进一步认识康乐园的植物，则是大一下学期。出于兴趣参加了"逸仙使者"项目。作为逸仙使者，需要了解中山大学的校史，并记背特色植物。培训期间，生科院的师兄细细讲解了重要草木的信息，诸如学名、别名、属种、外形等。那时翻着传阅学习的《康乐芳草》一书，想象着几年前数十名生科院学生奔波往返于广州、珠海二地，为康乐园重要

◉ 图1　晨光倩影　邢飞　摄

植物摄影、注解，终成这本精致用心的书，不免感慨这份赤诚之心。感慨的同时，我亦很感同身受。报名并成为“逸仙使者”，初衷亦是亲自把美丽的康乐园展示给更多的人。

汤明檖教授曾作诗：“古木参天曲径幽，红楼碧瓦马岗头。云山珠水绕康乐，花发虬枝岁月遒。”康乐园的草木，大概是为了红楼而生吧。缺少红楼的草木，无依无靠；没有草木的红楼，茕茕孑立。这草木，并非全部自然生长于此处，有不少是越洋而来的。20世纪初期，校园里的植物以榕树、垂榕、大叶榕、阴香、龙眼、荔枝、橄榄、构树等乡土树种为主，这些品种生长较慢，也促使许多教授学者尽力从海外引种。

康乐园已成游客到广州必去的地点之一。然而，行走于康乐园，又有多少游客能够理解植物品种的珍贵，而不是仅仅感叹于空气之好、树木之茂盛呢？

行走在南校园，我内心也产生了一个遗憾，那就是未能到南校园就读，在草木丛生的环境里度过大学四年。当年填写高考志愿，我对于专业的考虑较少，而是一心想到南校园读书，于是所选专业都在南校园。结果出来后大吃一惊，被录取的专业竟然是在东校园。正因为此，每次在南校园，见手持课本的学生在树荫下走过，竟会产生一种羡慕的感情。学生，与这丰茂的草木多么相衬！

“玉在山而草木润”，这是陈春声书记在《康乐芳草》序言中所引用的诗句。中大学者、学子均是康乐园之美玉。康乐草木生生不息，一代又一代学子亦不息自强。因此，康乐园的草木更多了一份人文、多了一份底蕴。

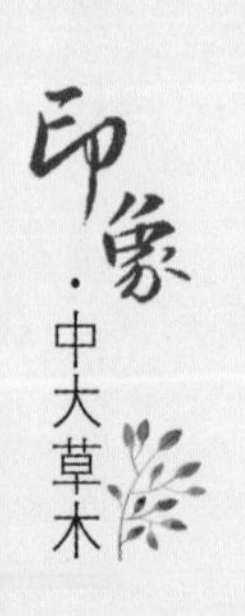

有情树，有情花

汤子珺

不知不觉中，我已在云南澄江支教了大半年。寒假期间，在从澄江回广州的路上我遇见许多花儿，不禁想起心头那朵樱花。

我教初一一个班级的英语课，课室就在教学楼一楼的最左侧。站在讲台上，能透过教室的窗户清晰地看到外面一棵四米多高的樱花树。

樱花花开的那一天，我尤为激动，跑到树下看了许久，在上课预备铃的催促下才舍得离开。走到教室门前时，班里的“调皮蛋”也急匆匆地跑出来了。正当我想找班长去“抓”他回来的时候，他就回来了。

我绷着脸问他：“你刚急急忙忙去干什么呢？”

他低着头回答：“没，没什么……”

“下课再问你。好了，同学们，我们上课……”

话一说完，他旁边的女同学便大声对我说：“老师，他刚去摘樱花给你！”

看我一脸疑惑，这位女同学继续说：“他看你在树下看樱花看了很久，知道你喜欢，就去摘樱花给你了！”

“调皮蛋”红着脸，小步小步地向我走来，手从背后慢慢伸出来，递给我一朵新鲜粉嫩的樱花，垂着脑袋小声地和我说：“老师，送给你！”

我接过这朵小小的樱花，让它躺在我的手心里，明明是那样轻，却又觉得那样重，这分明是学生赤诚之心。

自此，我把这朵樱花放在我的心中，每每想起，心中一暖（图1）。

回到广州不久，李庆双老师发来信息，询问我是否已从支教服务地澄江回到广州，如若方便回学院楼见面交流。我立即回复李老师的信

◉ 图1 有情树，有情花 毛润章 摄

息，定下见面时间。

一见面，李老师就给了我一份“见面礼”——李老师亲手制作的书签。书签上面印刷着李老师的原创三行情书——“路上有远方，远方有月亮，月亮里有故乡。”这三行情书打动了刚从支教服务地回来的我。

李老师看我很是喜欢三行情书，便提议过会儿和我一同到学院旁边的三行情书林走走。

三行情书林？我只知道图书馆旁有一列树挂着印刷着三行情书的牌子，但不知道学校竟还有三行情书林。

那个下午，阳光甚是明媚，李老师热情地带着我走进三行情书林。

冬日的三行情书林，满地落叶，但也许是阳光灿烂的缘故，也不让人感到冷清萧条。在阳光的照映下，枝头上那些并不茂盛的绿叶显得尤其醒目，教路人体会到几分生之乐趣。林中每一颗树上，都挂着一个牌子，牌子上印刷着三行情书，情书主题多元，有寄托毕业离愁的情书，有抒发志向的情书，有表达思念的情书……

李老师热情地向我介绍个别三行情书背后的故事，进而和我深入地讲述了三行情书的由来、发展、文化等。

树木本无情，挂上三行情书的牌子，便有了几分"人情味"，更觉这林子啊，很是有趣！

"对了，你们能在支教服务学校种树吗？"李老师问道。

"这我得回去问问！"

"要是可以，带几颗母校校园里的种子回澄江种植，等它们长大了，你往树上挂个三行情书牌子，岂不是一件很美好的事情？"

"对呀，我怎么没想到呢！"我惊叹一声。我还有半年就要离开澄江回到广州，但假若我能在支教学校种下一棵树，我的某份心绪、情怀便仿佛能永远留在澄江。

我一脸惊喜的样子惹得李老师一阵发笑，李老师接着提议道："我们现在就可以到校友林里拣些种子！"

中山大学不仅有三行情书林，还有富有珍贵树木的校友林。也许有不少同学知道校友林的存在，但很少同学真正走进去过。

跟随李老师来到校友林，走上十几二十步阶梯后，李老师兴奋地指着阶梯旁的一棵树说："看，这是蕊木，它环境适应性特别强，易种植，你可以拣些蕊木种子回澄江！"

说完，李老师在满是落叶的土地上找到了较为新鲜的蕊木种子，而后递给我，让我把它放到袋子里，好好收着。

"你还有大半个月才回澄江，我担心到时候这种子都干枯了。要不你回澄江前再回一趟学院，我们再来拣种子！"

我笑着应道："好嘞！"接着，李老师向我娓娓道来校友林的树木的丰富和珍贵，告诉我回到澄江，在好好支教的同时，要好好欣赏云南的花草树，多记录生活……

灿烂阳光下，花草树间，我看着李老师真诚、灿烂的笑容，耐心地听着李老师的叮嘱和教诲，内心大受触动（图2）。

◉ 图2　蕊木花　李庆双　摄

无疑，李老师对自然的热爱感染到了我，而李老师愿意在百忙之中与我分享这份热爱，并且鼓励我将这份热爱带回支教服务地，我更为真切地感受到老师对支教学生的肯定、支持和期盼。

与李老师在学院楼前分别。我看着袋子里的蕊木种子许久，恍然间，我又想起了心头的那朵樱花。

二月下旬，我回到澄江，李老师说可以寄些蕊木种子种在支教的地方，作为一种美好记忆。

此时，澄江的樱花树逐渐开放。我摘下一朵樱花，把樱花和一包云南郁金香种子，一同寄给李老师……